小学館文庫

真犯人

翔田 寛

小学館

目次

プロローグ

昭和四十九年八月二十日付、駿河《するが》日報第十四版社会面

誘拐された五歳男児遺体で発見

十九日、静岡県警は都内の多摩川から三島市在住の尾畑守くん（5）の遺体を発見したと発表した。守くんは七月二十七日に自宅付近で行方不明となり、その後、身代金を要求する電話が隣家に入った。静岡県警ではただちに報道各社に報道協定の申し入れを行うと同時に、営利誘拐事件として非公開捜査を開始していた。また、報道協定に従い、各社は事件の公表を自粛してきた。しかし今回の遺体発見により、県警本部は誘拐死体遺棄事件として公開捜査に踏み切った。

第一章

1

平成二十七年八月二日、午後九時五分前。

日下《くさか》悟《さとる》警部補が裾野《すその》警察署の通信指令課からの無線指令を受け取ったのは、乗車している覆面パトカーが静岡県の県道三九四号線の深良《ふから》上原《うえはら》という地点に差しかかったときだった。

《こちら通信指令課。裾野署管内、裾野市御宿《みしゅく》六四八番地——より入電。近くの東名高速道路上り線脇の茂み付近において、高齢の男性、腹部より出血。各移動、各警戒員は至急、現場に向かわれたい——》

くぐもった音声が途切れるのを待って、日下は丸い赤色警光灯を覆面パトカーのルーフに装着し、サイレンのスイッチを入れた。途端に、耳を聾《ろう》する音響が響き渡った。一拍遅れて、前方を走行中の乗用車やトラックがハザードランプを点滅させて、次々と左側の路肩へ寄せてゆく。その様子を見計らうようにして、運転席の柳栄次郎《やなぎえいじろう》巡査部長が前後左右を確認してからアクセルを踏み込んだ。道路はJR御殿場《ごてんば》線とほぼ並行して走っている。

「喧嘩《けんか》ですかね」

街灯の光を受けた顔を動かさぬまま、部下の柳が大声で言った。濃い眉。向こう意気の強そうな太い鼻っ柱。白いワイシャツの半袖から伸びた筋肉質の腕と癖っ毛の長めの髪型に、三十代前半の若さが露呈している。

「わからん。しかし、御宿の辺りなら、民家ばかりの静かな界隈《かいわい》だぞ」

日下も声を大きくして応ずる。彼も似たような服装だったが、左側の車窓に髪を短く刈り込み、銀縁眼鏡をかけた四十路《よそじ》半ばの、目の大きな厳《いか》つい顔が映っていた。二人は別件の補充捜査を終えて、裾野警察署へ戻るところだった。たったいままで空腹を覚えていたものの、無線指令を耳にした瞬間に食欲など雲散霧消して、癖になっている貧乏ゆすりが始まった。

点々と街灯の灯《とも》った県道を、覆面パトカーは制限速度を超えたスピードで疾走する。

裾野バイパスを横切り、細い川を一つ渡ると、信号機の設置された細い道と交差していた。日下はダッシュボードに取り付けられたマイクを握った。拡声装置付きサイレンのスイッチに切り替える。サイレンの音色が変わり、音量が跳ね上がる。

「警察車両が通過します。警察車両が通過します。通行車両は十分にご注意ください――」

野太い声が車外に響き渡る。交差する道路に連なっていた車列が、渋々という感じで停車する。赤信号の十字路を低速で横切り、しばらく走行すると、東名高速が見えてきた。数珠繋《じゅずつな》ぎになった道路灯の白銀色の光が、場違いな華やかさを見せて左右の遥《はる》か彼方《かなた》まで伸びている。高速道路の高架を潜《くぐ》ると、細い道へ右折し、東名高速に沿うようにして真っ暗な道を北上する。

「おい、あれらしいぞ」

大きく振られている懐中電灯の赤色灯を目にして、日下は言った。制服警官によって、すでに現場保存が図られているらしい。警官のそばに、箱型の赤色警光灯を回転させたままのパトカーが停《と》まっていた。

その脇に、柳が覆面パトカーを停車させた。そこは高速道路の側壁沿いの道だった。二人はフェルト地の《捜査》の腕章を着用し、懐中電灯と手袋を手にして左右のドアを開けた。三人の制服警官が敬礼した。日下は軽くうなずき返すと、《立入禁止》と記された黄色いテープの張り渡された現場へ入り込んだ。柳があとから続き、制服警官の一人も付き従う。

現場は、高速道路内のバス停に入るための階段横だった。道路から階段が斜め右上がりに続いており、階段の右側にペンキの塗られた金属製の手摺《てすり》が取り付けられている。

日下は地元の地図を思い浮かべた。高速バスの《東名裾野バス停》のはずだ。階段を上ると、手摺の向こう側の緩やかに斜めになった地面に男性が倒れていた。手摺越しに身を乗り出すと、茂みの草いきれがムッと鼻を突く。高速道路を疾駆する車両の発する重低音に混じって、虫の音も聞こえる。

懐中電灯を照らす。左側を下にして横向きになった顔は目を閉じ、高齢の男性ということしかわからない。左腹部のワイシャツがべったりと血に染まり、地面にまで血が流れていた。制服警官が死亡を確認したのだろう。身動きする気配はない。上着は身に着けておらず、白っぽいピンストライプの長袖ワイシャツという姿だ。右足にだけ革靴を履いており、もう一方の靴が、法面《のりめん》の下の道路に放置されていた。ウイングチップの高級そうな革靴だった。

慎重に手摺を跨《また》いで、法面上部のコンクリート部分を足場にしてしゃがみ込むと、手袋を嵌《は》めた指で首筋に触れた。確かに、脈はまったく感じられなかった。脇の下に手を入れて体温を確認し、頭部から背中、腕、脇腹、尻、脚と光を当てながら観察する。腹部のほかに傷らしきものはない。

そのとき、耳元で藪蚊《やぶか》の羽音がした。日下は顔をしかめ、手で払いのけながら、茂みの中や高速道路の側壁周辺をもう一度見回した。遺留品や凶器らしきものは見当らない。茂みの周囲の土に目を凝らす。足跡がいくつか残っていた。大きさや形状から、男性の靴跡だろう。犯人のものかもしれないが、無関係の可能性もある。慎重に遺体のズボンのポケットを探ってみる。ハンカチはない。財布や免許証入れの類《たぐい》もなく、鍵もない。あまりにも何もない。今時、携帯電話を持たない人間がいるのだろうか。

「発見者は？」

日下は振り返って、制服警官に訊《き》いた。

「近所に住んでいる初老の男性です。夜分に犬を散歩させていたところ、犬がひどく吠《ほ》えるので、ここへ近づいて、発見したと話しております」

「時間は」

「午後八時過ぎとのことです」

首筋に触れたとき、体温は感じられなかった。露出した遺体の肌は一時間程度で冷たくなる。だが、脇の下に入れた手は、かすかに温《ぬく》もりを感じた。絶命してから一時間以上、数時間以内だろう。懐中電灯の光を顔に当てる。七十代くらい。表情がわずかに歪《ゆが》んでいるが、整った容貌と言える。鼻筋が通り顎の尖《とが》った顔立ち。白髪が少し乱れているものの、オールバックふうに梳《と》かしている。金縁眼鏡がずれたように鼻筋に引っかかっていた。

「発見者は、この人物と面識があるのか」

「いいえ、見かけたことのない人だと話しておりました」

「警察犬を要請しますか」

背後から覗《のぞ》き込んでいた柳が言った。

「むろんだ。係長に連絡して、鑑識の臨場も手配してくれ」

はい、と柳がうなずき、走って覆面パトカーへ向かった。

日下は遺体に目を戻した。この男性はどうやってここへ来たのだろう。徒歩なら、比較的近くの住人だ。しかし、車なら、その限りではない。いずれにしても、こんな場所に来たことに理由があったのか。

そのとき、野次馬たちが目の端に留まった。サイレンを耳にしたのだろう。Tシャツにジーンズ姿の三人の若者たち。スウェット姿の髪の長い女性と、お揃《そろ》いの恰好《かっこう》の中年男性。立入禁止のテープの外側で背伸びするようにしてこちらを眺めたり、囁《ささや》き交わしたりしている。遠くから、複数のサイレンの音が響いてきた。別の警察車両だ。

制服警官の方に振り向くと、日下は言った。

「まず、発見者から話を聞きたい」

制服警官が大きくうなずくと、手招きした。

「どうぞ、こちらです」


遺体の発見者の家は男性が倒れていた場所から二百メートルほど離れており、木造の古い二階建てだった。

「倒れている男性を発見したときの状況を、話していただけませんか」

玄関先で日下は言った。手帳と鉛筆を手にした柳が脇に控えている。一畳ほどの玄関を照らしている天井の蛍光灯が、地虫の鳴き声のようなかすかな音を立てていた。

「だから、お巡りさんにも話したとおり、犬の散歩の途中で見つけたんですよ」

殿山茂《とのやましげる》が言った。小鼻の広がった鼻と分厚い唇。歳《とし》は六十くらい。藍《あい》色の作務衣《さむえ》姿で、薄くなった髪を頭に撫《な》でつけている。

「散歩に出られたのは、何時頃でしたか」

「午後八時ですよ。たいていNHKの番組が終わってから家を出るんです」

「散歩のコースは決まっていますか」

「うちの脇の道を通って高速道路沿いの道へ出て、近所をぐるりと回ります」

「そのおりの服装と履物は？」

「この恰好のままですよ。履いていたのは、そのサンダルです」

日焼けした顔の殿山が言った。足元の三和土《たたき》に脱ぎ捨てられた深緑色のビニールサンダルに、垂れ気味の目を向けた。

日下はうなずき、続けた。

「今夜、途中で人に会いましたか。あるいは車を見かけたことは」

「日が暮れたら、ここらは人も車もめったに通りかかりませんから」

「物音はいかがですか。人の話し声、争うような声や叫び、どんな物音でもかまいません」

「そういえば、怒鳴り声を耳にしましたね」

「何と叫んでいたんですか」

殿山がかぶりを振った。

「わかりません。でも、男の声だったと思います」

日下はわずかに身を乗り出す。

「いつの時点で耳にされたんですか。それに声のした方角は？」

「家を出た直後だったと思います。声が聞こえた方角については、見当がつきませんね」

「犬を連れて散歩に出られてからのことを細かく説明してください」

「玄関を出て、家の脇の道を通り、高速の横の道に出ました。ほら、向かい側に酒屋があるでしょう。そうしたら、うちのシロが――犬の名前ですけど、それが吠えだしたんです」

「これまで、犬がそんなふうに吠えたことはありましたか」

「いいえ、うちのは雌犬で、ほかの飼い犬と行き合っても、めったに吠えたりしません。だから気になったんです」

「それから、どうされました」

「シロに手綱《リード》を引っ張られるようにして、高速のバス停の階段に近づきました。そうしたら、ますます激しく吠えるじゃありませんか。で、途中まで階段を上がり、何気なしに茂みを覗き込んだら、人の足みたいなものが見えたんです。しかも、高速の明かりに照らされた片方は靴下だけで、もう一方に靴を履いている。ちらりと、目を瞑《つぶ》った顔も見えましたから、ただごとじゃないって思って、それで走って同じ道を通って家に戻り、すぐに警察に電話したんです」

発見時の衝撃が甦《よみがえ》ったらしく、殿山の顔がこころなしか青ざめていた。

「その間、何かほかに気になることはありませんでしたか。行きには人も車も見かけなかったことは伺いましたけど、ここへ戻られるときはどうでしたか」

「見かけなかったと思います。けど、車の音だったら、聞いた気がします。だって、東名高速が目と鼻の先なんですよ。始終、車の排気音や道路を走る騒音がしますから」

「倒れていた男性の顔に、見覚えは？」

「いいえ、まったく知らない人です」

日下は柳に目を向けた。彼の手にした手帳に、殿山の証言がびっしりと書き込まれていた。日下は顔を戻すと、おもむろに言った。

「では、もう一度、初めから話していただけますか。この家を出たのは、正確には何時何分頃でしたか――」

三十分ほどの事情聴取を終えると、他の捜査員と入れ替わるようにして、日下と柳は現場にとって返した。遺体発見現場はすでにブルーシートで囲われており、その周囲に多数の警察車両が参集していた。それらの車両のフロントライトとともに、強力な投光器が現場を照らしており、昼間なみの明るさになっている。立入禁止のテープの周辺の野次馬も、二十人ほどに増えていた。

検視官たちが遺体の現場検視を行っていた。ブルーの制服姿の鑑識課員たちも作業を続けている。カメラのフラッシュが繰り返し焚《た》かれ、遺体近くの靴跡に石膏《せっこう》を流し込んでいる者もいる。

捜査陣の中心に立っているのは係長の木曽紀夫《きそのりお》警部だった。胡麻塩《ごましお》頭で、目つきが鋭く、唇が薄い。ノーネクタイのワイシャツ姿で、下はグレーのズボン。

その木曽が日下たちに気が付いた。

「おまえたちが一番乗りだったそうだな」

「ええ、第一発見者から事情聴取をしてきたところです。こちらはいかがですか」

「いまさっき警察犬に遺体の靴を嗅がせたところだ」

言いながら、木曽が周囲を見回した。七、八人の捜査員が道幅一杯に広がってしゃがみ込み、地面すれすれに顔を近づけていた。煙草《タバコ》の吸い殻、毛髪、その他、この事態の原因の特定につながる微物の発見に努めているのだ。

「係長、こっちに来てください」

道の向かい側から声がかかった。

木曽が小走りに向かった。

日下は柳とともに、そのあとを追った。

向かい側の酒屋の店舗の陰にしゃがんでいた捜査員が、木曽を見上げた。その男の指差した地面に、赤いプラスチックらしき破片が落ちていた。四センチ角ほどの小さなものだ。

「警察犬が反応しましたので、念のために鑑識に指紋を調べさせてみます」

木曽がうなずく。

そのとき別の捜査員が駆け寄ってきた。

「係長、不審な車を発見しました」

木曽とともに、日下たちも捜査員のあとに従った。

現場から二十メートルほど離れた民家の塀の脇に、赤い車が停車していた。四人の捜査員が懐中電灯で車内を照らしている。車の脇には、警察犬の手綱《リード》を握った課員がいた。車種は旧型のフォルクスワーゲンのビートルで、世田谷ナンバーだった。日下は現場の方角を振り返った。塀のせいで、ここからは現場を見通せない。

「ドアは鍵がかかったままです。確認してみましたが、ここらの住人の車ではないそうです。被害者の車かもしれません」

捜査員の一人が言った。

木曽がうなずく。

「よし、ドアを解錠しろ」

ドアのガラス窓の隙間から、若い捜査員が特殊な金具を差し込んで器用に動かすと、ドア錠が軽い音を立てて外れた。手袋をした捜査員たちがドアを開き、車内を調べ始めた。一人がグローブボックスを開けて、中から車検証を取り出し、木曽に示した。

木曽の脇から、日下は懐中電灯で照らされた車検証を覗き込んだ。

車検証には、《須藤勲《すどういさお》》という氏名が記されていた。

住所は東京都世田谷区三軒茶屋一――。

2

翌日の午前八時半過ぎ。

柳の運転するシルバー・メタリックのプリウスが、東名高速道路東京インターチェンジを通過した。

後部座席の左側に座っている日下は貧乏ゆすりをしながら、左手後方に広がっている砧《きぬた》公園に目を向けた。鬱蒼《うっそう》と生い茂った木々の緑が夏の朝日を浴びて輝いている。背後の車窓を振り返ると、三台の覆面パトカーとワゴン車が後続して走行していた。

昨晩、裾野市郊外で発見された遺体は、初動捜査の結果、他殺の疑いが濃厚となった。遺体から所持品が何一つ見つからなかったこと。鋭利な凶器で刺突されたと思《おぼ》しき左腹部の傷。さらに、車検証に記載されていた住所周辺に対して夜分に挙行した聞き込みにより、遺体が須藤勲その人に間違いないことも確認され、現場が彼の生活圏とまったく無関係で、人通りの少ない場所であった点も殺害を裏付けるものと判断された。

現場近くで発見された赤いプラスチックの破片から、須藤勲の指紋が検出された。プラスチック素材そのものは古いもののようだったが、破片の断面は真新しく、彼によってあの場所へ持ち込まれた何かが破損したと推定された。ほかの部分が見当たらないことから、何者かがそれらを持ち去ったとしか考えられなかった。

そして、昨晩のうちに裾野警察署に、県警本部の捜査一課と裾野署の刑事課からなる捜査本部が急遽《きゅうきょ》設置され、県警本部から乗り込んできた捜査一課長の采配で遺体発見現場周辺の《地取り》が開始された。同時に、裁判所に対して家宅捜索令状の請求が行われ、本日午前九時を期して、東京都世田谷区三軒茶屋にある須藤勲宅と、国道二四六号線沿いにある彼の経営する中古車販売店の家宅捜索、さらに、周辺に対する本格的聞き込みが開始されることになったのである。

首都高速道路の高架を通過しながら、日下は昨晩遅くに聴取した内容を、頭の中で反芻《はんすう》していた。身元確認のために裾野市御宿の現場から覆面パトカーで都内の三軒茶屋へ向かった日下と柳は、車検証に記載されていた自宅を訪れたのだった。一戸建てやマンションが建て込んだ住宅街にあった自宅は、古い一戸建てだった。だが、どの窓にも明かりが認められず、呼び鈴を何度押しても、応答はなかった。玄関横の駐車スペースを確認すると、街灯でタイヤ痕がかすかに見て取れたものの、車はなかった。

二人は左隣の家の呼び鈴を鳴らした。すると、応答があり、玄関戸が開いた。顔を覗かせたのはこの家の主婦と思しき四十歳くらいの女性だった。赤いポロシャツにジーンズ、ショートヘアの面長の顔立ち。日下と柳が警察の身分証を示して名乗ると、彼女は目を大きくした。

《お隣に住んでいらっしゃる須藤勲さんについて、ちょっとお訊きしたいんですが》

日下が切り出すと、女性は真剣な表情でうなずいた。

日下の問いに対して、女性は須藤勲の気さくな人柄や、二四六号線沿いの中古車販売店を経営していることを話し、愛車がフォルクスワーゲンの赤いビートルだと証言した。

日下は質問を続けた。

《須藤さん、静岡県の裾野市周辺に、お知り合いとかお友達とかいませんでしたか》

さあ、と主婦が首を傾《かし》げる。

《須藤さんの容姿は、どんな感じですかね》

《容姿と言われても、どう言ったらいいのかしら——しいて言うなら、お洒落《しゃれ》な方ですよ。髪は真っ白ですけど、いつもオールバックに梳かしていらっしゃるし、身に着けているものも、かなり派手な感じですから。昔は俳優さんみたいに整った顔立ちだったと、近所のお年寄りから聞いたことがありますよ》

日下は腕に掛けた上着のポケットから一枚の写真を取り出した。

《申し訳ないんですが、これをご覧になっていただけませんか》

遺体をデジタルカメラで撮影した写真の中で、最も穏当な写りのものだった。鑑識課員が持参したプリンターによって、捜査車両内でプリントしたものだ。

写真に目を向けた主婦が、息を呑《の》むように顎を引いた。

《あの方、どうかなさったんですか》

《実は、亡くなりました》

主婦が声もなく掌《てのひら》を口に当てた。

その後、日下は須藤勲の暮らしぶりについて質問を重ねた。だが、《普通の一人暮らしですよ》とか、《お客さんの出入りは、少なかったみたいですよ》とか、当たり障りのない返事が返ってくるだけだった。

《須藤さん、何か揉《も》め事を抱えていらっしゃいませんでしたか。あるいは、誰かと喧嘩になっていたとか、そんなことをご存じありませんかね》

つかの間、沈黙が落ちたものの、女性がふいに疑うような顔つきになった。

《取り立てのことですか》

《取り立て？》

《十日ほど前から、妙な男の人がこの辺りをうろうろしていましたよ。須藤さんの家

の呼び鈴を押したり、ときおり須藤さんの名前を呼んだりしていましたから。――あれって、サラ金の取り立てでしょう》

女性のひそめるような声が、日下の耳にまだ残っている。

そのとき、《用賀料金所》のプレートが目に飛び込んできて、プリウスは《ETC》ゲートの車線に入った。

3

平成二十七年八月十三日、午後一時半。

事件発生当初、さしたる難航も予想されなかった須藤勲殺人事件だったが、捜査が本格化するに従い、この一件がひどく厄介な事案であることに、捜査員たちは気付いた。須藤が公私ともに付き合いの広い人物である一方、仕事関連や金銭面で秘密の多い人物だったからである。そのため、彼の人間関係を調べたり、仕事上の金銭の出入りを調べたりするだけでも、膨大な労力と時間を取られてしまい、十一日が経過した現在、完全な膠着《こうちゃく》状態にあった。

日下と柳は渋谷の円山町《まるやまちょう》にある建物の前に立った。

JR渋谷駅から、徒歩で二十分ほど。狭い坂道沿いの五階建ての雑居ビルだった。

日下は柳とともに、大人が四人も乗れば満杯になりそうなエレベータに乗った。二人とも無言のまま、額の汗をハンカチで拭《ぬぐ》う。三階のボタンを押すと、ドアがゆっくりと閉まり、足元がガクンと揺れて動き出した。

今日もひどく蒸し暑い。エレベータの上昇とともに、停止階の表示が移動するのを見つめながら、日下は小さくため息を吐《つ》いた。

日下は、改めて須藤勲の死体検案書の内容を思い浮かべた。

創傷の部位性状、左体側腹部の創痕。創痕部は縦約四センチ、横約三ミリ。創傷周囲の組織も損傷が甚だしく、創痕の底部は体内の深さ約八センチにまで及んでいる。斜め前方より刺突され、階段の手摺に背を預ける形で背後に倒れ込み、植え込みにうつ伏せ状態で落下したものと思量される。その際に生じたと考えられる顔面、掌の軽い創傷も認められる。死亡原因、腹部創傷に伴う大量出血。死亡日時、死亡推定時刻は、八月二日午後七時から午後八時までの間。成傷物体、創傷部及び内部組織の観察から、鋭利な刃物状の凶器と判定。その他の所見、特になし。中毒物質、検査中。

この死体検案書の内容は、疑いなく殺しを示していた。それは否応《いやおう》なく、事件発生翌日に行われた家宅捜索の結果と結びつけざるを得なかった。須藤勲の自宅から、複数の金融業者からの融資金の返済を督促する手紙が発見されたのである。丁寧な文面で貸金の返済を求めたものもあれば、恫喝《どうかつ》まがいのものまで見つかった。その日、深夜に及んだ捜査会議において、上層部が借金絡みの悶着《もんちやく》の可能性を強く打ち出したのは当然の成り行きだった。

以来、捜査の中軸は、借金を念頭に置いた須藤勲の《鑑取り》に置かれている。自宅と店舗の家宅捜索から、住所録、業務日誌、手紙類、パソコンなどが発見された。それらと電話の通話記録に基づいて、被害者の人間関係を探るのが《鑑取り》である。だが、そこから見えてきたものは、ごくありきたりの暮らしぶりだった。人付き合いのいい老人。お洒落で、かなり見栄《みえ》っ張り。それに女好き。こうした人間関係からは、殺人にまで結びつくほどの切羽詰まった状況は浮かび上がってこなかった。

そのとき、チンという音が響き、エレベータのドアが開いた。日下は、柳とともにエレベータを降りた。斜め向かい側の灰白色の鉄扉に、《共栄《きようえい》ファイナンス》の切り文字があった。磨《す》りガラスの嵌った四角い窓から、内部の白い光が漏れている。世間は盆休みの時期だが、ありがたいことに営業しているようだ。

「零細な業者のようですね」

三階の廊下を見回して、柳が言った。

日下もうなずく。《共栄ファイナンス》は、日下たちに割り当てられた聞き込み対象業者の三件目だった。家宅捜索の結果見つかった書類から、以前、須藤勲が融資を受けたことが判明している。とはいえ、とうに返済済みの業者であり、《落穂拾い》

の感は免れない。

「ともかく、当たってみよう」

日下は柳を促して《共栄ファイナンス》の鉄扉をノックしてから、ドアノブを回した。中は十畳ほどの事務所になっていた。カウンター越しに四つの事務机が並んでいる。中年の男性が一人、若い女性が三人、それぞれのデスクで電卓を手にして仕事をしていた。

「いらっしゃいませ」

手前のデスクの女性がカウンター越しに立った。丸顔で髪が短く、縁なしの眼鏡をかけている。二十代後半くらいだろう。胸元に《共栄ファイナンス　お客様係》と記されたネームプレートを留めていた。

「ご融資のご相談でございますか」

「いいえ、私たちは警察の者です。裾野警察署の日下と申します」

言いながら、警察手帳の身分証明書を見せる。「柳です」と柳も身分証明書を差し出した。

女性の表情が変わった。

「責任者の方にお会いしたいんですが」

「ちょっとお待ちください」

慌てた様子で、彼女は白いワイシャツ姿の中年男性に近寄り、その耳元に顔を近づけた。男が弾《はじ》かれたようにこちらに顔を向け、すぐに立ち上がると、奥に見えるドアをノックして、中へ消えた。

「須藤さんが亡くなった――」

松丸義巳《まつまるよしみ》が目を大きくした。共栄ファイナンスの社長。ブルドッグそっくりの顔に、太鼓腹のワイシャツ姿だ。事務所の奥の革張りの応接ソファに、その巨体を沈めている。

「ええ、十日ほど前、新聞に小さく記事が出ましたけど」

向かいのソファに腰かけた日下は言った。手帳と鉛筆を手にした柳が、隣に座っている。

「そりゃ迂闊《うかつ》だったな。でも、どうしてお亡くなりになったんですか」

「仔細《しさい》はまだ不明ですが、殺害された模様です」

顔色を変えて黙り込んだ松丸が、掌で洗うように素早く顔を撫でた。

その表情を日下は凝視する。

「そこで、須藤さんについて、少し話をお聞きしたいんですよ」

「そりゃ、ほかでもないことだから、協力させていただきますよ。それにしても驚いたな」

言いながら、松丸はぎこちなくうなずいた。

「最後に須藤さんと会われたのは、何時《いつ》、何処《どこ》でですか」

「えーと、確か、三月ほど前だったと思います。場所は、ここでした」

「それ以降は、会われてない？　電話はどうですか」

「会っていませんけど、電話なら何度も掛かってきましたよ」

「そのときの須藤さんの様子は、いかがでしたか」

「いつもと同じですよ」

「どういう意味ですか」

松丸が肩を竦《すく》めた。

「調子のいいことを並べて、金を回してほしいと切り出したり、そうかと思うと、泣き落としにかかったり、ころころと態度が変わる人でね」

「お断りになったんですか」

「もちろんですよ。須藤さんの店はもういけません。いくら長い付き合いでも、焦げ付くとわかっていて、融資する馬鹿はいませんから」

「須藤さんは、裾野市にお知り合いがいらっしゃいませんでしたか。お友達とか、仕事上のお付き合いとか」

「さあ、そんな個人的なことまではわかりませんよ」

「以前、須藤さんは、こちらからお金を借りていらしたそうですが、いかほどですか」

一瞬、松丸は躊躇《ちゅうちょ》したものの、すぐに金額を口にした。

「五百ほどだったかな」

「返済期日は、いつでした」

「確か、五月末です」

「完済されましたか」

日下は敢《あ》えて訊いてみた。

唇をへの字にして、松丸がうなずく。

「期日には、若干遅れましたけどね」

「なら、督促をなさったでしょう」

「むろん、督促しましたよ。でも、客が返済期日に遅れるなんてことは、珍しくありませんから」

「借金の取り立てを、別の会社に任せられたんじゃないですか」

「そんなこと、していませんよ」

慌てたようにかぶりを振ると、松丸の二重顎が震えた。

「しかし、督促に応じないなら、そういうことをする場合もある。違いますか」

松丸は目を逸《そ》らさなかったものの、やがて大きなため息を吐いた。

「こっちも商売だし、うちの資金だって、大手から融通してもらっている分もありますから。でもね、仮にそんな手段を採らざるを得ないことがあったとしても、それは最終手段ですよ」

「ほかの業者なら、どうでしょう」

その言葉に、松丸のブルドッグ顔に小狡《こずる》そうな笑みが浮かんだ。

「まずないでしょうね。貸金業法っていう恐ろしい法律ができちまってからこっち、以前みたいな荒っぽい取り立ては、まっとうなファイナンスには危なすぎますから」

「だったら、須藤さんがお亡くなりになったのは、借金がらみじゃない、とそうおっしゃりたいわけですね」

「さあ、どうでしょう。融資先というだけで個人的な付き合いはまったくありませんから」

松丸は言葉を濁したものの、顔つきは平然としていた。

そのとき、柳がソファから身を乗り出して言った。

「松丸さん、須藤勲さんと仕事関係で親しくされていた方をご存じですか」

「えっ――」

言葉に詰まったように、松丸が黙り込んだ。警察に喋《しゃべ》っていいかどうか、判断に迷っているのかもしれない。

「たったいま、須藤さんとは長い付き合いだったと、そうおっしゃいましたよね。だったら、少しくらいご存じでしょう」

松丸が音を立てずに息を吐いた。

「覚えているのは、原田徳郎《はらだとくろう》さんという方だけですよ。以前、須藤さんから紹介されて、そちらにも少々ご融資したことがありましたから」

「どう思いますか」

《共栄ファイナンス》の鉄扉が閉まると、待ちかねたように柳が口を開いた。

「即断はでききんが、松丸の言うとおりかもしれん」

「松丸の言うとおり？」

「貸金業法だよ。闇金ならいざしらず、普通の街金に、ひと昔前のようなヤクザまがいの取り立ては、実際には難しいだろう。まして、金を貸した相手を殺害したら、元も子もない。違うか」

「けど、揉めているうちに勢い余ってとか、激昂《げきこう》した挙句に力が入り過ぎたとか、そういう偶発的事態の可能性だって残されているじゃないですか」

エレベータのボタンを押すと、日下は考え込んだ。柳の言い分にも一理ある。しかし、松丸を含めて、そういうことを仕出かしそうな奴《やつ》は浮かんでいない。それに、須藤勲の暮らしぶりからは、命まで狙《ねら》われるほどの危機的な気配は見えてこない。

毎日、午前九時頃に中古車販売店に出勤し、午後七時頃まで詰めているのが、須藤勲の日課だったという。中古車販売店のただ一人の従業員である武藤咲子《むとうさきこ》という中年女性の証言だった。殺害された日は早上がりしたが、常連客や冷やかしの客に機嫌よく応対していて、変わった様子はなかったと彼女は断言した。そして、《そう言えば、八月一日の午前中だけ、知り合いのお見舞いに行かれましたっけ》と付け加えたのだった。見舞いの相手は杉山健三《すぎやまけんぞう》という男性で、須藤勲の若い時分の草野球仲間らしい。胃潰瘍で入院しており、数日後に手術を控えていたという。それは、その日の午後に出勤した須藤勲が、浮かない表情で武藤咲子に話したことだった。

「これからどうしますか」

柳の言葉で、日下は顔を向けた。

「無駄足覚悟で、原田徳郎に当たってみるか」

「何か考えがあるんですか」

「一つだけある。現場がどうして裾野市御宿だったのか、そいつがどうしても引っかかる。焦げ付いた借金を取り立てようって輩《やから》が、あんな辺鄙《へんぴ》な場所に須藤勲を呼び出す必要があるのか」

「だったら、須藤勲の方が加害者を呼び出したと、そう考えているんですか」

「一つの可能性だがな」

チンと音がして、エレベータの扉が開いた。

4

「須藤さんとは確かに長い付き合いですよ」

原田徳郎が憮然《ぶぜん》とした顔つきでうなずいた。

六十代後半くらいの顔の大きな男だった。カーキ色の作業服の上下に、足元は安全靴というなりである。店は国道一六号線沿いにあり、横浜線の淵野辺《ふちのべ》駅から徒歩で二十分ほどの場所だった。事務所の横のさして広くないスペースに、バンパーが凹《へこ》んだり、ドアが錆付《さびつ》いたりした古い国産車が雑然と並んでいた。いわゆる買い取り専門の業者だろう。

日下が柳とともに店を訪れると、原田はすぐに接客用のソファに二人を座らせた。傍らの床で、煙草の脂《やに》で黄ばんだ古い扇風機が耳障りな音を立てて首を振っている。

「だから、知り合いから須藤さんが亡くなったと聞いたときには、驚きましたよ」

一つため息を吐き、原田はソファに背を預けると、胸ポケットからセブンスターの箱を取り出し、一本咥《くわ》えて、百円ライターを構えた。

「仕事を通じてお知り合いだった原田さんに、須藤さんについて教えていただこうと思い、お盆でお休みかと思ったんですが、お訪ねした次第なんです」

日下が言うと、原田はうなずく。

「貧乏ひまなしですよ。で、どんなことをお知りになりたいんですか」

「どんな方でしたか」

「どんなって、普通の中古車屋ですよ。特に変わったところがあるわけじゃない。いいや、それどころか、仕事熱心で、相当なやり手でしたよ」

「人から恨まれるとか、揉め事になっていたなんてこと、ありませんでしたかね」

「そりゃ、若い頃はかなりバリバリやっていたから、それなりに妬《ねた》みや恨みも買っていたでしょうね」

「具体的に、須藤勲さんを恨んでいた方に、お心当たりがありますか」

「いいや、そこまではわかりません、――けど、もうあの歳だから、最近はそんなことなかったんじゃないかな。ここ一、二年ほど店の営業も芳しくなかったみたいだし」

「というと、中古車販売会社は開店休業状態だったということですか」

そう言いながら、二四六号線沿いにある須藤勲の中古車販売店の様子を、日下は思い出していた。店舗横の駐車スペースには、年式の古い国産車が申し訳程度に並んでいるだけで、その奥に積み重ねられた使い古しのタイヤの山が目立っていた。

「ええ、最後に顔を合わせたときも、弱音を吐いていましたね。資金繰りが厳しいって」

「それはいつ頃のことですか」

「三、四か月ほど前だったかな」

柳が身を乗り出した。

「須藤さん、裾野市に知り合いとか、仕事の関係者とかいらっしゃいませんでしたか」

「さあ、いたかもしれないけど聞いた覚えはありませんねえ」

「あの方、ご家族はいらっしゃらなかったんですよね」

「若い時分に離婚して、元の奥さんや子供とも疎遠だったようですよ」

日下は、須藤勲の離婚した元妻と子供についての内偵を思い出した。現在、老齢の元妻は富士市の実家で暮らしており、娘も同居していることが判明している。娘は四十八歳の独身女性で、富士市駅前にある健勝会《けんしょうかい》総合病院の看護師長をしているという。

「もっとも、昔から大の草野球好きだったから、付き合いが賑《にぎ》やかでね、別段寂しくなかったんじゃないかな」

原田徳郎の言葉に、日下はうなずき、言った。

「お付き合いのあった女性はいましたか」

高齢であっても、ずっと独り身なら、女性関係で何かあっても不思議はない。

「さあ、最近のことは、とんとわかりませんね」

「最近のことと言うと、以前はそういう方がいらした？」

「まあ、あんまり言いたくはないけど、相当な遊び人だったから。離婚なさったのも、それが原因でね——」

言いかけて、原田徳郎はすぐさま付け加えた。

「けど、根はいい人でしたよ。子供を溺愛していましたから。だから、親権を奥さんに取られちまったときは、かなり荒れていましたっけ」

「かなり荒れていた——」

「夜遊びが激しくなったのも、仕事が以前に比べて荒っぽくなったのも、煎じ詰めれば、離婚が原因だったと思うな。あれから少しずつ歯車が狂っちまったんですよ」

原田徳郎がしんみりした口調になった。

その後、質問を重ねたものの、実のある証言は引き出せなかった。日下は、柳に目くばせした。厳しい表情のまま、柳がかぶりを振る。

日下は視線を戻すと、言った。

「原田さん、お時間を取らせて申し訳ありませんでした」

「お役に立てなくて、どうも――」

二人を慮《おもんぱか》ったように、原田がわずかに頭を下げた。

日下とともに腰を上げた柳が、大袈裟《おおげさ》にかぶりを振った。

「とんでもない。ご協力いただき、感謝申し上げます」

「市民が警察に協力するのは当然じゃないですか。私なんか、これで二度目ですし」

「二度目？」

原田が真剣な表情でうなずく。

「ええ、この前だって言ってみりゃ、須藤さん絡みだったんですから」

「須藤さん絡みとは、どういう意味ですか」

一転して、原田が慌てたように手を振った。

「深刻に取られちゃ困りますよ。その件は、うんと昔の話ですから」

「うんと昔――」

「ええ、須藤さんの息子さんが誘拐された件ですけど」

息子の誘拐――

柳は微動だにしない。

日下は身を乗り出した。

「お手数でしょうが、その誘拐の件について、話していただけませんか」

「そりゃかまいませんけど、はっきりしたことは覚えていませんよ」

「それでもかまいません」

5

「誘拐事件だと」

捜査会議の行われている講堂に、捜査一課長の太い声が響いた。

「はい。須藤勲氏の息子が誘拐されるという事件があったそうです」

並み居る捜査員たちの中で、柳とともに起立している日下は言った。捜査会議において、《地取り》《鑑取り》、それに《証拠品分析》などの報告が次々と続く中で、《共栄ファイナンス》で聞き込んだ話から、思いがけない事実に遭遇したことを付け加えたところだった。

「それは、いったいいつのことだ」

「所轄の三島署に問い合わせたところ、昭和四十九年だったそうです」

講堂を埋め尽くした捜査員たちから大きなどよめきが上がった。裾野署署長を始めとして、上座に居並んだ首脳陣たちも左右の者同士で顔を見合わせている。

「おいおい、昭和四十九年と言えば、えーと、確か一九七四年だから、四十一年も昔の事件じゃないか。そんな黴《かび》の生えたような出来事が、今回の一件と関連している可能性が本当にあるのか」

捜査一課長が野太い声を張り上げた。

すると、木曽係長が顔を巡らして言った。

「日下、今回の一件と関連を示す確証を摑《つか》んでいるのか」

「あります。しかし、それをお話しする前に、その誘拐事件の概要を説明させていただけませんか」

木曽が捜査一課長へ顔を向けた。

「日下の話を聞いてみてはいかがでしょうか」

「よし、話を聞こう」

捜査一課長が二重顎でうなずくと、木曽は日下に顔を向けた。

「それでは、ご説明申し上げます。事件が発生したのは、昭和四十九年七月二十七日のことでした。被害者氏名は尾畑守《おばたまもる》。年齢は五歳。家族構成は母親の尾畑小枝子《さえこ》と、二つ年上の姉の理恵《りえ》という母子家庭です。小枝子はその二か月ほど前に、須藤勲と離婚したとのことです。尾畑一家は事件の前日から当日にかけて、三島市郊外の借家へ引っ越してきたばかりでした。ちなみに、祖父の尾畑清三《せいぞう》と守くんは事件前日の七月二十六日に富士市の祖父宅から引っ越しを行い、尾畑小枝子と理恵はその翌日に引っ越しをしました。そして、小枝子が隣近所への引っ越しの挨拶を済ませて、引っ越しの荷物を片付けている最中に、守くんは勝手に家から飛び出し何者かに誘拐されたと推定されています。小枝子が守くんの所在を最後に確認したのは、午後三時過ぎのことですから、事件が起きたのは、それ以降となります。午後六時頃になって、守くんの姿が見えないことに気が付いた小枝子は、家の中と周囲を一時間ほども探し回った挙句、近所の派出所に駆け込みました――」

ときおり手元のメモ帳に目を向けながら、日下は事件の経緯を述べてゆく。講堂に居並んだ捜査員たちの鋭い視線が、自分に注がれているのを嫌でも感じる。

尾畑小枝子の届け出を受けた派出所勤務の巡査は、ただちに三島署に連絡した。その結果、三島署では迷子の可能性があるものの、万が一を考慮して、県警本部の捜査一課特殊班の担当者三名を、民間人を装って尾畑宅に入り込ませた。誘拐事件において犯人から入る連絡に対処するのが、特殊班の任務にほかならない。尾畑小枝子のたっての依頼により、入居に先立って借家の電話回線の工事が完了していたので、すぐさま地元の当時の電話局に対して、逆探知の要請が行われた。むろん、三島署の警官と警察車両が動員され、自宅を中心に半径二キロ圏内の捜索も並行して続行された。

「――すると、午後十一時過ぎになって、隣家に尾畑小枝子を呼び出す電話が掛かってきました」

「隣家に呼び出しの電話だと――」

捜査一課長が言葉を挟んだ。

「そのとおりです」

日下はうなずき、さらに続けた。

「そこは同じ大家が所有する借家で、電話に出たのはその家の主婦でした。電話を掛けてきたのは男性で、名前は名乗りませんでした。その主婦は昼間、尾畑小枝子から引っ越しの挨拶を受けていたので、何事かわからぬまま、すぐに彼女を呼びに行きました。その知らせを受けた尾畑家では、小枝子も捜査一課特殊班も恐慌状態に陥りました。電話に出た隣家の主婦に対して、犯人が、これは緊急の連絡であり、尾畑小枝子が三分以内に電話に出なければ、電話を切らざるを得ないと言ったからです。そのために捜査一課特殊班が携行していた録音機器の装着を開始した時点で、すでに尾畑小枝子と犯人の通話が始まってしまい、録音開始のスイッチを入れる間際に、その電話は切れてしまったのです。ともあれ、小枝子が電話に出ると、男の声で、子供を誘拐したので、明日までに一千万円の現金を用意して連絡を待てと告げると、彼女の呼びかけを無視して電話が切れました。このことから、犯人は尾畑守くんを誘拐した直後に、隣家の電話番号を調べたと推定されています。それ以降、犯人からはさらに一回の電話と二通の手紙で連絡があり、そのたびごとに身代金の受け渡し場所を指定してきました。当時の捜査本部は、犯人解明の捜査を続行する一方、身代金の回収に現れるであろう犯人の逮捕に向けて、万全の配備を行ったそうです。しかるに、三度とも犯人は姿を見せることなく、その後連絡が途絶しました。ところが、事件発生から二十三日後の八月十九日になって、守くんの遺体が東京都大田区の多摩川の水中から発見されたのです。遺体は衣服を身に着けていたものの、裸足《はだし》でした」

「発見の経緯は？」

またしても、捜査一課長が素早く言葉を挟んだ。興味を覚えた気配が、その口調に濃厚に籠もっている。

「発見者は三名の男子中学生たちでした。彼らは汀《みぎわ》から五メートルほどの水面に布に包まれたものが浮かんでいるのを見つけて、面白半分に川に入ったところ、タオルのようなものに包まれた子供の遺体と気が付き、近くの駅の職員に知らせ、その職員が地元の警察に連絡したとのことです」

幼い子供を誘拐して、身代金を要求する。世間が最も憤激する類の犯罪だ。それだけに、捜査本部に掛かる重圧は並大抵ではない。事件解決に手こずれば、警察庁から厳しい叱責《しっせき》が飛んでくる。まして、誘拐された被害者の命が奪われた場合、警察は面《メン》子（コ）を失う程度では済まされない。マスコミは情け容赦なく警察を叩き続け、捜査員一人一人までが犯人と同類視されて、突き刺さるような視線を浴びせられるのだ。

「しかし、その件が、今回の須藤勲の殺害とどう結びつくというのだ。ただ誘拐事件の被害者の父親というだけで、たまたま不運が重なったということもあり得るぞ」

捜査一課長が、元の冷徹な口調に戻った。

一瞬だけ、日下は柳と目を見交わした。

柳がうなずく。

日下は口を開いた。

「先ほど、守くんを誘拐した犯人から電話と手紙で四度にわたって身代金の要求があったと申し上げましたが、その最初の受け渡し場所として指定されたのが、東名高速上り線の裾野バス停でした。すなわち、今回、須藤勲氏の遺体が発見された現場にほかなりません」

一転して、講堂内が水を打ったように静まり返った。

捜査一課長が木曽に顔を向けた。

「木曽係長、この点、どう考える」

「いまのところ、注目点は須藤勲氏の遺体発見現場と、尾畑守くんの身代金受け渡しの指定場所の一致のみですが、万が一の場合を考えて、その誘拐事件について、日下たちに詳しく調べさせてみてはいかがでしょうか」

捜査一課長はしばし考え込んだものの、署長や管理官の警視と顔を見合わせ、何事か囁き合った。それから顔を戻した。

「よかろう。しかし、捜査記録は残っているだろうが、細かいニュアンスの把握は難しいぞ。担当者は全員退職しているだろうし、亡くなった者も多いはずだ」

着席していた日下は激しく貧乏ゆすりをしながら、素早く手を上げた。

「日下、何かあるか」

「これも三島署に問い合わせをして判明したことですが、尾畑守くん誘拐事件については、時効の一年前の昭和六十三年に特別捜査班が編成されて、再度、重点的な捜査が行われたとのことです。そのおりの管理官が現在もご健勝と伺いました」

「それは誰だ」

「重藤成一郎《しげとうせいいちろう》元警視です」

日下は、右手の拳《こぶし》を握り締めた。

6

熱海《あたみ》駅のコンコースを通り、改札口を抜けると、目の前に温泉街らしい光景が広がった。軒を並べた土産物店。ホテルや旅館の派手な建物。駅前に数珠繋ぎになったタクシー。その前の歩道を、夏服姿の観光客たちが忙《せわ》しなく行き交っている。

「くそ暑いな」

空を見上げて、眩《まぶ》しい日差しに日下は顔をしかめると、肩を並べた柳に呟《つぶや》いた。

「ひと月も経《た》てば、少しは涼しくなりますよ」

日下はため息を吐くと、柳を促してタクシー乗り場の列に並んだ。やがて、二人の前に緑色のタクシーが停まり、後部左側のドアが開いた。

「どちらまで行きましょうか」

日下が先に乗り込むと、運転手が制帽を被《かぶ》った顔を斜《はす》にして言った。冷房がひんやりと効いた車内に、あとから柳が乗り込んでくる。

「すみませんが、清水町《しみずちょう》――まで行ってください」

「承知しました」

運転手はうなずくと、タクシーをゆっくりと発車させた。

道はひどく渋滞していた。日差しを浴びて白々と輝く街並みを見やりながら、日下は、重藤家に掛けた電話でのやり取りを思い返していた。

昨晩の捜査会議における一課長の決定を受けて、三島署の担当者から聞き出した重藤成一郎宅の電話番号に、日下が裾野署から電話を掛けたのは、今日の午前十時のことだった。その電話に出たのは落ち着いた声の女性で、重藤が庭仕事の最中だと言ったので、日下はお盆の時期に突然電話した非礼を丁重に詫《わ》びたうえで、捜査上の必要があり、重藤と是非とも面談したいと手短に用件を伝えた。すると、女性は一旦電話を保留状態にして、三分ほど経った頃、再び電話口に出て、どうぞ午後一番にお越しください、と丁寧な言葉で告げたのだった。

尾畑守誘拐事件の捜査と十四年後に設置された特別捜査班の活動は、三島署に保管されていた膨大な捜査記録によってすでに確認してある。

犯人の脅迫があった後、三島署に設置された捜査本部は、ただちに六十人態勢で非公開捜査を開始した。三島の借家を中心に、周囲五百メートル圏内の徹底的な《地取り》が行われた。圏内のすべての住宅、店舗、工場や作業場に捜査員が赴き、それらの住人や使用者に一人残らず面談して、被害者や犯行の現場、不審人物や疑わしい車両の有無などの聞き取りが繰り返されたのだった。同時に被害者となった幼児やその家族と関わりのあった人物について、《鑑取り》も始まった。人間関係や利害、悶着の有無など、被害者周辺に犯人が存在している可能性を考慮した捜査にほかならなかった。

むろん、これと並行して、三島市内と尾畑小枝子の実家のある富士市を中心にして、幼児への性的な悪戯《いたずら》の前歴者や変質者、さらに金銭的に困窮している者などがリストアップされ、事件との関わりの有無の確認が徹底的に行われた。しかも、遺体が発見されて、公開捜査に切り替えられると、捜査対象の居住地域は県内と隣接地域にまで広げられて、半年後、容疑者候補は実に二千人以上にも上ったのである。

それらの一人一人について密《ひそ》かな内偵が行われ、同時に事件当日とその前後の行動とアリバイが調べられたものの、白黒の決め難い対象者が多く残されてしまい、一年が経過しても、重要容疑者を絞り込むまでに至らなかった。他の凶悪事件に捜査員の手を取られて、捜査本部はしだいに縮小され、事件発生から二年が経過した時点で、ついに解散となったのである。以後、少数の継続捜査班が地道な調べを続行したものの、これといった新しい発見に結びつくことはなかった。

捜査がここまで難航した原因は、一にかかって物証が皆無であったことと、家族を別にすれば、事件直前の被害者を目撃した人物がたった一人という状況に起因していると言わざるを得なかった。誘拐犯が掛けてきた電話の音声が録音されていれば、ひょっとすると、事態は別の様相を呈していたかもしれない。しかし、現実には、決め手となったかもしれない音声の録音に、捜査一課特殊班は失敗したのである。

とはいえ、捜査状況の細かい経緯までは、日下にも読み取ることはできなかった。まして、文字として記録されていない現場の空気や、捜査に携わった人間たちが肌で感じ取った微妙な事件像までは把握できていない。重藤との面談の目的は、その二つを微細な点に至るまで確認することにほかならない。
日下が思いを新たにしたとき、タクシーが急な上り坂に差しかかり、車体がガクン
と揺れた。
熱海市清水町は、温泉街の中心地から南西に外れた地点にある。
住宅街の道路脇で、日下と柳はタクシーを降りた。重藤の家はすぐに見つかった。
狭い路地の奥まった突き当たりにある二階建ての木造の一軒家で、庭の百日紅《さるすべり》の木が
煩《うるさ》いほどに枝葉を伸ばしていた。
玄関のドアの前に立ち、日下は呼び鈴を押した。
しばし間があってドアが開き、老人が顔を出した。七十歳くらいだろう。上背があ
り、肩幅が広い。皺《しわ》一つないワイシャツに、下はグレーのスラックス。素足に下駄《げた》を
突っ掛けている。
「裾野署の日下です。本日はお世話になります」
「同じく、柳です。お世話になります」
日下と柳は揃《そろ》って警官式に頭を下げた。
「重藤だ。生憎《あいにく》と妻が出かけていて、もてなしはできないが、上がってくれ」
やわらかな口ぶりだった。その言葉で、電話に出た女性が夫人だと察しがついた。

二人が通されたのは、八畳の和室だった。庭先からツクツクボウシの鳴き声が響いている。どこかに仏壇でもあるのか、日下は鼻先に線香の匂いを感じた。室内は整然としており、冷房が効いている。

「楽にしてくれ」

勧められるままに二人が濃紫色の座布団に腰を下ろすと、重藤は向かいに座り、茶を淹《い》れ、二人にすすめた。

その重藤を、日下は改めて見つめた。七三に分けた髪は、白髪というより銀髪に近い。えらの張った四角い顔。一重の三白眼。狷介《けんかい》な印象を与える容貌だが、警官という職業で形作られた風貌かもしれない。

「さっそくだが、私に何を訊きたい」

一瞬、日下は柳と目を見交わす。それから、重藤に視線を戻すと、言った。

「昭和四十九年に発生した尾畑守くん誘拐事件について、重藤警視が管理官としてご担当された特別捜査班の活動内容を、詳しく教えていただきたいと思いまして、お訪ね申し上げました」

重藤が顔つきを変え、絶句したように黙り込んだ。

驚き。

疑念。

重藤が感じているのは、そのどちらかだろう。

日下が胸の裡《うち》でそう考えたとき、ふいに重藤が口を開いた。

「私はもう警官ではないから、その呼び方は適切ではない。それはともかく、今頃になって、あの事件にどうして関心を持つのかね。ここまで訪ねてきたからには、三島署に問い合わせて、捜査記録に目を通したと思うが、それで十分じゃないのか」

「むろん、捜査本部や継続捜査班の記録と、それに特別捜査班の記録のすべてを拝読させていただきました。――実は、八月二日に、裾野署管内の東名高速裾野バス停付近において、殺人事件が発生いたしました。殺害されたのは七十代の男性で、氏名は須藤勲です。おわかりだと思いますが、四十一年前に起きたあの誘拐事件の被害者の父親です。それで是非とも、重藤警視――いえ、重藤様より当時の捜査の詳細な経緯について教えていただきたいのです」

重藤はまたしても黙り込んだものの、一つ咳払《せきばら》いすると言った。

「あの事件のことは、二度と思い出したくないし、いまさら人に話す気もない」

ある程度は予想された反応だった。捜査記録に目を通した日下は、特別捜査班が最終的に目を覆いたくなるほどの黒星を喫して、捜査から撤退せざるを得なかったことを知っていたからである。それでも、握り締めた掌に汗を感じながら、日下は食い下がった。

「どうしてですか」

「理由を言う必要があるのか」

「尾畑守くん誘拐事件に関わりのあった須藤勲氏が、何者かに殺害されたんですよ。しかも、事件が起きた場所は、かつて守くんの誘拐事件で、第一回目の身代金の受け渡し場所に指定された地点にほかなりません。だとすれば、今回の殺人事件が、あの誘拐事件と関連して起きた可能性も皆無ではない、そう思われませんか」

「捜査本部では、そう筋読みしているのか」

「包み隠さずに申し上げます。上層部はさほど関心を持っておりません。余計な可能性を消すための手間の一つとして、重藤様との面談の許可が下りたというのが実情です」

言いながら、日下は捜査一課長の仏頂面を脳裏に思い浮かべた。

「おたく自身は、どう考えている」

重藤の口調が厳しい響きに変わった。

「須藤勲氏についての捜査で、複数の金融業者から借金をしていた事実が判明しました。しかも、借金のいくつかは焦げ付いており、取り立てに遭っていたこともわかっています。したがって、捜査本部は借金がらみの揉め事の筋読みを支持しています。しかし、遺体の発見現場は、彼の生活圏からあまりにも離れており、借金取りが、わざわざそんな面倒な場所に借り手を呼び出したりするとは考えられません」

「それで、昔の事件の幽霊を甦らせようというわけか」

「幽霊は、人の腹を刺したりしません」

「老婆心ながら敢えて言わせてもらうが、民間人に捜査情報を漏らすのは、警官としてごく初歩の失策だぞ」

「あなたは、単なる民間人ではありません」

暴言すれすれの語気で、日下は言い返した。

「須藤勲は、どうしてその場所に行ったと考えているんだ」

「もしかすると、須藤勲氏自身が、何者かをあの場所に呼び出したのかもしれません」

言いながら、日下は須藤勲の遺体発見現場を思い浮かべた。現場から、見通しの利かない場所に停められていた赤いフォルクスワーゲンのビートル。須藤勲があの場所にわざと車を停めたとしたら、その意図は、これから会う人物に自分の動きを悟られないようにするためだったとしか考えられない。

「須藤勲の心情に鑑みて、それはまずあり得ん想定だろう」

「そこです、私が強調したい点も」

「それは、どういう意味だ」

重藤が目を細めた。

「仮に須藤勲氏が、何者かをあの場所に呼び出したとしましょう。それは、重藤様がいま指摘されたように、彼にとって耐え難い場所に立つことを意味したはずです。誘拐された息子の身代金の受け渡し場所であり、しかも、その息子は遺体で発見されたのですから。けれど、これ以上ないほどの心痛を押してまで、須藤勲氏には、相手をあの場所に呼び出さねばならない重大な動機があったと考えられるのではないでしょうか」

「その重大な動機が、あの誘拐事件と関連したものと、そう言いたいのか」

「一つの可能性です」

重藤が大きく息を吐いた。

これは、どういう嘆息だ。

当惑。

苛立《いらだ》ち。

それとも、断りの言葉を探すための時間稼ぎか。

「三度目は、ないと思っていた」

重藤の呟きを聞き間違いかと思い、日下はすぐに訊き返した。

「三度目？」

「ああ、尾畑守くんが誘拐されたとき、私は三島署に配属されていた。そして、その十四年後、今度は、あの誘拐事件の再捜査の陣頭指揮を執ることになった。だから、もう二度と、あの事件には関わることはないと思っていた」

「捜査にご協力いただけるのですね」

「そこまで言うのなら、同じ警官だった者として、くだらん私情は捨てよう」

「ありがとうございます」

日下は、重藤に向かって深々と頭を下げた。隣で、柳も無言のまま低頭した。

「こちらの話を始める前提として、まず、おたくたちの抱えている事件の概要を説明してもらおうか」

日下は柳に顔を向けた。柳がうなずき、口を開いた。

「私からご説明申し上げます。須藤勲氏の遺体が発見されたのは、八月二日の午後八時過ぎのことでした――」

柳が話を続けてゆく。

腕組みしたまま、厳しい表情の重藤が耳を傾けている。

「――現在、六十人態勢で《地取り》《鑑取り》、それに《証拠品分析》を行うとともに、借金返済の督促を行っていた金融業者、須藤勲氏の知人、友人、仕事関係者についての内偵を継続していますが、いまのところ、これといった注目点は見つかっておりません」

柳の言葉が終わると、重藤が腕組みを解き、

「あれは、私が最後に手がけた捜査だった――」

と言いながら、一瞬だけ庭先へ目を向けた。

はるか昔の光景を見やったのだ。

日下には、そう思えた。

第二章

1

昭和六十三年七月二十八日、午前九時三十九分。

新幹線こだま号が滑り込んでいく静岡駅のホームを、重藤成一郎は車窓から物憂げに眺めていた。網棚からアタッシェケースを下ろして床に置き、濃紺の上着は左腕に掛けている。通路際のC座席だが、午前十時前の車内は指定席の通路にまでぎっしりと人が詰まっており、停車するまで立ち上がっても無駄なのだ。

それでも気持ちは逸《はや》っていた。落ち着かない原因は、これから会うことになっている人物がどんな理由で重藤を呼びつけたのか、まったく見当がつかないからだった。

上司である磐田《いわた》署の署長も首を傾《かし》げていた。少しばかり疑うような目つきだったのは、昇進話と勘ぐっていたのかもしれない。

車両が停車すると、空気の抜けるような音とともにドアが開いたのが感じられた。重藤は立ち上がり、通路に数珠繋《じゆずつな》ぎになった乗客たちの隙間に入り込んだ。

車両から出た途端に、蒸し暑い外気が身を包んだ。ホームの庇《ひさし》と車両の隙間から、刺すような日差しが落ちている。降車した人々の靴音に囲まれるようにして、重藤は下りエスカレーターへ向かった。

蛍光灯の白い光に満ちたコンコースを抜けて、静岡駅北口へ出た。外の眩《まぶ》しさに、思わず目を眇《すが》める。目の前を横切るのが、国道一号線すなわち東海道。それと交差して北へ延びるのが、御幸《みゆきどお》通りこと県道二七号線だ。

重藤は御幸通りの歩道を歩き出した。だが、行く手を赤信号に阻まれるたびに、顔をしかめて、入道雲が立ち上る青空を見上げた。ほどなく、目的の建物が目に飛び込んできた。県警本部の入る静岡県庁東館。隣に静岡県庁本館の豪壮な建物も見える。重藤は上着に腕を通すと、ボタンを一つ留め、大きく息を吸い、東館へ向かって歩き出した。

「時間に正確だな」

巨大なデスクの向こう側で、スーツ姿の榛《はしばみ》康秀《やすひで》が言った。

直立不動のまま、重藤は言った。

「一分遅れても、相手は時計を見て、なぜ来ない、と不平を漏らします。逆に一分でも早ければ、もう来たのか、とそれすらも迷惑に感じる。それが人間というものだと教わりました」

県警本部上層階にある広々とした執務室で、二人は対面していた。ホワイトボード並みの大きな窓から、はるか眼下の静岡市街が一望できた。夏の日差しを浴びた街並みが、ハレーションを起こして白々と輝いている。外の喧騒《けんそう》が嘘《うそ》のように、完全防音の室内は静まり返っている。冷房の効き過ぎで、重藤は全身の汗が引いてゆくのを感じていた。

「その手の人間観察を武器にして、警視まで這《は》い上がってきたわけか」

榛が無表情のまま言った。キャリアであれば採用七年目で一斉に警視に昇任するが、重藤のようなノンキャリア組は、どれほど早くても四十五歳くらいまでかかるものだ。事実、彼はその年齢だった。

一方、榛もほとんど同じ年恰好《としかっこう》だろう。だが、眉が太く、切り立ったように高く太い鼻梁《びりょう》が、話す相手から逸《そ》らさない眼差《まなざ》しと同様に、峻厳《しゅんげん》な内面を物語っている。彼が県警トップの本部長の座に就いたのは、前任者が体調不良を理由に退任したこの七月一日のことだから、鼻息が荒いのも無理はないだろう。

「磐田署の副署長の椅子《いす》は、座り心地がいいか」

謎をかけるような物言いだった。県警本部に呼びつけた理由を、さっそく切り出すつもりだ、と重藤は悟った。微動だにせず、両脚に力を入れる。

「悪くはありません」

「だったら、ここへ呼び戻されて、課長の雑巾《ぞうきん》がけからやり直すとしたら、辛《つら》いだろうな」

重藤は黙り込んだ。沼津署管内の派出所巡査を皮切りに、気が遠くなるような配置異動の末に、ようやく獲得した地位を剝奪《はくだつ》される理由にいささかの心当たりもない。

「一般社会でも役職に応じて、相応の成果が求められるが、警察官の場合は、そんなものとは比較にならぬほど厳しい要求が突き付けられている。一つのミスも許されん。もしもミスすれば、いっさい弁解の機会も与えられずに腹を切らされる。それが警察官というものだ」

物言いがさらに鋭くなった。これは何だ。失態を指摘される覚えなどまったくない。

その胸中を読み取ったように、榛が口調を変えた。

「おまえは、十四年前に起きた尾畑守くんの誘拐事件を覚えておるか」

重藤は瞬時に考えをめぐらせ、脳裏の奥に答えを探り当てた。

「五歳児が行方不明となり、身代金を要求する電話が隣家に掛かってきたものの、犯人はついに姿を現さなかったと記憶しております」

「被害者の幼児は、どうなった」

「遺体で発見されました。犯人の逮捕には至っていないはずです」

「そのとおりだ。このままでは、一年後にその事件の時効が完成してしまう。それはとりもなおさず、戦後に起きた営利誘拐事件の中で、被害者を死亡させながら未解決という汚点を、この静岡県警が残すことにほかならん。捜査本部は、事件が起きた二年後に解散してしまった。三島署に継続捜査班が残されておるが、このままでは埒《らち》が明くまい。おまえは、どうしてこんな事態に陥ったと思う」

重藤は言葉に詰まった。思考が空回りして、汗が引いたはずの全身が再び熱くなる。確かに、あの事件は彼の三島署在任中に発生したものだった。もしも彼が警視であれば、管理官として直接捜査を指揮した可能性もあったろう。だが当時、彼の階級は警部補で、職位は課長補佐だった。しかも、応援部隊として身代金の受け渡し指定場所での張り込みや、遺体の発見現場での捜査に加わった以外、別件の殺人事件に忙殺されていた。したがって、あの事件のごく詳細な捜査状況までは知りようもない。しかし、それでは返答にならないことも承知していた。

「誘拐犯との交渉に当たった捜査一課特殊班が、犯人からの電話の録音に失敗したこと。それが、躓《つまず》きのきっかけだったと愚考いたします」

「犯人は、どうして身代金を取りに現れなかったのだ」

「こちらの張り込みを警戒したからではないでしょうか」

「馬鹿か。警察の張り込みを恐れない誘拐犯が、どこにいる」

抜身の切っ先のような視線が、重藤の顔に突き刺さっていた。

「犯人に、別の思惑があった可能性も考えられます」

「例えば、どんな思惑だ」

「被害者家族と捜査陣を焦《じ》らす気だったのかもしれません」

「その目的は」

「警察の捜査を混乱させるために、身代金の受け渡し場所を頻繁に変更することは、誘拐犯の常套《じようとう》手段です。その変形パターンという可能性もあるのではないでしょうか」

「それならば、身代金の要求が途絶したのはなぜだ」

重藤が口を開く寸前に、榛が言った。

「説明のつかない犯人の動きに困惑し、たじろぎ、なす術《すべ》を失ったこと。そんな状態に捜査員たちが嵌《はま》り込んでしまったことが、今日の体たらくの発端にほかならん。そして、たったいま、俺は一つのミスも許されんと言ったが、呆然《ぼうぜん》と立ち止まることも警察官には認められん。むろん、時効などもってのほかだ。そこで、この事件、おまえに引き継いでもらうことにした」

重藤は絶句した。同時に、全身から汗が噴き出す。

「ちょっとお待ちください」

半歩身を乗り出した。重大事件の場合、時効寸前になって、だめ押しの再捜査が行われることは珍しくない。とはいえ、選《よ》りによって、その任が自分に回ってくるとは、いったいなぜなのだ。

「どうした。かつてのお膝元で起きた事件を、お宮入りにしたくはないだろう」

「現在、私が対応している案件はどうなるのですか」

「心配はいらん。別の者に引き継がせる」

「つまり、三島署への異動という意味でしょうか」

「いや、いまのところ異動ではない。特別捜査班を編成して、ただちに再捜査に着手する。ただそれだけのことだ」

問答を打ち切るように、榛が革椅子から立ち上がった。厚みのある体軀《たいく》が窓際へ近づく。そして、市街を見下ろしたまま再び言った。

「時効が迫った案件だ。関係者や目撃者はむろん、一般市民の記憶など当てにはできまい。万が一これまでの捜査の網の目から有力な物証が漏れ落ちていたとしても、すでに変質していたり、消滅していたりする可能性が大きいに決まっている――」

そこで榛が振り返った。

「それでも、万難を排して、この事件を解決しろ」

重藤は音を立てずに大きく息を吸い込んだ。目の前の人物が、自分を指名した意図に思い至ったのである。警察組織の中でも、殺人や誘拐を扱う捜査一課や刑事課は、その犯罪の重大性から、とりわけ捜査員の気位が高い。鋭敏な頭脳の働きと熟練した捜査技術を極限まで要求されるのだから、当然と言わざるを得ない。だからこそ、一つの案件に関わってきた捜査陣を差し置いて、別の人間が再捜査をすることは、先輩や同僚の《ケツを洗う》と言って、峻烈《しゅんれつ》な反発を生ずるものなのだ。

重藤が再捜査の陣頭指揮を執ることになれば、これまでの調べを跡付けされる継続捜査班とその指揮官は、不快感を隠さないだろう。むろん、重藤の手足となる捜査員にも、同様の敵意が襲い掛かるはずだ。まして、再捜査に失敗して時効が完成すれば、捜査を統括した管理官の警官生命は断たれたも同然と言わねばならない。それでいて、拒絶はいっさい許さない腹積もりなのだ。《いまのところ異動ではない》という榛の言葉は、それを暗に仄《ほの》めかした脅し以外の何物でもない。

三島署の課長の一人が、この四月に赴任したばかりのキャリアの警視だったことを、彼は思い出した。こんな危険極まりない火中の栗《くり》を、キャリア組に拾わせるわけにはいかない。県警の中でも特進組ともいうべき叩《たた》き上げの重藤こそ、その人身御供《ひとみごくう》に最適という判断に違いない。万が一の場合、閑職へ追放して容赦なく蜥蜴《とかげ》の尻尾《しっぽ》切りができる。おまけに、若手キャリア向けのポストが一つ空くのだ。むろん、新任の県警本部長として、純白の経歴にかすかな汚点も残したくない。それこそが最優先の思惑に決まっている。

「どうだ」

後ろ手を組んだまま、榛が言った。拒否できないとわかっていながら、今度は嬲《なぶ》るような眼差しを向けていた。

重藤は奥歯を嚙《か》み締め、挑むような思いを込めて、目の前の男を凝視した。だが、静かに息を吐くと、深々と頭を下げた。

「謹んでお引き受けいたします――ただし、一つだけ条件を付けさせてください」

「言ってみろ」

「特別捜査班の編成について、いっさい外部の干渉を受けたくありません」

「おまえの一存で、特別捜査班を編成したいと言うのか」

「県警の警官の中から自由に選ばせてください」

「何を考えている」

窓際から離れた榛が、革椅子に腰を下ろしながら言った。

「時効の期限までに事件を解明しなければならないとすれば、事件全体をまったく違った観点から見直す必要があります。継続捜査班は事件に精通しているでしょうが、それだけに、先入観にどっぷりと染まっていると言っても過言ではないはずです」

「つまり、新しい筋が見えてこないと言いたいのか」

「十四年間、練達の捜査員たちが足を棒にして調べ続けてきて、それでもなお、重要容疑者の特定にすら至っていないのですから、新しい筋を見出《みいだ》さないことには、事件の解明などとうてい不可能ではないでしょうか」

「まさか、継続捜査班をすべて外そうと考えているんじゃないだろうな」

「そのとおりです」

重藤は再び奥歯を嚙み締めた。

今度は榛が黙り込んだ。視線を逸らし、しばし斜に見上げたものの、やがて重藤に目を移す。鱶《ふか》のような表情のない眼差しだった。

「人選の裁量権は、ある程度は認めよう。だが、継続捜査班の一部は特別捜査班に残す。これまで積み上げてきた成果を、むざむざと溝《どぶ》に捨てるなど、もってのほかだ」

「承知いたしました」

重藤は再び頭を下げながら、どす黒い憎悪を覚えていた。

継続捜査班の人員を残すのは、三島署の憤懣《ふんまん》のガス抜きのために決まっている——

だが、その怒りをすぐに振り払うと、彼は胸の裡《うち》にある男の顔を思い浮かべていた。

2

七月三十日。

静岡県警本部の記者会見場に、熱気とざわめきが籠もっていた。

所狭しと並べられたパイプ椅子に、五十人以上の記者たちがすし詰めに腰掛けており、カメラやフラッシュをチェックしたり、会場のあちらこちらへ忙《せわ》しなく視線を走らせたりしている。隣同士で囁《ささや》きを交わしたりしている者も少なくない。

記者席の背後には、地元局ばかりか、全国ネット局のテレビカメラまでが三台もスタンバイしており、スタジオ並みの照明も並んでいた。上座の会見席には何本ものマイクが並べられ、傍らに司会進行用のマイクスタンドも用意されているものの、まだ人の姿はなかった。

会場入り口際から、重藤はその様子を眺めていた。落ち着きのない記者たちの胸中が、手に取るように理解できた。突然、県警本部が自分たちを呼集した意図を測りかねているのだろう。しかも、記者会見の内容が十四年前の幼児誘拐事件の再捜査についてであることが、彼らの興味をいっそう掻《か》き立てているに違いない。まして、通常の誘拐事件であれば、捜査一課長あたりが行うべき記者会見を、県警本部長みずからが行うと告知されているのだから、マスコミが色めき立つのも無理はない。

重藤は腕時計に目を向けた。

午後一時八分前。

夕刊の記事に間に合う時間だ。一週間前、浦賀《うらが》水道で潜水艦なだしおと釣り船が衝突した事故を除けば、ここのところ一面ネタになる大事件も起きておらず、マスコミへの発表のタイミングといい、時間の設定といい、入念に仕組まれた記者会見であることは明らかだった。

午後一時を十分過ぎた頃、前触れもなく、会見席の横手から制服姿の一団が登場した。途端に、会見場が水を打ったように静まり返る。余韻のように、二、三の咳払《せきばら》いが響き渡った。進み出た榛康秀が会見席に鷹揚《おうよう》に着座すると、司会用のマイクスタンドの前に立った丸顔の刑事総務課長が、やや緊張気味に口を開いた。

「これより、静岡県警本部長による緊急の記者会見を行います」

間髪を容《い》れず、榛がマイクに口を近づけた。

「皆さん、ごくろうさまです。県警本部長の榛です——」

落ち着き払った、よく通る声が会場に響き渡ってゆく。

「本日皆さんにお集まりいただいたのは、ご案内のとおり、十四年前に発生した尾畑守くん誘拐死体遺棄事件について、今回、県警の重藤成一郎警視を管理官として特別捜査班を新たに編成し、改めて重点的に捜査を行うことを決したからです。事件の事実関係をご説明申し上げるとともに、質問をお受けしたいと思います。そのうえで、一般市民ならびにマスコミ各社に対して、事件解明に特段のご協力をお願いしたいと存じます」

榛はすぐさま老眼鏡らしき金縁眼鏡をかけると、手にした資料をもとに、十四年前の尾畑守誘拐殺害事件の概要を説明し始めた。

ときおり、資料から顔を上げるたびに、フラッシュが焚《た》かれる。だが、テレビカメラは会見席に向けられたまま、釘付《くぎづ》けになったように微動だにしない。

腹の底に重い石を抱え込んだような心持ちで、重藤はその様子を見つめていた。少なくとも、今日の地元紙夕刊の一面と、夕刻の各局のテレビニュース画面を、大写しになった榛の顔が飾ることだろう。それで世間は否応《いやおう》なくあの事件を思い出すのだ。いずれ、後追いの記事や、県警の広報からの新たな報告が、ちらほらと紙面を賑《にぎ》わすことになろう。

しかし、やがて記事が掲載される頻度は下降し、いつしか、この事件が紙面に載ることもなくなる。そして、誰も気に留めぬうちに、ひっそりと時効を迎えるのだ。榛康秀という県警本部長が、誘拐犯を追い詰めてみせると息巻いた記憶だけが、人々の意識の底に残る。それが、あの男の思い描いている筋書きのはずだ。

ゆうに二十分ほども、その説明は続いた。榛が眼鏡を外した。

「以上が、これまでの経緯です。新たに発足する特別捜査班の捜査方針としては、従来の捜査資料を総点検するとともに、まったく新たな目で事件の全容を今一度見直すところから始める予定です。時効まで一年を切った状況であり、時間も切迫しており、県警を挙げて、本件の解明に全力を傾注する所存です」

榛が話を締めくくるようにうなずいた。

すかさず、刑事総務課長が口を開いた。

「それでは、ご質問のある方は、挙手をお願いいたします――」

会場に居並んだ記者たちの中から、いくつもの手が挙がった。刑事総務課長が最初に手を挙げた人物を指差した。記者席の後方の左端に座っていた小柄な男が口を開いた。

「管理官に重藤警視を任命されたのは、どのような意図からですか」

人々の目が、一斉に注がれる。その横顔に、重藤は見覚えがあった。駿河日報の佐《さ》藤文也《とうふみや》という記者だ。何度か声をかけられた経験がある。おそらく四十前後だろうが、童顔だ。そのくせ、ねちっこい取材をする。

「県警でもトップクラスの優秀な警官であり、事件当時、捜査本部の置かれた所轄署に勤務していたことから、地の利も十分にあります。したがって、再捜査に打ってつけの人材と判断しました」

榛がこともなげに言うと、間髪を容れず別の手が挙がり、刑事総務課長が促すと、記者席の前方から質問が飛んだ。

「当時、事件発生から二十三日後に被害者の遺体が多摩川から発見されましたが、この点について、県警はいまどうお考えですか」

その言葉に、会場にざわめきが湧き起こり、カメラの放列からフラッシュが続いた。

一瞬、榛が居住まいを正した。

「誘拐された幼児がお亡くなりになった点については、静岡県警の力不足と認めざるを得ません。県警を代表して、被害者並びにそのご家族の皆様に、あらためて衷心よりお詫《わ》びと哀悼の意を表させていただきたいと存じます」

と、そこで言葉を切ると、彼はマイクに向かって身を乗り出して続けた。

「だからこそ、我々は特別捜査班を設置することを決断いたしました」

次々と記者が質問を発する。

「誘拐犯は何人組とお考えですか」

「単独犯か、複数犯かは、断定できておりません。捜査に予断は厳禁と申しておきます」

「身代金を取りに現れなかった犯人に、別の思惑があった可能性もお考えですか」

「あらゆる可能性を検討することは、捜査の常道です」

「新たな捜査班が編成されたということは、有力な容疑者がいるんじゃないですか」

「捜査上の秘密です。返答は控えさせていただきます」

「犯人に何か言いたいことはありますか」

榛が一拍の間を空けて、かぶりを振ると言った。

「卑劣な誘拐犯にかける言葉など持ち合わせておりません。しかし、敢《あ》えて何か言うとすれば、首を洗って待っていろ、だけです」

語気を強めた挑発的なその言葉に、一瞬、会場に驚きのような囁きがこぼれた。

そのとき、またしても佐藤が手を挙げて言った。

「時効間際になって、特別捜査班の編成が行われるというのは、本部長のご決断ですか」

「むろん、そうです。県警は日々新たな事件や懸案と直面しています。しかし、未解決の事件をみすみす時効にさせるわけにはいきません。ぎりぎりまで、その解決に向けて全力を尽くすのも、我々警察官の使命にほかなりません」

「事件解明に至らず、時効になれば、本部長が責任を取られるということですか」

「捜査を始める前から失敗を想定することなど、警官には許されません」

「それじゃ答えになっていませんよ。だいいち、今回、わざわざあなたが記者会見を開いた理由は、いったい何なんですか」

つかの間、執拗《しつよう》な追及に苛立《いらだ》つような間が空いたものの、榛は言った。

「ですから、最初に申し上げましたように、市民とマスコミ各社に、あらためてご協力をお願いするためです」

「あなたは今月の一日に、静岡県警の本部長に就任されたばかりですよね。今回のことは、この記者会見も含めて、ご自身のためのパフォーマンスとも言えるんじゃないんですか」

すると、今度は佐藤を見据えるようにして、榛が言った。

「それほどまでに私が注目を浴びているとしたら、こうした場に不適切な言い方かもしれないが、県警としては大収穫ですな」

「大収穫？」

榛が深々とうなずく。

「県警組織を統括する責任は、言うまでもなく、最終的に私にあります。だからこそ、広く一般市民の警察活動への関心を喚起し、協力態勢を醸成するためならば、本部長として、どんなことでもするべきだと私は愚考いたします。それでこそ、捜査に身命を賭《と》している各警察官の活動が成果を挙げることができると確信しているからです」

彼が言い終えると、会場が静まり返った。

が、女性記者の一人が手を叩いた。

すると、つられたように二つ三つの別の拍手が続いた。

それを見届けると、重藤は会場から出た。

これ以上、猿芝居に付き合う必要はない。

3

七月三十一日、午前九時。

三島署の小会議室に参集した特別捜査班の人員は、六名の男たちだった。いずれも半袖の白いワイシャツに目立たないネクタイ、それに地味な背広という恰好だ。

六名のうちの四名は、三日前、重藤が静岡県警本部から電話を掛けて、一本釣りした連中にほかならない。しかも、彼らが手がけている案件を放り出して、十四年前に起きた男児誘拐事件の特別捜査班に加わるように命じたのだから、誰もが電話口で言葉に詰まったものである。こんな異例の事態を経験したことはなかったろう。だが翌日、それぞれが所属する所轄署長宛に、県警本部長名の正式な通達書が送付されて、事件を解明しようとする県警の強い意志を読み取ったはずだ。その四名が、真剣な表情で重藤を見つめている。

それ以外の二名は、榛の厳命に従い、継続捜査班から合流した人員だった。その両名と、重藤と並んで上座に着座している三島署の刑事課の課長、寺嶋正志《てらしままさし》は、仏頂面を隠そうともしなかった。

「面識のない者同士もいることだろうから、最初に、私から一人一人紹介しておこう」

重藤は立ったまま捜査会議の口火を切ると、着座している捜査員らを見回した。室内は冷房が効いているにもかかわらず、こころなしか蒸し暑さを感じる。

「勝田久作《かったきゅうさく》警部補――」

はい、という抑え気味の返事とともに、最前列の色黒の男がゆっくりと立ち上がった。肩幅が広く大柄で、ポマードで固めたリーゼントヘアが目に付く。その態度には、明らかに不満の色が滲《にじ》んでいた。継続捜査班からの合流組の一人だ。

「庄司修《しょうじおさむ》巡査部長――」

はっ、と勝田の隣の小太りで目の細い男が起立して、一礼した。彼も継続捜査班からの合流組だが、こちらはさばさばした顔つきだった。

「小此木晴彦《おこのぎはるひこ》警部補――」

「よろしくお願いします」

二列目の銀縁眼鏡をかけた胡麻塩頭《ごましお》が立ち上がり、頭を下げた。現在、下田署の所属だが、三島署管内の派出所勤務からスタートした人物だ。赴任直後、ある殺人事件の初動捜査において、駆けつけた所轄署のベテラン刑事は、遺体にブルーシートが掛けられているのを目にしたという。おりから降り続いていた豪雨への機敏な対応にほかならなかった。立入禁止線も広くとってあり、そうした処置が後々の捜査に大きく寄与したのである。

いずれも警察学校で学ぶ現場保存の基本だが、着任早々で遺体に直面して沈着でいられる警官はざらにはいない。その後の勤務態度も飛び抜けて良好だった。だからこそ、小此木から刑事になるための推薦の願いを受けたとき、そのベテラン刑事は迷わず副署長に推薦を進言したという。重藤は、その噂《うわさ》を耳にしていたのだった。

彼は、その横の人物に目を向けた。

「白石聡《しらいしさとし》警部補――」

「はい」

小此木の隣の男が静かに席を立ち、低頭する。二メートル近い長身だ。藤枝《ふじえだ》警察署所属のベテランであり、重藤は何度か合同捜査を行ったことがあった。粘り強い性格と並はずれた観察眼の持ち主である。

「間島健二《まじまけんじ》巡査部長――」

「はい」

最後列の男が勢いよく立ち上がり、一礼した。今回顔を揃《そろ》えた捜査員の中で、最も若い三十代前半だ。柔道あたりで鍛えているのか、がっちりとした体格である。重藤はいくつかの署に電話を入れて、知り合いの老練な捜査員たちに、若くて元気のいい刑事がいないかを問い合わせた。その結果、最終的に選んだ人物だった。誘拐事件の捜査には熟練した技術と鍛え上げた勘、経験がものを言う。しかし、それらは慢心や思い込みにも嵌りやすい。若い刑事の前例に囚《とら》われぬ物の見方が是非とも必要だと重藤は考えたのである。

「辰川忠雄《たつかわただお》警部補──」

間島の右側に座っていた髪の薄い初老の男が、静かに立ち上がった。

「どうぞ、よろしくお願いします」

少し猫背気味で、警官とは思えないほど穏やかな柔らかい声だった。

辰川が着席するのを見届けてから、重藤は言った。

「本日の会議で、諸君にやってもらいたいことは一つしかない。尾畑守くん誘拐事件について、過去の捜査の瑕疵《かし》を指摘することだ。敢えて徹底的に、これまでの捜査の欠点をあげつらってもらいたい。──管理官として最初に宣言しておく。この特別捜査班においては、通常の行儀のいい捜査会議はいっさいなしだ。それぞれが思うところを遠慮なく主張してくれ」

六名の捜査員たちが絶句したように、目を大きく見開いた。

無理もない。身に降りかかる火の粉を覚悟のうえで、特別捜査班の一員となった連中なのだ。前任者の粗探しをしろと言われても、おいそれと口を開く気になどならないに決まっている。警察組織とは、《村社会》と言われるほど狭い人間関係で成り立っている。

六名の中でも、合流組の二人は、信じられないという表情に変わり、かすかに首を振った。寺嶋にいたっては、舌打ちを漏らした。噛みつきそうな形相になっているのも、ありありと感じられる。

それらをいっさい無視して、重藤は続けた。

「尾畑守くん誘拐事件は、捜査本部が設置されて以来、すでに十四年が経過してしまった。このままでは時効という最悪の事態を迎えてしまう。それはいったい誰の失態なのだ」

重藤は六人を見回す。

「捜査本部か」

凍りついたように、捜査員たちが押し黙っている。

「継続捜査班か」

寺嶋の頬が真っ赤になり、怒りでかすかに震えている。

大きく息を吸い、重藤は言った。

「二つとも、断じて違う」

捜査員たちの顔に意外という表情が奔《はし》り、寺嶋の肩が揺れた。

「誘拐された子供の命を救えず、無慈悲で凶悪な犯人の逮捕にも失敗した。そんな市民の怨嗟《えんさ》の声と、怒りの礫《つぶて》を浴びなければならないのは、すべての警官だ。二度と払拭できぬ屈辱と敗北の烙印《らくいん》を押されるのは、我々一人一人だ。それでも過去の失敗や落ち度の検証から逃げて、屈辱に甘んじるというのか。いいや、我々が被《かぶ》る汚名など、どうでもいい。今一度、幼い被害者の死に顔を思い出してほしい。小さな声なき声を聞いてほしい」

言いながら、これしか手が残されていない、と重藤は確信していた。だからこそ、新規に加わることになった四人にも事件についての捜査資料のコピーを送付して、入念に事前学習してくるように命じておいたのだった。

「この捜査が成功するかどうか、それは諸君らにかかっている。犯人逮捕に漕《こ》ぎつけた場合、手柄は諸君らのものだ。しかし、万が一、不幸にして時効となった場合、責任はすべて私一人が取る――」

その言葉で、捜査員たちの表情がさらに厳しくなった。重苦しくわだかまっている小会議室の空気が、やっと動いた。そう感じた重藤は、さらに続けた。

「――だが、我々は、この事件を絶対に時効にはさせない」

「管理官」

二列目の窓際に座っている白石が、顔を紅潮させて立ち上がった。

「何だ」

「母親が子供から目を離した状況についての調べが、これまでの捜査ではいささか甘いのではないでしょうか」

「どんな点が、甘いというのだ」

言いながら、重藤はようやく椅子に腰を下ろす。

「尾畑守くんが行方不明になったのは、昭和四十九年七月二十七日、すなわち、富士市の祖父宅から三島市郊外の借家へ引っ越した翌日です。母親の尾畑小枝子さんが引っ越しの後片付けにかまけていて、夕暮れ時になって初めて守くんの不在に気が付いたと証言していますが、これはいささか不自然だと思います」

「どうしてだ」

「資料には、こうあります」

白石が手元の資料に目を落とし、

「二十七日午後三時過ぎ、尾畑家の向かいの住人である蒲池《かまち》花世《はなよ》さんが、玄関から飛び出してきた守くんを目撃しています。しかし、そのときは母親に呼び止められて、家の中に戻ったと」

と言うと、顔を上げて続けた。

「引っ越したばかりで、子供が興奮するのは当然です。しかし、その子供が一度外へ飛び出したのですから、むしろその後の方が、母親としての警戒心が強く働くのが当然ではないでしょうか。にもかかわらず、彼女は子供がいなくなったことを見落としたことになっています。その状況の詳細がまったく調べられておりません」

「なるほど」

重藤はうなずき、資料のそのくだりを思い返しながら、ほかの面々を見回した。すると、白石の隣に座していた小此木が、ゆっくりと手を上げた。

「身代金のことで、ちょっと気になる点があります」

「どんな点だ」

「最初の電話が掛かってきたのは、守くんが姿を消した晩です。男の声で翌日までに一千万円を用意しろと伝えてきたと資料にあります。しかし、古いカレンダーで確認したところ、当日は土曜日でした。となれば、翌日は日曜日で銀行業務は休みですから、普通の市民が一千万円もの金を用意することは不可能のはずです」

「その点だったら、ちゃんと筋読みされているぞ。捜査資料のいったいどこを読んできたんだよ」

最前列の勝田が、ゆっくりと背後を振り返るようにして言った。

「何を言いたい」

重藤が水を向けると、勝田がもっさりと立ち上がった。

「犯人からの電話によって、捜査本部が発足して、ただちに地取り、鑑取りが行われました。しかし、そこに引っかかるものは何もありませんでした。向かいの家の蒲池花世を除けば、引っ越し先の近所で、尾畑守くんを目撃した者はまったく発見されなかったし、富士市の母親の実家、祖父の尾畑清三のもとにおいても特段の発見はありませんでした。ただし――」

強調するように声を大きくして、勝田はまたしてもほかの連中を見回す。

「ただし、尾畑清三は地主であり、地元でも指折りの資産家として知られた人物と判明したことから、犯人は尾畑小枝子というより、この尾畑清三に目をつけた可能性もあると捜査陣は筋読みしております」

「それが、筋の読み違いだと言うんだ」

勝田が腰を下ろしかけたとき、小此木が苛立ったように言った。

「何だと」

「まあ、話を聞こう」

重藤が二人に割って入った。

勝田が渋々と着座すると、小此木が入れ替わるように立ち上がった。

「この経緯は、ホシが用意周到に誘拐する子供の親族について調べていた可能性を示しているとも見えます。しかし、被害者が引っ越し直後であったことから、その様子を見かけた犯人が、たまたま家から飛び出してきた子供を誘拐した行き当たりばったりの粗暴な犯行という図式も成り立つはずです。とすれば、容疑者として網をかけるべき対象がまったく違っていたのではないでしょうか」

「子供の命を奪ったほどの犯行だぞ、そんな間抜けなことをするかよ。幼児を誘拐したその晩に、隣家に身代金要求の電話を掛けてきたんだぞ。どう考えたって、用意周到な犯行だったとしか考えられんじゃないか」

「隣家に電話を掛けたのは、母親から通報を受けた警察が逆探知の態勢を整えて待ち構えていると考えた犯人の機転だった。そういう解釈だって十分に成り立つ、違うか」

「屁理屈《へりくつ》ならいくらでも言えるさ」

勝田が鼻を鳴らして言った。

「勝手に吠《ほ》えてろ」

小此木も負けずにやり返す。

これでなくては、と重藤は思った。小会議室にさっきまでと違った熱気が籠もり始めている。だが、彼がときおり目を向ける相手は、最後列で押し黙って座ったままだ。

「管理官、もう一ついいですか」

白石が、またしても口を開いた。

「いいぞ」

「私がもう一つ気になっているのは、誘拐された被害者の遺体のことです。これがいささか引っかかります」

「どう引っかかる」

「尾畑守くんの遺体はタオルに包《くる》まれて、その上から紐《ひも》でぐるぐる巻きにされ、さらに重石《おもし》代わりの五キロの鉄アレイが二つ結び付けられていました。そこに用いられていたのは、いわゆる荷造り用の麻紐だったと記録にあります。だからこそ、足元に結び付けられていた方の鉄アレイの紐が切れて、遺体が水面に浮かび上がり、発見に繋がったわけです。しかし、管理官、遺体に重石を結び付けて水中に遺棄する場合、丈夫なナイロンロープや鎖などを用いる事例が圧倒的に多いはずです。にもかかわらず、この犯人はなぜ麻紐のような柔なものを用いたのでしょうか。まして、その紐は太さ三ミリ程度の極めて細いものだったとも記されています。従来の捜査では、この点についてまったく触れていません」

「確かに、そのとおりだな」

重藤はうなずきながら、考えを巡らせた。水中に遺体を隠そうとする場合、問題となるのは腐敗ガスによる水死体の膨張と浮上にほかならない。冷水の場合は、そうした事態の発生にかなりの長期間を要する。しかし、事件が発生したのは盛夏であり、水中に投じられてから二、三日でそうした事態が生じ始めても不思議ではない。一般に成人の場合、遺体の浮上を抑えるためには、最低三十キロ以上の重りが必要とされるが、五歳児の尾畑守の場合、五キロの鉄アレイが二つ結び付けられていただけでも浮上しなかったのだろう。だが、遺体が膨張して浮力が付けば、鉄アレイに繋がれた麻紐は水流に揉《も》まれて、紐を構成している繊維が少しずつ断裂し、やがて切れてしまう可能性があることぐらい素人でも察しがつくことではないだろうか。

「そのことだったら、嫌というほど検討したよ。しかし、何一つ、具体的な解釈は出てこなかったのさ。たまたま手近にあったものを使った、それだけのことだろうよ」

勝田の言葉で、重藤の思念は破れた。

「そうだったよな」

と、勝田が隣の庄司に顔を向けた。

「ええ、そのとおりですよ」

と庄司が相槌《あいづち》を打った。

「あのう――」

最後列の窓際に座っている間島が手を挙げた。

「何かあるか」

間島が立ち上がり、口を開いた。

「私は捜査資料が届いてから、ずっと容疑者リストを眺めていたのですが、そのとき一つの出来事を思い出したんです」

「どんな出来事だ」

「私が所属する榛原《はいばら》警察署の巡査部長が東京へ出張したとき、山手線内の原宿駅を過ぎた辺りで、痴漢行為を行った男子大学生を取り押さえたことがあったんです。そして、渋谷駅の駅長室で所轄署の警官の取り調べに立ち会ったとき、捕まった大学生が、痴漢行為に及ぶために、わざわざ埼玉県の大宮市から出てきたと供述したんです」

間島が、そこで言葉を切った。

重藤は、彼が何を言わんとしているのかを察した。尾畑守の遺体が多摩川の河川敷付近の水面で発見されたことで、事件は公開捜査に切り替えられ、県内および隣接地域内に居住する者で、幼児誘拐の前歴者や幼児への性的悪戯《いたずら》を犯した人物、さらに金銭的に困窮しているという対象者の割り出しに全力が注がれることになったのである。

「つまり、どうすべきだと思う」

「この際、県内に本籍がありながら、隣接地以外の他県に在住する者へも、積極的に目を向けるべきではないでしょうか。本籍地なら、かなりの土地勘があると考えられます」

かなり無謀な提案と言わざるを得ない。しかし、無視できないと重藤は思った。

そのとき、間島の隣に座っていた辰川が手を挙げた。

「重藤警視、私にも一つ気にかかることがあります」

重藤はうなずきながら、身を乗り出した。発言を心待ちにしていた人物である。

「先ほども指摘のあった遺体発見の状況についてですが――」

「何だよ、またしても重箱の隅を突っつこうっていうのか」

勝田が茶々を入れた。

「まあ、待て」

手を挙げて制すと、重藤はうなずくようにして話を促した。

すると、辰川は穏やかな表情で言った。

「確かに細かい話で恐縮ですが、遺体が発見されたのは、八月十九日のことでしたよね」

「それが、どうしたっていうんだ」

勝田の不規則発言に遮られたものの、辰川は意に介さない様子で続けた。

「東京都大田区の多摩川に架かった東急東横線の橋梁と、都道二号線の橋梁《きょうりょう》に挟まれた河川敷近くの水底に、尾畑守くんの遺体が隠されていたわけですが、昭和四十九年の八月十九日は月曜日でしたから、前日は日曜日です。気になって新聞の縮刷版を調べたところ、日曜日の東京は午前、午後とも曇りでした。しかし、夏休み期間中とあって、月曜日よりも日曜日の方が、河原に遊びに来ていた人間は桁違いに多かったはずです。それなのに、その三人の中学生だけが、どうして水面の物体に関心を抱いたのでしょうか。前日、遺体はまだ水面に浮かび上がっていなかったのか。それとも、浮かび上がっていたにもかかわらず、誰も気に留めなかったのか。そして、浮かび上がった原因である麻紐の断裂は、いつ、いかなる原因で起きたのか。偶然か、それとも人為的な原因か。こうした点についての捜査や分析が、記録にはまったく見当たらないのですけど」

一瞬、虚を衝《つ》かれたように、小会議室に沈黙が落ちた。

大きく息を吸うと、重藤は再び立ち上がって言った。

「聞いてのとおりだ。どれほど完璧と思われる捜査にも、必ず穴がある。そして、その穴を一つ一つ塞いでゆくのが、我々の役目にほかならない。しかも、時効までに一年を切っている。諸君には先入観のない目で、一からこの事件を徹底的に調べ直してもらいたい」

4

そこまで話すと、重藤がふいに黙り込んだ。

途端に、日下の耳に庭のツクツクボウシの鳴き声が戻ってきた。

隣に座している柳もずっと緊張していたのか、音を立てずに大きく息を吐いた。

一拍の間の後、重藤がおもむろに続けた。

「二十七年前の夏、特別捜査班はこうして活動を開始した。そして、六名の捜査員に私が下した命令は二つだった。その一つは、《直《じか》当たり》だ」

「直当たり――」

日下は思わず繰り返す。

「そうだ。直接すべての現場を訪れる。証拠品一つ一つを、改めて調べ直す。目撃者と関係者に一人残らず会うという面倒この上ない捜査手法だ。捜査本部と継続捜査班による十四年間にも及ぶ捜査において、証拠や証言についての膨大な捜査結果が記録として残されていたが、白と断じられたり、捜査員の関心を引くことなく脇へ除《の》けられたりしたものの中に、犯人に繋がるものが潜んでいる可能性を排除するわけにはいかなかったからだ。むろん、目撃者や関係者の記憶は、極限にまで薄まっていると考えざるを得なかった。だが、捜査員の質問の仕方が変われば、何か重要な手掛かりが飛び出してくることも、万に一つあるかもしれないと考えたのだ」

「二つ目は、何ですか」

「二つ目は、県内に本籍を有する者で、事件当時、他の都道府県に在住し、幼児誘拐の前歴者、幼児への性的悪戯を犯した人物、さらに、金銭的困窮の条件付きの対象者の割り出しを行うことだった」

「しかし、特別捜査班の人員は、たった六名とおっしゃいましたよね」

驚きを露《あら》わにした柳の口調に、日下もまったく同感だった。

厳しい表情のまま、重藤がうなずく。

「時効が刻々と迫りくる状況下で、予想される雲霞《うんか》の如《ごと》き対象者に寡兵で立ち向かわなければならない無謀は、もとより承知の上だった。しかし、犯人がそれまでの捜査の網に掛かることなく逃げおおせてきたとすれば、犯人を浮かび上がらせる手段は、間島の進言以外にあり得なかった。私は二人一組で捜査に当たってもらうことにして、それぞれの分担を割り当てた。新たな容疑者候補を探り出す役目は、勝田と庄司の組。そして、身代金の受け渡し現場について、再度の聞き込みを行うのが小此木と白石の組。そして、間島と辰川さんには、被害者である尾畑守くんの母親、尾畑小枝子に当たってもらうことにしたのだ」

第三章

1

昭和六十三年七月三十一日、午後一時半。

「間島さん、どうやら貧乏籤《くじ》を引いたようですね」

間島が運転する警察車両の助手席で、辰川がぼそりと言った。

二人は国道一号線を西へ向かっていた。目的地は尾畑小枝子の家で、清水町《しみずちょう》玉川《たまがわ》の交差点を越えた先の駿東《すんとう》郡清水町にあるという。そこは誘拐事件の後、引っ越した先で、富士山の雪解け水が湧き出す、柿田川《かきたがわ》湧水《ゆうすい》群で有名な地域である。夏休みのせいか、道がひどく混んでおり、ノロノロ運転が続いていた。

「ええ、確かに」

午後の日差しに目を眇《すが》めていた間島も、うなずく。刑事が犯罪被害者の家族に面談することは、どんな場合でもひどく神経を使う。まして、相手は幼い子供を誘拐されたうえに、その命まで奪われたのだ。その悲しみと怒りは、おいそれと薄らぐものではないだろう。いいや、この十四年間に、その憤りがいっそう募っていたとしてもおかしくない。しかも、それは犯人だけに向けられるとは限らない。犯人に対して無力な警察への苛立《いらだ》ちや怒りとなって、牙《きば》を剝《む》く場合もあり得る。

「辰川さん、事件が起きたとき、家から飛び出した尾畑守くんを目撃した者が見つからなかったという点について、どう思われますか」

今度は間島が水を向けた。捜査を共にする相手の考え方を知りたいと思ったのである。

「地取りが不徹底だったとは、まず考えられませんね」

辰川が穏やかな口調で言った。

「しかし、漏れがなかったとは言い切れないでしょう」

「捜査員は割り当てられた事件発生地域の住人全員に、繰り返し聞き込みに歩いたはずです。そこに引っかからないとすれば、やはり誰も見かけなかったと考えるべきでしょう」

「だったら、尾畑守くんは外へ飛び出し、透明人間みたいに誰からも見られずに誘拐犯に搦《から》め取られてしまったと、そうお考えなんですか」

「行方不明になる直前の子供が目撃されなかった例は、過去にも無数あります。間の悪い偶然の積み重なりの結果、目撃者がたまたま存在しなかったのでしょう。しかも、偶然の要因以外にも、目撃者が皆無という状況が生じる場合がありますよ」

「例えば、どんな場合ですか」

「すぐに思い出せる事例は二つあります。一つは、被害者自身が捜査員の想定外の動きをした場合です。家の縁の下に入り込むとか、隣家の塀を乗り越えたり、木戸を開けて勝手に入り込んだりすれば、誰にも目撃されずに別の場所へ出られます。子供なんてものは、えてして突拍子もないことをしがちなものですからね。二つ目は保護色に似た現象です」

「保護色？」

ハンドルを握ったまま、間島は首を傾《かし》げた。

「ええ、昭和五十年頃のことですが、幼い子供が自宅から飛び出して、そのまま消えてしまったことがありました。いくら調べてみても、その子を見た者は誰もいなかった。あとになって、その子が発見されて、結果として事なきを得たので、事情を聞いてみると、自宅前の公園に紙芝居屋が来ていて、大柄な子供たちに立ち交じっていたんだそうです。そして、ほかの子供たちの中に紛れて紙芝居屋の自転車を追いかけているうちに、迷子になってしまったというわけです」

「ほかの子供たちの群れの中に、その子が埋没してしまっていたわけか」

間島はうなずく。

「この二つ以外にも、目撃者が生じない状況がいくらでもあるはずです。それを探り当てるのが、私たちの仕事でしょう」

「子供に関わる案件にお詳しいですね」

間島が素早く目を向けると、辰川が柔和な笑みを浮かべていた。

「私の所属は、新居《あらい》警察署の生活安全課ですから」

「そうだったんですか」

間島はうなずいたものの、意外な気がした。てっきり刑事畑を渡り歩いてきたベテラン刑事だと思い込んでいたのだ。生活安全課は銃器の取り締まりや風俗営業の許可、悪質商法の取り締まりなどを行う部署だが、少年非行の防止や、迷子と行方不明者の取り扱いなども担当している。重藤が辰川を登用したのは、子供の気持ちや行動に精通していると考えたからなのだろうか。

「間島さんこそ、尾畑守くんが家を飛び出したことを、どう思いますか」

「五歳児が新しい家に引っ越したんですから、興奮しても当然ですよ」

辰川がうなずく気配がした。

「引っ越しってものは、子供にとってワクワクしますからね」

「家の中を探検したり、駆け回ったりして、親から叱《しか》られた経験が私にもあります」

「尾畑家でも、同じことが起きたと思われるんですね」

「だからこそ、家から勝手に飛び出した尾畑守くんに、母親は声をかけて、家の中へ呼び戻したんでしょう」

「確かに、状況としては自然ですね」

そう言った辰川が、ふいに左側の車窓を見やった。

「間島さん、すみませんが、ちょっと車を止めてもらえますか」

間島は慌ててハザードランプを点滅させると、歩道際に車を寄せて停車した。

「どうしたんですか」

「お供えの花を持っていきましょう」

歩道脇の花屋を、辰川が指差した。

尾畑小枝子の住まいは、櫟《くぬぎ》の垣根を巡らした平屋の家だった。同じような古い家の並んだ住宅街にあり、表は狭い道となっている。門柱を通り抜けると、狭い庭に花をつけた槿《むくげ》や、花の終わったアジサイが葉を茂らせており、その奥に濃茶色の格子の嵌《はま》った玄関があった。横の漆喰《しっくい》壁に《尾畑》の表札が掛かっている。

花束を手にした間島は、呼び鈴のボタンを押した。奥から女の返事が聞こえ、やがて「どちら様でしょうか」と声がかかった。

「三島署の者ですが」

間島は大きな声で答えた。臨時とはいえ、特別捜査班の置かれた三島署が現在の配属部署ということになる。

慌てたように錠を外す音がして、ガラガラと音を立てて引き戸が開いた。顔を出したのは、若い女性だった。色の白い瓜実顔《うりざねがお》。くっきりとした二重の目。細く長い眉。どこか不安げな印象を与える表情だ。ストレートの長い髪が肩にかかり、長袖の水色のボーダーシャツとスリムタイプのジーンズ姿だった。足元は素足にサンダルを突っ掛けている。

「突然、お訪ねして失礼いたしました。こちらは尾畑小枝子さんのお宅ですね」

「ええ、そうですけど、警察がうちに何か――」

その顔に警戒とともに、何かを期待するような表情があるように、間島には思われた。

「私たち、十四年前に起きた尾畑守くんの誘拐事件について、改めて捜査することになった特別捜査班の者です。間島と申します」

警察手帳を示して、間島は頭を下げた。そして、目の前の女性は、昨日の記者会見
のことを知らないのだと思った。

「辰川です」

横で辰川も同じことをした。

見る間に、若い娘の表情が変わった。

間島は言った。

「失礼ですが、あなたは？」

「ここの娘です。尾畑理恵です」

意表を突かれたものの、間島はその思いを咳払《せきばら》いでごまかして言った。

「尾畑小枝子さんに、お話があるんですが」

「少々お待ちください」

尾畑理恵はそそくさと玄関の中へ戻ると、廊下の奥に消えた。

二人は顔を見合わせた。辰川も同じことを感じたのだろう。事件当時、尾畑理恵は七歳だった。それから十四年も経過したのだから、大人になっていて当然で、驚く方がおかしい。そのとき、奥から足音がした。日差しのせいで、薄暗く感じられる廊下を女性が近づいてくる。

「いったい何でしょうか」

　その口調には、不愉快そうな心持ちが滲《にじ》んでいた。

　間島は、辰川とともに低頭した。捜査資料に添付されていた写真の尾畑小枝子に間違いなかった。ただし、面差しに年月の経過が否応《いやおう》なく表れていた。目の下に皺《しわ》が刻まれ、瞼《まぶた》が少し痩せて目が大きくなったように見える。肩までの長さの髪は黒々としているが、染めているのかもしれない。

　辰川がわずかに身を乗り出すと、穏やかな声で言った。

「お嬢さんからお聞きになったと思いますが、ご子息が被害に遭われた事件のことで、今回、私たちが捜査を担当することになりました。それでご挨拶を兼ねて、いろいろとお話をお聞きしたいと思いまして、不躾《ぶしつけ》を承知でお伺いしました」

　そして、再び深々と頭を下げた。間島も慌てて頭を下げる。

　途端に大きな息遣いが聞こえた。尾畑小枝子の漏らしたため息だった。

　六畳間に置かれた仏壇の位牌《いはい》に線香を手向けると、間島は辰川とともに手を合わせた。仏壇の周りには、幾鉢もの花が飾られており、男の子の好きそうなものが所狭しと並べられていた。その中のマジンガーZの模型に間島は目を留めた。事件当時、流《は》行《や》っていた玩具《おもちゃ》だろう。

ゆっくりと振り返ると、かすかに頭を下げた尾畑小枝子と目が合った。間島も頭を下げ、辰川を見ると、目顔で口火を切るように促していた。彼は尾畑小枝子に目を向けた。

「継続捜査の者がときおりお訪ねしていたそうですが、先ほど申し上げましたように、今回、特別捜査班が立ち上げとなり、もう一度本腰を入れて捜査に取り組むことになりました。ご面倒をおかけしますが、ご協力のほど、何卒《なにとぞ》お願い申し上げます」

「十四年も過ぎて、いまさら何がわかるんですか」

無表情のまま、尾畑小枝子が言った。

「お心をお騒がせすることは重々承知いたしております。しかし、亡くなられたご子息のことを思えば、ここで諦《あきら》めるわけには参りません」

「それは――」

尾畑小枝子の呟《つぶや》きは途中で途切れた。

間島はわずかに身を乗り出した。

「さっそくですが、十四年前の事件の日のことをお訊《き》きしたいのですが。できれば、お嬢さんもご一緒に」

弾《はじ》かれたように、尾畑小枝子が顔を上げた。

「理恵はたった七歳だったんですよ。このことで、あの子を煩《わずら》わせることは止《や》めてください」

　その場に、気まずい沈黙が落ちた。

　ふいに辰川が口を開いた。

「守くんは元気なお子さんだったんでしょうね。ご存命だったら、十九歳の立派な若者になられていたはずだ。ご無念はお察し申し上げます」

　その視線が、仏壇の中の位牌と写真に向けられた。

　つられたように尾畑小枝子も写真に目を向けたものの、依然として黙している。

　写真の中の尾畑守は半袖シャツに半ズボンというなりで、右手に軟球を握り、左手に子供用の野球のグローブを嵌《は》めて笑っている。仏壇の両脇の花活《い》けに、途中で用意してきた淡いピンク色のグラジオラスが仏花として活けられていた。

「キャッチボールは、誰とされていたんですか」

「五歳児ですから、キャッチボールなんてできません」

　尾畑小枝子がむっつりと言った。

「だったら、この写真は？」

「別れた夫が野球好きで、グローブと軟球を買い与えたときのものです」

　事件の起こる二か月ほど前、尾畑小枝子が夫の須藤勲と離婚したことを、間島は捜査資料を読んで知っていた。

「事件の日、家から飛び出した守くんは、このグローブを持っていたんじゃないですか」

捜査資料によれば、昭和四十九年八月十九日に公開捜査に踏み切った時点で、尾畑小枝子の証言を元にして、被害者である尾畑守についての詳細な情報公開が行われたという。姿を消した当日、彼は水色のTシャツに紺色の短パン、それに白いビーチサンダルを履いていた。所持品は、ハンカチと、コルゲンコーワのおまけとして配られたカエルの形をしたビニール製の指人形。いずれも、尾畑守の顔写真とともに、イラスト入りでポスターに公表された内容だった。

「確かに、引っ越しの荷造りの間、守はグローブとボールを持っていました。だから、守の死後、夫が形見として持って行ったんです――」

言いかけて声を詰まらせると、尾畑小枝子は眉間に皺を寄せて俯《うつむ》いてしまった。

再び沈黙が落ちたが、辰川が独り言のように言った。

「だったら、遊んでくれる友達を探しに行くつもりだったのかもしれませんね」

尾畑小枝子は、かすかに啜《すす》り上げながらうなずいた。

「事件が起きたとき、ご自宅の近くに、子供が集まりそうな公園などがありましたか」

「引っ越したばかりでしたし、事件の後、すぐにここへ移りましたから、あの界隈《かいわい》のことを知る余裕はありませんでした」

「あそこへ引っ越されたとき、移動には車を使われたんですか」

「どうして、そんなことを訊くんですか」

尾畑小枝子が怒ったような顔つきになった。

「事件当時のご自宅をまだ拝見しておりませんので、詳しい状況はわかりませんが、一軒家なら、庭で遊ぶという手もあったでしょう。姉の理恵さんは、確か庭の古井戸で遊んでおられたんですよね」

辰川の言葉に、間島もうなずく。引っ越し直後の家族の詳細な行動についても、捜査資料に記されていた。手押しポンプ式の小さな井戸の写真も目にした。

「室内が暑かったので」

「そのときの服装は？」

「Tシャツに短パンです」

「履物は」

「白いビーチサンダルですよ」

尾畑小枝子が面倒臭そうに付け加えた。

「別の部屋で寝ていた守くんは起き出すと、玄関から飛び出してしまった。当然のこととして、どこかで遊ぶつもりだったと考えるべきでしょう。そんな場所があったかどうか、母親のあなたがご存じないのに、守くんは知っていたのかもしれない。もしかしたら、前日にお祖父《じい》様と車で移動されたときに、公園で遊んでいた子供たちを偶然目にしたのかもしれないと考えたんです」

声を荒らげたことを恥じるように、尾畑小枝子は視線を落とした。

「確かに車で引っ越ししました。でも、私は公園なんて気が付きませんでした」

「その車は、引っ越し業者のものですか」

「いいえ、実家の車を借りて、私が運転しました」

「ああ、富士市のご実家の車でしたか。——だったら、私たちがこの足で公園を探してみることにしましょう」

辰川の言葉に、尾畑小枝子がかすかに驚いたような表情を浮かべた。

2

庄司は、勝田とともに三島署の玄関ホールを通り抜けた。

外へ出ると、強い日差しがいきなり目を刺した。

「かぁー、堪《たま》らんなあ。夏がなけりゃ、この稼業もずっと楽になるんすけど」

すでに上着を脱いでいた庄司は、ネクタイの結び目も緩めながら顔をしかめて言った。

「ついでに犯罪者もいなけりゃ、もっと楽になる。無駄口を叩《たた》いていないで行くぞ」

言いながら、勝田が表の駐車場に停《と》められている警察車両へ足を向けた。

「へいへい」

庄司も渋々とうなずくと、勝田を追うように歩き出した。この暑さだというのに、勝田は平然と上着を身に着けている。庄司にとって彼は、卒配の地域課で世話になった先輩だった。そのとき、ふいに横から声がかかった。

「庄司さん――」

庄司は足を止めた。声をかけてきたのは、新聞記者の佐藤文也だった。白いポロシャツとジーンズに肩掛け鞄《かばん》という、羨ましくなるような軽装だ。

「妙なところで会ったな」

庄司が声をかけると、小柄な佐藤がニヤニヤしながら近づいてきた。

「庄司さんも担当になったんですか」

「何のことだよ」

「またまた人が悪いんだから。昨日、県警本部で十四年前に起きた尾畑守くん誘拐事件について、特別捜査班が新たに編成されたと発表があったじゃないですか。で、さっそくここで網を張っていたら、継続捜査班だった部長刑事がお出ましときた。となると、れば、特別捜査班の一員になったのに間違いないでしょう。特別捜査班では、あの一件をどう筋読みしているんですか」

新聞記者特有の押しの強さで、佐藤はいきなり核心に斬り込んできた。

「何も話すことはないよ」

「やっぱり一員になったんですね」

「てめえ、引っかけやがったな」

庄司は思わず顔を向けた。

「まあまあ、庄司さんと俺の仲じゃないですか」

「聞いたことねえな。いったいどんな仲だよ」

「持ちつ持たれつってところですよ」

「馬鹿野郎、ブンヤに借りを作る気なんてねえからな」

「いいじゃないですか。管理官は重藤警視だそうですが、あの人は事件をどう見ているんですか」

そのとき、車の中から勝田の声がかかった。

「おい、いつまで油を売ってるんだ。早く来い」

「はい」

庄司は慌てて答えると、駆け出した。

「ちょっと待ってくださいよ──」

佐藤が呼びかけてきたが、庄司は無視して警察車両に乗り込んだ。途端に車が発進した。

「脇が甘いぞ」

ハンドルを握る勝田が仏頂面のまま言った。警察車両の運転すら、他人任せにできないせっかちな性質《たち》の男である。

「すんません」

庄司はかすかに頭を下げた。

駐車場から出た車は、市街地を西へ向かった。南二日町インターの交差点に差し掛かると、車は国道一三六号線を南下してゆく。二人が目指しているのは伊東署だった。県内に本籍がありながら、現在、他の都道府県に在住で、過去に幼児絡みの犯罪歴があり、かつ経済的困窮という条件を備えた人物の照会の依頼が、県内各警察署に対して順次入ることになっている。それらの警察署に赴いて、前歴者カードを確認するのが二人の役目だった。伊東署の次は、下田署まで足を延ばす予定になっている。

「おまえ、どう思う」

いきなり、勝田が口を開いた。

「ブンヤに嗅ぎつけられたことすか？」

「阿呆《あほ》か。尾畑守くん誘拐事件のことに決まっているだろう」

「まだ何も。先入観のない目で調べ直せと管理官もおっしゃったじゃないすか」

「何が、先入観のない目で調べ直せだ」

勝田がハンドルを右手の拳《こぶし》で叩いた。

「しかし、間島って奴《やつ》の指摘も、一理あると思いませんか」

真剣な表情でハンドルを握っている勝田が、顔を動かさずに言った。

「俺の考えを話す前に、一つ質問するぞ」

「何すか」

「あの青二才が言い出しっぺのくせに、新たな容疑者をリストアップする役目が、どうして俺たちに回ってきたと思う」

「あいつが経験不足だからじゃないすか」

「おまえ、真剣に答えているのか」

「もちろんすよ」

勝田が怒ったような顔を向けて、怒鳴った。

「俺たちは、罰ゲームを押し付けられたんだよ」

庄司は慌ててフロントガラスに顔を向けた。

「危ないじゃないすか、ちゃんと前を見て運転してくださいよ。——どうして、これが罰ゲームなんすか」

「おまえ、静岡県内にいくつ警察署があると思っているんだ」

「ええと、三島署や分庁舎を含めて、三十二かな。あっ、こりゃ、確かに骨すね」

勝田が盛大にため息を吐《つ》いた。

「ようやく状況が理解できたらしいな。県内と隣接地域在住の容疑者を片っ端から当たり、その身辺を調べるだけでも、どれほどの労力を要したか、忘れたわけじゃないだろう。今度は、それを他の都道府県の連中にまで広げようって言うんだぞ。これまで事件を解明できなかった罰として、継続捜査班のおまえたちは、足を棒にして働けってことさ」

「しかし、捜査は無駄足を繰り返してなんぼと、散々教え込まれたじゃないすか」

「これがまともな捜査なら、俺だって愚痴ったりしねえ」

「勝田さんは、これがまともな捜査じゃないって言うんですか」

勝田の横顔が腐った表情を浮かべた。

「当たり前だ。新任の県警本部長が、前任者の置き土産が時効寸前と気が付き、尻に火がついて、世間への言い訳のために仕掛けたアリバイ作りに決まっている」

3

間島は、辰川とともに車から降りると、周囲を見回した。

煩《うるさ》いほどに枝葉が繁茂した街路樹の間に、新しそうな家が点々と建っていた。捜査記録によれば、十四年前に尾畑小枝子と二人の子供が引っ越した家は、三島市幸原《こうばら》町《ちょう》の所番地となっていた。三島駅の北側に当たる地域で、東レ三島工場の裏手に広がる新興の住宅街である。少し離れた場所に、団地らしき建物も見えている。

「十四年前、この辺りは民家よりも田畑の目立つ界隈だったかもしれませんね」

わずかな風もなく、首筋の汗をハンカチで拭《ぬぐ》いながら間島は言った。誘拐された息子の遺体が発見されてほどなくして、尾畑小枝子が現在の家へ移り住んだのは、同じ三島近辺でも、この辺りよりも賑《にぎ》やかで人目が多いことを考慮に入れてのことだったのかもしれない。

眩《まぶ》しげに顔をしかめたまま、辰川も深々とうなずく。

「だとしたら、目撃者がいなかったのは無理もないでしょう。夏場の農作業は日盛りを避けますし、主婦が買い物に出かけるのは日差しの弱まった夕刻からだから、午後三時過ぎからそれまでの間、人通りが絶えるでしょうね」

二人は周囲を歩き回ってみた。少し行くと川端へ出た。橋が架かっており、そこから先の道沿いに畑が広がっている。

赤い乗用車とすれ違ったとき、一瞬だけ、開け放たれた車窓から《ガラスの十代》の曲が流れてきた。遠くに送電用の鉄塔が聳《そび》えており、郵便配達の赤いバイクが県道を走ってゆくのが目に留まっただけで、ほかに動くものはない。

「辰川さん、こんな場所に公園なんかありっこないですよ」

「ええ、これだけ自然が残っているんだから、公園なんか必要ないですね」

「いちおう、現在の住人に会ってみますか」

そうですね、と辰川が同意した。

メモしてきた所番地を頼りにして、目的の家を探した。やがて、木造平屋の家が見つかった。北向きの玄関先に、申し訳程度の庭があり、八つ手が葉を茂らせていた。その先に台所の格子窓があり、すぐ横が玄関となっている。右隣にも、ほとんど同じ造りの家が二棟建っていた。たぶん、同じ大家が建てた借家だろう。

昭和四十九年七月二十六日から二十七日にかけて、この三軒並びの借家の左端の家に、尾畑小枝子たちは引っ越してきたのだ。玄関から飛び石が続き、家の前は幅が四メートルほどの舗装道路で、道を挟んだ向かい側に大きな農家がある。こちらは古い木造の二階屋だった。その二階屋とこちらの借家の玄関が、ちょうど向き合っていた。

捜査記録によれば、この借家は2DKだという。畳三分の一ほどの三和土《たたき》のある玄関の左横が、流しとガス台のある台所兼ダイニングで、そこは四畳半となっている。玄関の右横にガス式の風呂場があり、同じ並びに水洗トイレ、奥に左右に並んで二つの六畳間という間取りだ。家の南側には隣家との境に猫の額ほどの庭があり、家の東側には車一台が通れるほどの側道がある。側道の境はブロック塀で、庭から出入りできる木戸があった。

母親と二人の小さな子供が暮らすには、まずまずの住宅と言えるだろう。事件発生後に行われた家宅捜索では、この家から事件との関連を窺《うかが》わせる物証や痕跡はいっさい発見されなかった。八月十九日に尾畑守の遺体が発見されて、告別式が執り行われた後、尾畑小枝子は駿東郡清水町の現住所に引っ越した。したがって、彼女がここに住んだのは短期間に過ぎない。

間島は玄関横の呼び鈴を押した。何も聞こえない。

「ごめんください」

玄関先で声をかけた。だが、いつまでたっても返事がない。お勝手の格子窓の向こう側にも、人の動く気配はなかった。彼は、辰川と顔を見合わせた。

「留守のようですね。向かいの家に当たってみますか」

辰川の言葉に、間島はうなずいた。

「この家にいた尾畑守くんを、唯一目撃した人ですね」

踵《きびす》を返して道を渡り、左斜向《はす》かいの立派な門を潜《くぐ》った。右手に母屋となる二階屋、正面に横長の納屋があり、その手前の物干し柱に竿《さお》が掛け渡されていて、洗濯物が盛大に干してあった。母屋の横手の犬小屋から雑種らしい犬がのっそり出てきたが、吠《ほ》えもせず、日陰の乾いた地面に寝そべってしまった。玄関の引き戸が、不用心を通り越した大胆さで開け放たれている。

「ごめんください」

間島が玄関の奥に呼びかけると、「はーい」と返事が返ってきた。

やがて、廊下を踏み鳴らすようにして小太りの女性が姿を現した。オレンジ色のブラウスに、下はグレーのスカート。歳《とし》は四十代だろう。赤ら顔で丸い目をしている。

「何でしょう」

「私ども、三島署の者です。こちらに蒲池花世さんがいらっしゃると思うんですが、ちょっとお話をお聞きしたいと思いまして」

間島と辰川が警察手帳の身分証明書を差し出すと、中年女性の顔つきが変わった。

「何かあったんですか」

「私ども十四年前に起きた尾畑守くんの誘拐事件のことを調べておりまして」

「あのことですか――」

中年女性が沈痛な面持ちで言った。そして、「ちょっと待っていてください」と言い残すと、奥に引っ込んだ。

やがて、その女性に背中を支えられるようにして、高齢の女性がゆっくりと姿を現した。細面で一重の細い目をしており、小太りの中年女性とはまったく似ていない。おそらく、二人の女性は嫁姑《よめしゅうとめ》の関係だろう。

「蒲池花世さんですか。お呼び立てして申し訳ありません」

言いながら、間島は頭を下げた。隣で辰川も低頭する。

「あんな昔のことを、まだ調べていらっしゃるんですか」

花世は、意外に矍鑠《かくしゃく》とした物言いをした。

「そうなんです。十四年前、蒲池さんは、お向かいの家に引っ越してきたばかりの家族を目撃されたそうですが、もう一度、そのことについてお話しいただけないでしょうか」

間島の言葉に、花世は嫁と思《おぼ》しき女性と顔を見かわし、向き直ると、かぶりを振った。

「すっかり忘れちゃいましたよ」

「そこを何とか、記憶の底をさらってもらえませんか」

「そんなことを言っても、いい加減なことなんか話せないでしょう」

怒ったような表情を浮かべ、花世が再びかぶりを振る。

「もちろんです。でも、とても大事なことなんです。おわかりでしょう」

「事件が起きたあとで、刑事さんたちが何度もここへ見えたから、繰り返しお話ししましたよ。そのつどメモしていったから、それが警察に残っているんじゃないですか」

口を開こうとした間島を、辰川が手でやんわりと制し、言った。

「蒲池さんの証言は捜査記録で読ませていただきました。ありがたいと思っています」

途端に、ほれ見ろという表情で、花世が間島を睨《にら》んだ。

辰川が続けた。

「私たちは新しい捜査班として、以前の捜査記録を確認せにゃならんのです。ご面倒でしょうが、十四年前に証言してくださった内容を私が繰り返しますので、思い出せる範囲で、間違っていないかどうか、お考えいただけませんか。このとおり、助けると思って」

辰川が拝むように両手を合わせた。

「まったく、仕方がないわね」

花世は渋々という感じでうなずいた。

4

重藤成一郎は、デスクの上の捜査記録に目を落とした。

それは事件発生直後に犯人の男性から掛かってきた電話に関するもので、捜査一課特殊班と捜査本部の捜査員たちによってまとめられたものだった。

《もしもし、聞こえません。もう一度言ってください。もっと大きな声で言ってください、少しも聞こえません》

隣家に掛かってきた電話に出た尾畑小枝子は、受話器を握り締めてそう叫んだと記録にある。だが、その呼びかけを無視するかのように、受話器からは男の声が淡々と流れたのだった。

《もしもし、子供は預かった。明日の夕刻までに一千万円を用意しろ。また連絡する。警察には絶対に知らせるな》

低くくぐもった声だったという。わざと不明瞭な話し方をしたらしく、しかも口元にハンカチでも押し当てて話していたのか、ひどく聞き取りにくい声だったと尾畑小枝子は証言した。最初に電話に出た隣家の主婦も、まったく同様の主張をしている。

また、男の声は低い感じで、話し方にこれといった特徴がなく、方言も感じられなかった。それも二人に共通した印象だった。たぶん、犯人は意図的にそう喋《しゃべ》ったのだろう。そして、この直後に相手の電話が切れて、電話の不通音が響いた。それでも、尾畑小枝子は叫び続けたのだった。

《もしもし、もう一度言ってください。聞こえません。聞こえません。お願いですから、もう一度言ってください。お願いだから》

記録の文字を目で追っていた重藤は止めていた息を吐いた。十四年前に掛かってきた誘拐犯からの電話。実際に耳にしたわけでもないのに、その声を想像しただけで背筋に悪寒が走る。

多摩川から発見された尾畑守の遺体は腐敗の程度が激しかったことから、詳細な死亡日時の特定は不可能だった。そのため、死体検案書の《死亡したとき》の項目には、《昭和四十九年七月二十七日以降、十日前後以内、その他不詳》と記されている。死因は、後頭部打撲による脳挫傷による脳内出血だった。つまり、犯人がこの電話を掛けてきた時点、すなわち誘拐直後に尾畑守はすでに殺害されていた可能性もあるのだ。幼子を誘拐して、躊躇《ちゅうちょ》なく殺害したうえで、平然と身代金を要求したのだろうか。もしもそうだったとしたら、誘拐犯はとうてい人間ではなく、地の奥底に潜む誘拐魔にも思えるのだった。

そして、隣家に電話を掛けてきた犯人から、尾畑小枝子が三分以内に電話に出るように要求されたために、捜査一課特殊班は録音機器のセッティングが間に合わず、犯人の音声の録音機会を逸したことが、この事件捜査の最大の失態であったことも明らかだった。しかも、犯人からの再度の連絡を予想して、捜査一課特殊班は隣家の電話にも録音装置を取り付け、逆探知の手配を整えたが、二度目の電話は、何と斜向かいにある蒲池家の隣の家に掛かってきて、電話に出たその家の主婦に対して、またしても三分以内に尾畑小枝子が電話に出るように要求してきたのだった。完全に意表を突かれた特殊班がセッティングを終えて録音機器のスイッチを入れたときには、犯人からの電話は切れていた。その後、二度にわたる連絡でも犯人の特定は極めて困難だった。それらが手紙によるものだったためだ。

手紙のうち最初に届いたものは、クラフト紙の縦型封筒に白い便箋を同封したものだった。宛名や住所、それに要求文は、新聞の文字を切り抜いたものを貼って記されていた。宛名は「尾畑小枝子」となっており、差出人名は記されていなかったものの、切手に捺《お》された消印が「御殿場」だったことから、御殿場郵便局管内で投函されたことだけは明らかだった。二通目は、白の厚手の縦型封筒に、やはり同じ白い便箋が入ったもので、すべての字がまた新聞の切り抜き文字で記され、今度の消印は「原」で、沼津市の原郵便局管内での投函と判明した。

二通とも科捜研において徹底的な分析が行われたが、指紋や掌紋、唾液や汗、毛髪その他の微物の付着は確認できなかった。手袋を着用するなど、犯人が細心の注意を払ったことを窺わせるもので、使用された封筒や便箋は、いずれも広く市販されており、購入者の特定も不可能だった。

それにしても、と重藤は思った。

犯人は、なぜ身代金の要求を途中で止《や》めてしまったのだろう——

常に頭から離れない疑問だった。

誘拐の上に、子供の命まで奪うという大罪を犯したからには、遮二無二身代金を取りに来るのが当然ではないか。

犯人からの接触が、電話二回、手紙二回のたった四回だけ。

過去に起きた数多《あまた》の営利誘拐事件と比較しても、あまりにも少な過ぎる。

何度考えても、答えの見つからない疑問だった。

重藤は腕時計に目をやった。

午後十時十五分前。

彼は立ち上がった。じきに捜査会議が始まる。

間島が辰川とともに小会議室に入ると、ほかの捜査員たちはすでに着座していた。

正面のテーブルに、課長の寺嶋の姿もある。

二人が最後列の席に座ったとき、ドアが開いて重藤が姿を現した。

「さっそく、報告を聞こう。勝田――」

重藤が無駄話を抜きにして、いきなり勝田を指名した。

勝田がもっさりと立ち上がった。

「私と庄司は伊東署に赴きました。静岡県内に本籍地を有する者で、事件当時、他の都道府県に在住していて、過去に幼児関連の犯歴のあった者についての前歴者カードに当たるためです。該当者は六名。各該当者についての分析と内偵はこれからです。

次に下田署に回りましたが、こちらは該当者なしです」

「なるほど。ほかに何かあるか」

「ありません」

「よし、次に小此木――」

はい、と眼鏡を掛けた小此木が起立した。そして、手帳を開くと報告を始めた。

「私と白石は、尾畑守くんを誘拐した犯人が、身代金の受け渡し場所として指定した地点について、改めて現地を観察するとともに、付近の住人に聞き込みをかけましたが、目ぼしい発見はありませんでした。しかし、高速道路のバス停でちょっとしたことを思いついたのですが、申し上げてよろしいでしょうか」

「何だ」

「尾畑小枝子の別れた夫のことです」

「確か、須藤勲だったな、離婚した亭主は」

「そうです。捜査記録によれば、当時、彼の仕事は中古車販売業の営業マンとなっており、勤め先は沼津でした。つまり、犯人が身代金の受け渡しに指定したバス停は、いずれも須藤にとっては始終通っている道筋にあり、近隣のインターを降りてからの周辺の土地勘も、十分あるのではないでしょうか」

重藤が腕組みをした。

間島は、捜査記録の内容を思い浮かべた。須藤勲については、捜査本部が多大の関心を向けて捜査したことが記録に残されていた。アリバイや事件前後の動き、それに経済状態や人間関係など、徹底的に調べられている。しかし、誘拐事件と結びつくようなものは浮かび上がらなかった。だが、彼に密《ひそ》かな協力者がいたとしたら、話はまったく別かもしれない。

「よし、わかった。次に間島――」

ハッと我に返って、間島は立ち上がった。

「私と辰川さんは、尾畑小枝子さんに当たりました。残念ながら、彼女の話から新しい事実は摑《つか》めませんでした。その後、事件発生時に彼女と子供たちが移り住んだ家を確認しようとしましたが、あいにく現在の住人が不在でしたので、向かいの家に聞き込みをかけました。相手は、姿を消す直前の尾畑守くんを目撃した蒲池花世という女性です。十四年前の出来事なので、当人はほとんど記憶がないと話しておりました。それでも、向かいの家から飛び出した守くんを目撃し、母親の小枝子さんの声を聞いたことについては、間違いないだろうと認めました。ところで、ここでちょっとした発見がありました」

ほかの捜査員たちが素早く顔を向けた。

「何だ、言ってみろ」

重藤が言った。

間島は、辰川に顔を向けた。

「辰川さん、私が報告してかまいませんか」

「ええ、お願いします」

辰川がうなずく。

間島は居住まいを正すようにして重藤に向き直った。

「捜査記録には、七月二十七日の午後三時過ぎに、蒲池花世さんが守くんを目撃したとだけ記されていましたが、実は、彼女が目撃した場所が違っていたんです」

「目撃した場所が違っていた？」

「はい。捜査記録を読むと、尾畑家の正面に当たる一階座敷から目撃したように解釈したくなりますが、辰川さんの質問に対して、蒲池花世さんはその上の二階の部屋の窓から見たと答えたんです」

言いながら、間島は、辰川と蒲池花世のやり取りを思い返した。

辰川の懇願に根負けしたように、蒲池花世が渋々うなずくと、彼はすぐに内ポケットから手帳を取り出して、それを開き、頁《ページ》に目を落としながら言ったのだった。

《――昭和四十九年七月二十七日、午後三時過ぎ、夏風邪で寝込んでいた蒲池さんは、トイレに立った後、何気なく窓の外へ目を向けた。その前日の夕刻、お向かいの借家に新しい家族が引っ越してきたことや、昼過ぎに女親が挨拶に来たことを息子さんのお嫁さんから聞いていたので、気になって覗《のぞ》いた――これに間違いありませんか》

辰川がつと目を上げると、むっつりとした表情のまま花世が口を開いたのだった。

《たぶん、間違いないと思いますよ。昔のことだから、はっきりと覚えているわけじゃないですけど、あの当時、私がそう言ったんだから、そのとおりだったんじゃないですか》

《だったら続けさせてもらいます。――蒲池さんが窓から見ていると、ちょうど正面に当たる、お向かいの玄関の引き戸が開き、水色のTシャツに紺色の短パン、それに真っ白いサンダルを履いた子供が駆け出してきた。そして、直後に母親と思しき女性が出てきて、戻ってらっしゃい、と物凄《ものすご》い剣幕で何度も怒鳴った。そのため、その子

供はすごすごと家に戻った――これは、どうですか》
《さっきと同じで、ほかに言いようがないですね》
《ちなみに、物凄い剣幕とは、どんな感じだったんでしょうか》
《たぶん、母親が子供を叱るときの口調だったんじゃないかしら》
《家から出ただけなのに？》
《親も色々でしょう》
《そのとき、子供は何か言わなかったんですか》
《さあ、どうだったかしら。窓越しに見たって、私はそう言ったんでしょう。だったら聞こえなくても当然ですよ。二階の窓から見ていたんだもの――》
その瞬間、辰川が黙り込み、間島に顔を向けたのだった。
「それが、いったい何だっていうんだよ」
前方の席に座っている勝田が、いきなり口を挟んだ。
「それだけのことですよ。しかし、《直当たり》で、これまでの捜査で勘違いしていた事実に気が付いたんだから、意味があるでしょう」
「そういうのを針小棒大って言うんだ。もっと本筋を見ろ、本筋を」
「どこが本筋か、まだ誰にもわからないでしょうが」
途端に、勝田が椅子を弾き飛ばすようにして立ち上がった。

「若造の分際で、俺にものを教えようっていうのか」

「管理官は最初に宣言された。この特別捜査班では、通常の行儀のいい捜査会議はいっさいなしだ、思うところを遠慮なく主張しろと」

間島の剣幕が予想外だったのか、勝田が舌打ちをして黙り込んだ。

間島は息を弾ませて続けた。

「しかも、その後、私と辰川さんは、蒲池花世さんの証言の信憑性《しんぴょうせい》を確かめるために、近所の酒屋のご主人に聞き込みを掛けてみました。すると、興味ある話を耳にしたんです」

「どんな話だ」

重藤が言った。

「蒲池花世さんは、向かいの借家に新しい居住者が入るたびに、必ず二階から覗き見をするんだそうです。近所でも有名だと話してくれました。つまり、その覗き見癖のおかげで、蒲池花世さんだけが、誘拐された尾畑守くんの唯一の目撃者となり得たんです」

重藤が、辰川に顔を向けた。

「辰川さんは、どう思います」

辰川が立ち上がった。

「従来の捜査では、犯人に結び付く本筋が浮かび上がってきませんでした。とすれば、これまで目を付けてなかった部分を、徹底的に洗い直すことが、本筋を浮かび上がらせる数少ない手段でしょう。蒲池花世さんに覗きの癖があったからこそ、尾畑守くんを目撃したわけですが、斜め上から見下ろしていたのだから、表情はわからなかったでしょうし、二階の窓越しだから、守くんが何を言ったのか聞いていません。目撃した状況を把握する材料として、このくらいの正確さと細かさが絶対に必要です」

辰川が話している間、上座の寺嶋が腐ったような表情になった。

だが、それを無視したように、重藤が言った。

「俺も同感だ。ここで感情的に揉《も》めていても始まらん。勝田の組は、引き続き容疑者リストの作成と、該当者の身辺調査に当たってくれ」

はい、と勝田が不満そうに小さく答えた。

「小此木たちは、須藤勲に直《じか》に当たってくれ。一から洗い直しだ。特に共犯者の線から、付き合っている人間を探ってみてくれ。男だけでなく、女の可能性もあり得るぞ」

承知しました、と小此木が言った。

「間島の組には、引き続き尾畑小枝子と、その周辺を調べてもらおう。尾畑清三にも当たってもらいたい」

はい、と間島が答えたとき、隣の辰川がふいに口を開いた。

「重藤警視、尾畑守くんの遺体発見現場を見てみたいのですが」

「多摩川の河川敷ですか。いいでしょう。当たってみてください」

辰川が頭を下げると、呟いた。

「遺体の隠し場所が、どうしても引っかかるんです」

5

重藤はそこまで話すと、ふいに黙り込んだ。

二十七年も前の捜査の経緯を物語るうちに、当時の重圧が改めて胸の裡《うち》に甦《よみがえ》ったのだろう。そう感じた日下は、言った。

「直当たりとは、骨の折れるものなのですね」

重藤がうなずいた。

「実際に特別捜査班が始動してみて、榛本部長が最初に口にした言葉の重みを実感せざるを得なかった」

「関係者や目撃者の記憶の希薄化のことですね」

「そうだ。当然、それまでの十四年間の捜査の目から漏れ落ちていた物証が、仮に存在したとしても、とうに消滅している可能性を覚悟しなければならないと思わずにはいられなかった」

日下はうなずいた。

なるほど、と柳が隣で呟く。

「とはいえ、まったく望みがなかったわけではない。捜査員は機械ではないから、人員が替われば、同じ証言を耳にしても、関連した事物や現場に目を向けてみても、まったく違った反応が期待できるかもしれない、そう考えたのだ。だからこそ、白石と小此木、それに、辰川さんと間島の組には、捜査本部や継続捜査班が手掛けてきた対象に、《直当たり》を命じた。そして、間島の進言に従って、静岡県内に本籍地のある対象者の洗い出しについては、継続捜査班からの合流組である勝田と庄司に割り当てたのだ」

「特別捜査班の任務の割り当てには、そんな意図が込められていたのですか」

柳が言った。

日下も納得して大きくうなずいた。

「そして、この布陣が思わぬ効果をもたらすことになった」

重藤はそう言うと、おもむろに話を続けた。

第四章

1

昭和六十三年八月三日、午前十時五分前。

寺嶋正志は、静岡県庁東館の広大な玄関ホールへ足を踏み入れた。

途端に、鳩尾《みぞおち》の奥に鈍痛を感じた。三島署の刑事課長として県警本部を訪れることは、さして珍しいことではない。そのたびに、人々の足音の反響する構内で無言の威圧感を覚えて、密《ひそ》かな反発と羨望のないまぜになった奇妙な感情に囚《とら》われるのが常だった。

だが、今日は、かすかに膝が震えていた。静岡駅から歩いてきたにもかかわらず、暑さを感じる余裕もなかった。むろん、尾畑守誘拐事件の再捜査のせいだとわかっている。

十四年前に起きたあの事件は、当初、単純な営利誘拐と目された。五歳の尾畑守が行方不明になった晩に隣家に電話が掛かり、男の声で子供を誘拐したことを伝え、一千万円の身代金を要求してきたからだ。とはいえ、尾畑清三と守は前日に三島へ引っ越してきたばかりだったことから、用意周到な犯行という見方がされる一方で、行き当たりばったりの凶行ではないかという推測も囁《ささや》かれるなど、初っ端《しょぱな》から捜査方針にふらつきがあったことは、いまとなっては事実と認めざるを得ない。

その晩のうちに、三島署に立ち上げられた誘拐事件対応の指揮本部は、遅まきながら県警本部の刑事部長名の「逆探知要請書」を電電公社に提出して、地元電話局による隣家の電話の逆探知の態勢も整え、やはり刑事部長名で、県内全警察署に「一斉電報」を飛ばした。全署員が終業時間後も一定時間、所属部署に待機することを強制する命令にほかならない。脅迫電話を掛けている地点へ急行する捕捉《ほそく》班、身代金受け渡し指定場所への張り込み班、犯人逃走時の追跡班、さらに、犯人が受け渡し場所を変更してきた場合の第二、第三の待機班など、数百名からの警官を大至急確保する必要があったからだ。

だが、犯人からの二度目の電話は尾畑家でも隣家でもなく、近所のまた別の家に掛かってきて、またしても捜査一課特殊班は裏をかかれることとなった。そして、事件発生から二年後、捜査本部は解散してしまった。その後、寺嶋は継続捜査班の指揮を命じられ、地を這《は》うようにこの事件を追ってきたのだった。

それが、ここへ来て、その案件の再捜査が別の担当者によって始まってしまった。にもかかわらず、本部長への捜査報告だけは、選《よ》りによって自分がしなければならないのだ。管理官となった重藤の顔を、寺嶋は苦々しい気持ちで思い浮かべる。

ずっと奥歯を嚙《か》み締めたままだったことに気が付き、彼は大きく息を吸うと、ホール正面の受付に近づいた。

「特別捜査班の動きは、どうなっている」

巨大なデスクの向こう側で、県警本部長の榛が言った。冷然とした眼差《まなざ》しが、こちらに向けられている。

直立不動の姿勢で、寺嶋は口を開いた。

「被害者家族、身代金の受け渡し指定場所の再検証、それに、新たな視点からの容疑者候補の焙《あぶ》り出しに、それぞれ人員を配置して取り掛かっております」

広々とした執務室に、上ずった自分の声が響く。天井の高い室内はエアコンのせいで乾燥し冷え切っており、ひどく身の置き所のない気持ちにさせられる。

「新たな視点からの容疑者の焙り出し？」

榛の眉が釣り上がった。

「これまでの捜査では、県内および近隣の在住者で、幼児関連の犯罪歴のある者をリストアップして、重点的に捜査を進めて参りました。しかし、容疑者は県内に本籍がありながら、事件当時、他の都道府県に住んでいた者の可能性もあると思量されますので、今後は、対象者をリストアップする網を広げる方針となり――」

「ちょっと待て。これまで、おまえはそんな当たり前の捜査を放ったらかしにしてきたというのか」

寺嶋は言葉に詰まった。一拍遅れて、抑えがたい怒りが込み上げてくる。キャリアの県警本部長に、現場の捜査の良し悪《あ》しなどわかってたまるか。

その思いを読み取ったかのように、榛がふいに口調を変えた。

「過ぎ去ったことを、いまさら論《あげつら》っても仕方あるまい。しかし、特別捜査班を立ち上げたからには、何としても目に見える成果を挙げなければならん。そうでなければ、世間が納得せん。マスコミがくだらん正義感を振りかざして騒ぎ立てる前に、一つでも二つでも新しい材料を掘り出せ」

「はっ」

寺嶋は絞り出すように言った。

「特別捜査班の人員は、どうなっている」

「こちらが捜査員のリストです」

寺嶋は六名の氏名、年齢、所属部署の一覧を記した書類を差し出した。

デスクに置かれた書類に手を触れることもなく、榛が不機嫌そうに目を落とす。

「この辰川警部補というのは、かなりの歳《とし》だな」

「はい、現在は新居署の生活安全課に所属しておりますが、重藤の説明では、この手の事件の捜査についてもベテランとのことで、真っ先に特別捜査班のメンバーにリストアップした人物にほかなりません。昔からの知り合いだそうです」

榛がかすかに鼻を鳴らすと、さらに言った。

「新しい対象者をリストアップしているのは、どの捜査員だ」

「勝田久作と庄司修です」

「継続捜査班からの合流組か。——よし、そいつらの尻をうんと叩《たた》いて、何としてでも有力容疑者を探り出せ」

「承知いたしました。しかし、ほかの筋から何か出てくる可能性も残っていると思われます」

「ほかの筋だと——」

榛が顔を上げた。

「はい、先ほども申し上げましたとおり、別の捜査員たちが、被害者の母親と、彼女の別れた夫についても、さらなる調べを行う予定です」

「いま県警がどんな事態に陥っているのか、おまえは本当にわかっているのか。時効は目前なんだぞ。当てのない捜査に悠長に時間を費やしている場合か」

「しかし、すべての捜査対象に対して、《直当たり》が重藤の方針ですし、事件の解明には、それしかないと私も思います」

「それで何も出てこなかったら、どうするつもりだ。泥舟に乗って一蓮托生《いちれんたくしょう》で沈みたいのか」

冷たい眼差しが、寺嶋に向けられていた。

「いえ」

「だったら、まっとうな舟に乗り換える算段をしろ」

「はい」

深々と頭を下げながら、寺嶋は思った。

予想したとおりだ――

この男は、事件の真相解明など、端《はな》からまったく期待していない。

その代わり、県警がここまでやったという痕跡を、嫌と言うほど汗を流したという姿を、世間に見せつけさえすればいいと考えているのだ。

2

重藤は公用車のクラウンを運転して、国道一号線を走っていた。

頭の中は尾畑守誘拐事件のことで一杯だった。何か他のことに気を取られていても、いつも思念の内側に捜査記録の断片がスルリと忍び込んでくる。

そのとき、脳裏を占めていたのは、事件直前から発生に至るまでの尾畑家の人々の動きだった。尾畑小枝子と二人の子供、それに尾畑清三の行動についても、借家に駆けつけた捜査一課特殊班の担当者たちと、その後の捜査員たちによる度重なる聞き取りによって、詳細に記録されていた。

昭和四十九年七月二十六日、早朝より尾畑家で引っ越しの荷造りが始まった。引っ越しは、小枝子が子供たちの教育環境を考えて、富士市の実家から三島市内に転居するというものだった。午前十時過ぎ、清三はカーキ色の幌《ほろ》の掛かった軽トラックで守とともに富士市の自宅を出発した。箪笥《たんす》と鏡台、布団袋などの大物を運ぶことと、三島市幸原町の借家を掃除することが目的だった。当初は単独で出かける予定だったものの、守が執拗《しつよう》にせがんだために、連れてゆくことにしたのだった。その晩、清三と守は三島の借家に泊まったという。

清三たちを見送った小枝子は、翌日の午前中まで残っていた荷造りを続けた。理恵が小学校から戻ったのは、二十七日の午前十一時を過ぎた頃だった。夏休みだったが、小学校でプール教室が開かれており、前日に引き続き、転校前の記念として参加してきたという。

ちょうどその頃、近所の住人の杉山芳江《よしえ》が尾畑家を訪れた。それは尾畑小枝子が引っ越しの荷造りと車への積み込みをすべて終えて、玄関の施錠をしようとしているときだったという。芳江の娘の敦子《あつこ》が理恵とともにプールから戻ってくることになっていたので、迎えに来たのだ。芳江は以前から尾畑家と親しくしており、夫の健三の転勤によって、彼女たち一家も夏休み中に盛岡へ転居することになっていて、尾畑一家と名残を惜しむために立ち寄ったのだった。

事件発生後、捜査員はわざわざ盛岡まで出かけて、杉山芳江からそのおりの様子について聞き取りを行ったものの、事件と関連すると思われる証言は一つもなかった。その日、杉山芳江と尾畑小枝子の間で出た話は、子供に関することばかりだった。学校の勉強のことや、兄弟喧嘩《げんか》のことなど、どこの家庭にもつきものの愚痴に過ぎない。二人の娘たちも、玄関前で別れを惜しんでいたという。

ともあれ、芳江と立ち話をした後、小枝子はすぐに玄関を施錠して、理恵とともにカローラで出発した。それも車を見送った杉山芳江の証言だった。小枝子と理恵が三島の借家に到着したのは、午後一時頃だった。借家の東側の側道には、清三が乗ってきた軽トラックが停車していたので、カローラを借家の前の道に停《と》めたという。小枝子と理恵が家に入ると、玄関から見て左側奥の六畳間で、清三は守に添い寝していた。小枝子は昼寝中の二人を起こさないように襖《ふすま》を閉めると、右側の六畳間で荷解《にほど》きを始めた。理恵も手伝っていたものの、途中から庭へ出て古井戸で水遊びをしていたという。

午後三時頃に一度、守が寝床から起きて玄関から外に出ようとしたので、小枝子が呼び戻すと、再び布団に戻った。午後四時頃、昼寝から起きた清三が理恵を連れて軽トラックで出かけた。三島市内に住んでいる親戚に会わせるためだった。守は寝ていたので、理恵だけを連れて行ったと清三は捜査員に答えたのだった。二人が借家に戻ったのは、約一時間後だったという。清三が三島の借家を後にしたのは、午後五時半頃だった。

そして、午後六時頃、隣の六畳間の襖を開けた小枝子は、寝床に守の姿がないことに気付いた。借家のどこにもその姿がなく、小枝子は外へ飛び出し、周囲を探した。髪を振り乱して守の名を呼ぶその姿を、近所の複数の住人が目撃している。約一時間後、ほどなく、小枝子は近くの派出所へ駆け込んだのだった。静岡県警の捜査一課特殊班の人員三名が民間人を装い、尾畑宅に入った。

守が消えた状況についての詳細の聞き取りを行うとともに、借家内、家の周囲などを隈《くま》なく調べたが、守に繋《つな》がる痕跡はいっさい発見されなかった。

事件を後から振り返ったときに、しばしば感じるのは、ちょっとした間合いや些細《ささい》な判断ミスが、取り返しのつかない重大な事態を生じさせてしまったという痛恨の念と言えるだろう。清三が理恵だけでなく、守も連れて親戚のもとへ出かけていたなら、この事件は起きなかったに違いない。

重藤がため息を吐《つ》いたとき、谷田の交差点が見えてきた。そこを右折すると、右手に三島警察署の建物がすぐ目に飛び込んでくる。対向車の途切れたタイミングで、重藤はクラウンのハンドルを切り、建物左手奥の駐車場へ乗り入れた。

エンジンを切ると、手提げ鞄《かばん》と上着を手にして、重藤はクラウンから降りた。

「重藤警視」

いきなり声をかけられて、彼は顔を向けた。建物近くに、小柄な男が立っていた。一目で、駿河日報の佐藤文也だと見分けがついた。

「尾畑守くん誘拐事件の捜査は、どんな塩梅《あんばい》ですか」

「特別捜査班は始動したばかりだ。おたくに提供できるようなネタが、おいそれと見つかるわけがないだろう」

「しかし、朝一の打ち合わせの後、重藤さんは外出なさった」

佐藤は顎をしゃくって、シルバー・メタリックのクラウンを指し示した。

「私がここへ来たときには、いつもの場所に車がありませんでした。何か手応えを感じて、それに関してご自身で動かれたんでしょう」

「それからずっと張り込んでいたとは、ご苦労さんだな」

「世の中がいくら進歩したからって、新聞記者の夜討ち朝駆けは変わりませんよ。で、何が引っかかったんですか」

「何もないよ。あとは広報に訊《き》いてくれ」

手を振ると、重藤は三島署の建物に向かって歩き出した。

実際には、須藤勲の職場を下見してきたのだった。現在、彼の中古車販売店の支店が沼津にもある。どれほどの規模か、客層、それに店の雰囲気など、小此木と白石が、東京で須藤勲に面談して戻る前に確認しておきたかったのだ。沼津市内にあった支店はそれなりに客で賑《にぎ》わっていた。場所も、JR沼津駅から南に走る道路と東海道が交差した角地で、中古車販売には絶好のロケーションだった。

途端に、追いすがるように肩を並べた佐藤が言った。

「だったら、これをどう思われるんですか。十四年前の七月二十七日に尾畑守くんは誘拐された。ところが、犯人からの連絡は、電話と手紙を合わせてわずか四回で途切れてしまった。なぜ犯人は身代金を諦《あきら》めたんですか」

「わからんよ」

「身代金が目的ではなく、恨みによる犯行だったとは考えられませんか」

「五歳児に、恨みを抱くかね」

わずかに顔を向けて、重藤は言った。

「違いますよ。被害者の家族への恨みです」

「例えば、誰を考えている」

「尾畑小枝子。あるいは、尾畑清三かもしれない。小枝子の別れた夫、須藤勲の可能性だってある。これらの人物について、周囲の人間とのトラブルを調べているんでしょうね」

いつもながら、執拗な質問が続く。

「事件の関係者を洗い直すことは、再捜査の鉄則とだけ言っておこう」

「それなら、捜査本部が設置されていた時期に、有力な被疑者は浮かんでいたんですか」

「ノーコメントだ」

言うと、重藤は足を速めた。

佐藤の姿が視界から消えたとき、背後から声がかかった。

「県警本部長はノンキャリアのあなたに、今回の案件の責任を背負わせるつもりなんでしょう。つまり、最初から事件の解明なんか不可能と見ているわけだ」

重藤は足を止めると、言った。

「佐藤さん、一つだけはっきり言っておこう。最初から事件の解明を諦める警官などいないし、いてはならないのだ。むろん、私はこの事件を時効にさせる気は毛頭ない」

それだけ言うと、重藤は三島警察署の建物へ向かった。佐藤は追いかけてこなかった。声がかかることもなかった。だが、佐藤が口にした質問が、耳の中で執拗に谺《こだま》していた。

なぜ犯人は身代金を諦めたんですか――

恨みによる犯行だったとは考えられませんか――

その疑問こそ、この事件全体から漂ってくる臭気の原因と身に染みてわかっていた。他の誘拐事件とは、何かが違っている。だが、いったい何がどう変なのか、長い間その原因が鮮明に見えてこなかった。そこまで考えたとき、同じように釈然としないもう一つの疑問を指摘した言葉が、脳裏に甦《よみがえ》ったのである。

《昭和四十九年の八月十九日は月曜日でしたから、前日は日曜日です。気になって新聞の縮刷版を調べたところ、日曜日の東京は午前、午後とも曇りでした。しかし、夏休み期間中とあって、月曜日よりも日曜日の方が、河原に遊びに来ていた人間は桁違いに多かったはずです。それなのに、その三人の中学生だけが、どうして水面の物体に関心を抱いたのでしょうか。前日、遺体はまだ水面に浮かび上がっていなかったのか。それとも、浮かび上がっていたにもかかわらず、誰も気に留めなかったのか。そして、浮かび上がった原因である麻紐《あさひも》の断裂は、いつ、いかなる原因で起きたのか。偶然か、それとも人為的な原因か。こうした点についての捜査や分析が、記録にはまったく見当たらないのですけど――》

それは最初の捜査会議の席上、辰川が指摘した疑問であり、膨大な捜査記録のどこにも見られない着眼点にほかならなかった。この言葉によって、事件全体を覆っている不可解な霧が、さらに濃度を増したような気がしたものだった。遺体を遺棄した場所が選りによって、どうして多摩川だったのだろう。単なる気まぐれか。幼児を攫《さら》った魔物は、いったい何を考えたのだ。

辰川さん――

重藤は口の中で、その名を呟《つぶや》いた。思えば、彼との付き合いは二十年にもなる。二十年前、巡査部長として沼津署に配属されていた重藤は、刑事になるための署長推薦を得て、捜査専科講習の選抜試験にも合格し、見習いとして捜査実務に加わることを許されたのだった。そのとき、丁寧に指導してくれたのが、刑事課にいた辰川だったのである。

辰川は、重藤にとって不思議な先輩だった。キャリアのような昇進に恵まれることのない現場の捜査員たちは、捜査に当たって昔気質《かたぎ》の職人のようなこだわりを示し、強烈な執念を燃やすのが常だった。だからこそ、どの人物にも特有の癖があり、常識的な物差しから逸脱する人間が少なくなかった。ところが、辰川は違った。どこにでもいる目立たない穏やかな人物。それが辰川であり、そのくせ、人の気持ちをこれほどこまやかに読み取る男を、重藤は知らなかった。

あるとき、殺人事件の被害者男性の家を二人で訪ねたことがあった。被害者は度重なる暴行を受けて、強制的にサラ金から金を借りさせられた挙句に、無残にも殺害されたのだった。両親は救いを求める息子からの電話を受けて、警察署に被害届を出したものの、事件性を裏付ける明確な証拠や証言が皆無だったことから、被害届が受理されぬままに、最悪の事態を迎えてしまった案件だった。

これ以上ないほど激昂《げきこう》して、捜査員との面談すら拒否し続けてきた両親に、辰川が事前の電話で丁重に詫《わ》びを入れると、どうにか自宅に顔を出すことだけは許された。そして、重藤とその家を訪れたとき、五分ほど早めに玄関前に立った辰川は、じっと腕時計に目を落とし、秒針が約束の時刻ジャストを指した刹那《せつな》、呼び鈴のボタンを押したのである。唖然《あぜん》として見つめる重藤に、辰川は穏やかに言ったものだった。

《一分遅れても、相手は時計を見て、なぜ来ない、と不平を漏らします。逆に一分で

も早ければ、もう来たのか、とそれすらも迷惑に感じる。それが人間というものですよ――》

尾畑守誘拐事件の再捜査を命じられたとき、彼が辰川を思い浮かべたのは、その人間観察に期待したからだった。

きっと何かを見出《みいだ》してくれるに違いない――

胸の裡《うち》でそう念じながら、重藤は三島署の玄関へ足を踏み入れた。

3

東海道本線の車両を富士駅で下車した間島は、辰川とともに北口へ出た。

駅前を行き交う人々は、いずれも額に汗を浮かべている。目の前には、客待ちのタクシーの並ぶロータリーがあり、斜め左側にビジネスホテルが見えていた。尾畑清三の自宅は、ここから北へ一キロほどの加島町《かじまちょう》にあるという。

二人は用意してきた地図を頼りに黙って歩き出した。とうに上着を脱いで、腕にかけている。炎天下といえども、捜査費を惜しまなければならない。

「尾畑清三さんは、地主でしたね」

しばらく歩いてから、間島は言った。

辰川がうなずく。

「ええ。中年時分までは果樹園を中心とした農家を兼ねていたものの、歳がいってからは、家作や地代で生活するようになったそうです。小枝子さんは一人娘で、結婚相手は中古車販売の営業マンだったから、畑仕事を受け継ぐ後継者がいなかったのでしょう」

間島もうなずいた。尾畑小枝子は結婚後も、この富士駅近くのマンションで暮らしていたと捜査資料に記されていた。そして、離婚を機に、小枝子は二人の子供とともに実家に戻ったという。したがって、三島の借家への引っ越しは、彼女にとって二度目の独立であり、初めて父親のもとから完全に離れたことになる。小枝子の母親、房《ふさ》子《こ》はとうに亡くなっていたので、その時点で清三は一人暮らしとなった。

「それにしても、尾畑小枝子さんは、どうして三島へなんか引っ越したんでしょうね」

「その点について質問した捜査員の記述が、捜査記録にありましたよ」

「ありましたか。こりゃ迂闊《うかつ》だったな」

間島は頭を搔《か》いた。

「子供たちの教育のことを考えて、比較的便利な三島を選んだと、尾畑小枝子さんは答えています。理恵さんが小学校の一年生でしたからね。そうそう、彼女は小さい頃から看護婦になりたいと言っていたという記述もありましたっけ」

ああそうか、と間島はうなずいた。そして、少し前に顔を合わせた尾畑理恵の瓜実《うりざね》顔《がお》を思い浮かべた。もしかしたら、いまは看護学校に在籍しているのかもしれない。

しばらく歩くうちに、大谷石《おおやいし》の塀を巡らせた大きな屋敷が目に留まった。表札に、《尾畑》と太字で記された昔風の棟門《むなもん》があり、そこから先は低い植え込みと繁茂した木立で覆われており、かなり奥に重厚な玄関が見えていた。

「相当に大きな家ですね」

間島は門の中を覗き込みながら言った。

「古くからの土地持ちなのでしょう」

辰川はそう言うと、間島を目顔で促して門を入った。小道が左手に向かって続き、両側には夏椿《なつつばき》や百日紅《さるすべり》が花と枝葉を伸ばしている。

玄関の格子戸に近づいた途端に、左横の犬小屋から犬が飛び出してきて、いきなり吠《ほ》えはじめた。間島が思わず後ずさった瞬間、辰川の肩が驚きで跳び上がるのも目に留まった。黒い柴犬《しばいぬ》が牙《きば》を剝《む》き、ときおり唸《うな》りながら激しく吠えたてる。

そのとき、玄関の格子戸が開き、太った六十半ばくらいの男が顔を覗かせた。

「あんたら、何だい」

「三島署の者で、辰川と言います」

辰川が頭を下げ、警察手帳の身分証明書を示した。間島も、「間島です」とそれに倣った。

「失礼ですが、尾畑清三さんですか」

「ああ、そうだが、何か用か」

尾畑清三は突っ慳貪《けんどん》な物言いをした。古びた下駄《げた》履きで玄関から出てくると、こちらを無視したように、右側にある郵便受けを覗き込み、それから柴犬に向かってしゃがみ込んだ。途端に、犬が甘えた鳴き声を上げて静まった。

「私ども、お孫さんの尾畑守くんが誘拐された件について再捜査を行っております。お手数ですが、ほんの少しだけ、お話を聞かせていただきたいと思いまして」

「あんたら、十四年もかかって、何一つ明らかにできなかったんだろう。いい加減に、人の暮らしを引っ掻き回すのはやめてくれ」

犬の頭を撫《な》でながら、尾畑清三は顔も向けずに言った。

尾畑小枝子と同様に、ある程度の冷ややかな対応は覚悟していたが、露骨なほどの横柄な態度に、間島はいささか面食らった。

だが、隣で辰川が、尾畑清三の横顔に向かって深々と頭を下げると、言った。

「お気持ちは、重々お察し申し上げます。ご家族を亡くされた上に、あんなひどいことをした犯人が見つかっていないのですから、お心の休まる暇がないことでしょう。

そのお気持ちを肝に銘じて、我々も捜査に取り組む所存です。どうか、お力をお貸しいただけないでしょうか」

傍《はた》で聞いている間島が呆《あき》れるほどの低姿勢に、かすかに振り返った尾畑清三も、鼻白んだように口をへの字にして黙り込んだ。

その時になって初めて、間島は相手の顔をまじまじと見た。左目の瞼《まぶた》が痙攣《けいれん》したように震えている。玄関内にも目を向けた。薄暗い玄関の三和土《たたき》は御影石《みかげいし》張りらしく、四畳半ほどの広さがある。だだっ広いその三和土に、革靴が一揃《そろ》いだけポツンと置かれていた。

「何を聞きたいんだ」

尾畑清三がむっつりと言った。

「昭和四十九年七月二十六日に、お孫さんの守くんと車で三島の借家へ行かれましたよね。娘さんの引っ越しのために、大物の荷物を運ぶことが目的だった、そうでしたね」

辰川が穏やかな口調で言った。

「ああ、そうだったな」

「どうして引っ越し業者を使われなかったんですか」

「自分で運んじゃいけないか」

「失礼ながら、娘さんは離婚されて戻ってみえたのだし、お子さんが二人もいらしたのだから、それなりに家財道具も多かったでしょう。箪笥や鏡台は、男手一人じゃ大変だったんじゃないですか」

「いまでこそ、こんな年寄りになっちまったが、あの頃は野良仕事で鍛えた腕力が残っていたからな。――いまさら何でそんなことを訊くんだ。あんたら、誘拐犯を探しているんじゃないのか」

「むろん、そのとおりです。犯人がいつ、どんなきっかけで、守くんに目を付けたのか、それを知りたいんです。三島へ向かわれたときの尾畑さんの車、車種は何でしたか」

両手を打ち合わせて、埃《ほこり》を払う仕草をしながら、尾畑清三が立ち上がった。

「ベンツにでも乗っていて、誘拐犯から目を付けられたと想像しているのなら、当てが外れたな。泥だらけの軽トラだよ」

「三島へ連れて行かれたときの守くんの服装を、覚えていらっしゃいますか」

「ああ、嫌というほど訊かれたからな。水色のTシャツに紺色の短パンさ」

「履物は？」

「真っ白いサンダル。刑事のくせに、守の発見を一般市民に呼びかけた警察のポスターも見とらんのか」

だが、それには答えず、辰川は続けた。

「三島に引っ越しされることは、いつ、どのタイミングで決められたんですか」

「忘れたな」

「三島の借家は、どうやって探されたのですか」

「記憶にない」

「引っ越しのことを、家族以外の人に話した覚えがありますか」

「そんなこと、覚えているわけがないだろう」

二人の間のやり取りを目の当たりにして、間島は、《暖簾《のれん》に腕押し》という言葉を思い浮かべた。とはいえ、尾畑清三と守が乗っていたのが軽トラックだったことを含めて、淡々と繰り出される辰川の質問は、これまでの捜査で、尾畑清三からの返答を得ているものばかりなのだ。これこそが《直当たり》なのか、と間島は改めて思った。

捜査記録によれば、引っ越しの予定はひと月ほど前に決まっていて、入居予定日は八月一日となっていた。だから、数日早く引っ越しを行ったことになる。この点は、借家を仲介した不動産屋への聞き込みから判明した事実だった。その不動産屋は、尾畑清三の地所の仲介も行っており、七月二十六日当日になって転居の日程を早めたいと尾畑清三から電話が入ったという。当時の捜査員たちも、引っ越し業者を頼まなかった理由を何度も問いただしていた。尾畑清三は、《自分の車で運べるのに、どうして、わざわざ他人に高い金を払う必要があるんだ》と返答したと記されていた。車種についても、《農作業で使っていた軽トラックだよ》と記録されていたし、ほかの質問にしても同様だった。

だが、いっこうに気にする様子もなく、辰川は続けた。

「不躾《ぶしつけ》ながら、あの当時、尾畑さんは奥様に先立たれておられましたよね。小枝子さんが独立なさったら、女手がなくなり、不便になるとお考えにならなかったのですか」

「女房に死なれたのは、あれが結婚する以前のことだったから、嫁に行った時点で、女手がなくなることなんか、とっくに経験済みさ」

「ああ、そうでしたね。三島はわりと近いし、尾畑さんもご安心だったんでしょうね」

「まあな」

「当然、よくご存じの土地だったんですよね」

辰川の言葉に、尾畑清三がふいに黙り込んだ。

その顔を、間島は凝視する。いまの質問は捜査記録にはなかった。尾畑清三の瞼がまたしても小刻みに震えている。

一拍の間があり、尾畑清三が初めて苦笑いのような表情を浮かべた。

「もちろん知っていたさ。親戚もいたし、仕事で三島へ出かけることくらいあったからな」

「借家のあった界隈《かいわい》もご存じでしたか」

「さあ、忘れたね」

言いながら、尾畑清三が目を逸《そ》らした。

「ところで、あの事件のおり、尾畑さんが身代金を用意されたんでしたよね」

「娘や孫のためだから、当然じゃないか」

「銀行預金を下ろされたんですか」

その言葉に、尾畑清三が向き直った。険しい表情に戻っていた。

「もういいだろう。くだらん質問をしている暇があったら、とっとと犯人を捕まえてきてくれ。わしは忙しいので、これで失礼する」

憤然と言うと、尾畑清三はさっさと玄関の中へ入り、戸を叩きつけるように閉めてしまった。

間島は辰川と顔を見合わせ、どちらからともなく踵《きびす》を返すと、門から外へ出た。

「いささか驚きましたね」

門から離れると、間島は肩を竦《すく》めて言った。

辰川がかぶりを振る。

「犯罪者が色々なように、被害者も様々だから、仕方ないでしょう。しかし、いささか度が過ぎる感じがしますね」

「何がですか」

「犬ですよ。番犬としては非の打ちどころがないでしょうけど、郵便配達や新聞配達は吠えられて往生しているでしょう」

「老人の一人暮らしだから、用心深くなっているんですよ」

「しかし、あの犬が吠えるたびに、あんなふうに尾畑清三さんはいつも顔を出すんですかね」

頬に手を当てたまま、辰川がわずかに首を傾《かし》げた。

4

小此木は、白石とともに、《SUDO MOTORS》という横書きの看板の前に立った。

その中古車販売店は国道二四六号線沿いにあった。田園都市線の三軒茶屋駅から徒歩で十分ほどの場所で、二人はすっかり汗だくになっていた。

洒落《しやれ》たショールーム風の事務所の窓ガラスに、《高級外車、高級国産車専門》という黒い切り文字が貼《は》られている。横手の広々とした駐車スペースには、純白のベンツと真っ赤なポルシェが七、八台ほども停められており、この一月に発売されたばかりの日産シーマをはじめとして、国産の高級車も十台ほど並んでいた。どの車も顔が映るほどにワックスが効いており、フロントガラスの内側に立てかけられた値札の金額は、サラリーマンの平均年収をはるかに超えていた。

「行こうか」

長身の白石の言葉に、小此木はうなずき、事務所へ近づいた。

「ごめんください」

自動ドアが開くと、店内に足を踏み入れながら、小此木は声をかけた。

途端に、男の忙《せわ》しなさそうな早口が耳に飛び込んできた。

「必ず見つけてご覧に入れますので、どうぞご安心ください。——ええ、これまで一度だって、お約束を違《たが》えたことはございませんでしょう」

小此木と白石が顔を向けると、奥のカウンターで受話器を手にしている男が目に留まった。金縁の眼鏡をかけた顎の尖《とが》った顔立ち。四十代前半くらい。俳優にでもなれそうな二枚目風だが、笑顔にかすかに崩れた感じが漂っている。

店内に音楽が流れていた。坂本龍一が作曲した『ラストエンペラー』の曲だ。小此木はこの春、この曲がアカデミー賞の作曲賞を受賞したことを思い出した。

二人は店内を見回した。壁に写真パネルが何枚も貼られていた。この店で高級車を購入した客を撮影したものらしい。ポルシェの前に立つ男の写真パネルに、小此木の目が留まった。ジャイアンツの有名な選手だった。その横に、カウンターにいる男も笑って写っている。

「いらっしゃいませ」

カウンターの陰から、長身の若い男が姿を現した。世慣れた笑みを浮かべている。

「どんな車種をお探しでございますか」

「こちらのオーナーの須藤勲さんにお会いしたいんですが」

小此木と白石が身分を明かした途端に、若い男が真顔になった。

「ちょっとお待ちください」

そして、カウンターの方へ歩み寄ると、電話中の男性の耳元で何事か囁いた。受話器を握っていた男の顔から笑みが消えた。こちらに顔を向け、わずかに腰を浮かせて会釈して、途端に早口になった。

「――ええ、ちょっとした伝手《つて》もありますから、折り返しすぐにご連絡申し上げます。ほんの一週間、いや、二、三日だけ、どうかお待ちください。何卒《なにとぞ》お願いします――」

無理やり話し終えたという感じで受話器を戻すと、男はカウンターから小走りで出てきた。

「須藤ですが、何かご用でしょうか」

夏だというのに、ブランドものらしき長袖のワイシャツ姿で、洒落た赤いシャツガーターを留めており、右手首に純金製らしきブレスレットが光っている。

「私たち静岡の三島署の者でして、十四年前に尾畑守くんが誘拐された事件の再捜査を担当しております。お仕事中申し訳ありませんが、お話を聞かせていただきたいと思いまして」

「新聞で読みました。特別捜査班ができたんですよね」

期待感に満ちた表情だった。

「ええ、そのとおりです。ご迷惑は重々承知しておりますが、ほかならぬ須藤さんのお子さんの事件ですから、ご協力をお願いします」

「迷惑だなんて、とんでもない。さあ、どうぞ」

興奮した面持ちで、テーブル・セットを手で示した。円形の厚ガラスの天板に、円柱形の脚がついたテーブルと、真っ赤なアクリル製のモダンな椅子《いす》が四脚置かれている。

二人が腰を下ろすと、須藤勲も向かいの椅子に座り、勢い込んで言った。

「それで、何をお聞きになりたいんですか」

一瞬、白石と目を見合わせた小此木は、おもむろに言った。

「事件の二か月ほど前に、須藤さんは、尾畑小枝子さんと離婚されたと聞いていますけど、その後、お子さんたちとは会われていましたか」

「そりゃ、実の親子ですから、何度か会いましたよ。別れた女房はいい顔をしませんでしたけど。もっとも、仕事が忙しくて、なかなか時間が取れなくてね」

「守くんに最後にお会いになったのは、何時《いつ》でしたか」

須藤は口を開きかけて、大きくため息を吐くと、言った。

「はっきりとは覚えていません。でも、事件直前じゃなかったことは確かです。――どうして、もっと頻繁に会っておかなかったのかと、いまでも後悔しています」

須藤勲はふいに言葉を詰まらせると、ショールームの隅へ顔を向けた。

つられて、小此木も目を向ける。隅の棚に、子供用のグローブと軟球、それに赤いポリバケツが置かれていた。

「あれが守の形見です。小枝子と別れる直前の五月に、知り合いの奥さんや子供と一緒に、家族で千葉に潮干狩りに行きましてね。あのポリバケツは、そのとき買ってやったものです。今でも、ときおり手に取って眺めることもあります。私にとっては、息子の分身ですよ」

「知り合いの奥さんと子供とは？」

「理恵の友達の敦《あつ》ちゃんと、母親の杉山芳江さんです」

小此木はうなずいた。その二人の名前なら、捜査記録で目にした覚えがある。

須藤勲が続けた。

「子供たちにお揃いの白いビーチサンダルも買ってやりました。小枝子は地味好みだから、派手だって嫌がりましたけど、私は目立つのが好きだし、けっこう子煩悩なんですよ。だから、守が亡くなったとき、形見として、あれをもらってきたんですよ」

そこまで言うと、須藤勲は立ち上がり、ポリバケツのそばに置かれていた写真立てを手にして戻ってくると、それを小此木たちに差し出した。

それを受け取った小此木は、写真に見入った。海の汀《みぎわ》に、幼い理恵と守が手を繋いで立っている。理恵は短髪で、二人とも満面に笑みを浮かべていた。守が左手に赤いポリバケツを提げている。小此木はその写真立てを白石に手渡すと、改めて須藤勲に向き直った。

「念のためですが、昭和四十九年七月二十七日、どちらにいらしたか、お話しいただけませんか」

「それも、まったく覚えていません」

「当時、聞き取りをした捜査員の記録では、浜松に出張されていたとなっていますが」

「うーん、そうだったかもしれないな。向こうにも何人かお得意さんがいましたから」

　椅子の背に反り返るようにして、須藤勲が言った。

「車で行かれたんですよね」

「たぶん、そうでしょう。仕事柄、いつも自分の車で移動していましたから」

「車種と色は？」

　つかの間考え込んだものの、須藤勲はすぐに言った。

「あの当時は、確かジャガーでしたね。色は赤です。外車が好きなんですよ」

「一台だけでしたか、所有されていた車は」

「ええ、もちろん」

　目の前の男の顔から一瞬も目を離さず、小此木は表情の変化を読み取ろうとしていた。捜査記録によれば、須藤勲は前日の二十六日の午後から、仕事で浜松へ出かけている。その日の午後と、翌日の正午頃の二度、同じ顧客と顔を合わせていた。完璧なアリバイと言えるが、わざとらしい動きと勘繰ることもできなくはない。

　隣の席で、メモとペンを手にした白石も、無言のまま須藤を見つめている。

「事件の半年後、会社をお辞めになって、独立されましたよね」

「しましたよ。それが何か？」

「事業資金は、どうやって工面されたんですか」

言葉に詰まったように、須藤勲が黙り込んだ。

「こちらの事務所、家賃がかなり高いんじゃありませんか。それに、しばらくして、沼津にも支店を出されましたよね」

一転して、須藤勲が険しい表情に変わった。

「待ってくださいよ。以前にも、別の刑事さんたちから散々訊かれて、そのときも感じたけど、おたくらの質問って、何だかこっちが誘拐犯みたいな訊き方じゃないですか」

「ご気分を害されたとしたら、お詫びします。しかし、事件の関係者については、例外なくアリバイや経済状態などを確認させていただくのが、捜査の鉄則なんです。どうか、ご理解ください」

須藤勲が黙り込んだ。真一文字に結ばれた口元に、納得がいかないという思いが表れている。だが、しばらくして口を開いた。

「そりゃまあ、ほかのことと訳が違うから、仕方ないけど。――事業資金は、それなりに蓄えていたものがあったし、銀行からも融資を受けたんですよ」

「それだけ？」

上目遣いに見つめながら、小此木は言った。

その刹那、須藤勲の顔が紅潮した。

「あのね、物事には話せることと、そうじゃないことがあるでしょう。信用問題に関わる個人的な関係についちゃ、刑事さんにだって断じて話せませんよ」

言うなり視線を逸らすと、須藤勲は灰皿の横のダンヒルの赤い箱に手を伸ばしかけて、引っ込めた。その動きに内心の動揺が表れている気がした小此木は、白石に目を向けた。

その目顔にうなずくと、白石が口を開いた。

「須藤さん、立ち入った質問で恐縮ですが、奥さんと離婚された原因は何だったんですか」

「えっ」

苛立《いらだ》ったような声とともに、須藤勲が目を向けた。

「単なる性格の不一致ですよ。あいつは、ひどいファザコンでしたからね。でも、誤解のないように念を押しておきますけど、別に敵同士になって別れたわけじゃありませんから。あくまで円満離婚です。まさか、私が離婚に腹を立てて、我が子を誘拐したなんて、そう言うつもりじゃないでしょうね」

「とんでもない。そんなことは、まったく考えていません――」

白石が誠実そうな顔つきのまま、静かにかぶりを振った。

だが、その可能性も皆無ではない、と小此木は思った。須藤勲は、妻の父親が地主であることを承知していた。子供との関係もあるから、引っ越し先の三島の家の住所や電話番号を知り得る立場にもあったはずだ。まして、彼が声をかければ、息子の尾畑守は喜んでついてくるに決まっている。

白石が言葉を続けた。

「ただ、尾畑守くんの暮らしの周囲で、どんな出来事があったのか、それを知りたいんです。そうした細々とした出来事の中に、誘拐犯の動きと結び付くものが見つかるかもしれない。だから、どんな些細なことでも、詳細に聞き取りをしなければならんわけでして」

須藤勲が大きなため息を吐いた。

「わかりましたよ」

5

「勝田さん、こいつはどうすか」

庄司は一枚の前歴者カードを手にして言った。

「今度は、いったい何だよ」

デスクの上に山積みにされた書類の陰から、別のカードを手にした勝田が、しかめた顔を覗かせた。自慢のリーゼントヘアがわずかに乱れている。

「ロリコンの親爺《おやじ》です」

庄司は言いながら、前歴者カードを差し出した。

勝田が面倒臭そうに受け取ると、それを斜《はす》に眺めた。

二人は沼津警察署の庶務課にいた。所轄署管内で起きた事件や事故関連の調書や資料は庶務課に保管されている。連日、県内の警察署を訪れては、容疑者の条件に該当する新たな人物をリストアップする作業が続いている。子供を狙った露出魔。小学校のプールの盗撮犯。幼子の連れ回し。女子高生に対する痴漢行為。次から次へと、吐き気を催す犯歴に目を通さなければならない。

盛大にため息を吐きながら、勝田が手にしていたカードを資料の山の上に放り投げた。

「該当しそうにないな。こいつの年少者関連の犯歴は、女子中学生相手の買春だぞ。しかも、場所は原宿だ。そのうえ、大田区に家がある家族持ちで、都内の信用金庫勤めだったんだから、三島なんて遠方まで出張って悠長に子供を攫ったり、脅迫電話を掛けたりしている時間的余裕はなかったはずだ。まして、この変態野郎は運転免許を持っていない」

「しかし、単独犯とは限りませんよ」

「いいや、あの一件は、絶対に単独犯に決まっている」

「どうして、そう思うんすか」

「頭を使えよ。犯人が二人と仮定して、首尾よく身代金を手に入れたとしても、一人頭、たった五百万だぞ。誘拐殺人は捕まれば、ほぼ死刑だ。とてもじゃないが、割に合う金額じゃない。しかも、二度掛かってきた電話の声は同じだったし、二通の手紙を最後に、綺麗《きれい》さっぱりと連絡を絶ちやがった。犯人が複数なら、足並みが乱れてもよさそうなものじゃないか」

「そうすかねえ」

口の中で呟き、庄司もうんざりした気持ちになり、次の前歴者カードに手を伸ばした。

米山克己《よねやまかつみ》。昭和四十四年、十七歳のときに、沼津市内で喧嘩騒ぎを起こし、補導されたものの、微罪ということで、送致見送りとなる。昭和四十五年、十八歳のとき、大学受験に失敗して浪人生となる。予備校に通うために、四月から小田急線の参宮橋《さんぐうばし》駅近くのアパートに下宿。六月十八日の梅雨の晴れ間、下宿先から徒歩十数分の代々木公園内で、母親から離れて遊んでいた五歳の男児を、公衆便所に無理やり引きずり込もうとする事件を起こす。

庄司は椅子の上で、かすかに背筋を伸ばした。

子供の悲鳴に気が付いた母親が、果敢にも我が子を引き剝《は》がしたところ、米山克己は逃げ出した。近くでバドミントンをしていた男子大学生の二人組が、助けを求める母親の叫び声に呼応して、彼を百メートルほど追いかけて、力ずくで取り押さえた。米山は狂ったように反撃したものの、交番から駆けつけた巡査によって身柄が確保されたのだった。

所轄署での取り調べに対して、米山は、《出来心でやった》と、真っ青な顔で震えながら供述した。前歴についても厳しい尋問が行われたものの、彼は頑《かたく》なに《初めてやったことです》と繰り返すばかりだった。当然、犯罪に手を染めた未成年、すなわち《犯罪少年》として、家庭裁判所への送致が検討された。しかし、未遂であり、初犯と判明したこと、それに、所轄署に駆けつけた父親の米山勇一《ゆういち》が、被害者の母親に土下座して泣きながら謝罪をしたことから、被害者側が被害届を撤回したため、結果として送致が見送られたのだった。

いつの間にか、庄司の背中に鳥肌が立っていた。

もう一度、カードに記された人物の項目を確認する。米山克己の本籍地は、裾野市。昭和四十九年七月二十七日当時、大学四年生。大学生ならば、夏休みに入っているだろうし、帰省していてもおかしくない。裾野市から三島までは、両方の市役所間が直線距離にして七キロ程度だ。しかも、こいつは運転免許証を持っている。

「勝田さん」

庄司の言葉に、勝田が舌打ちをして、顔を向けた。

「何を血相変えているんだよ」

「これを見てください」

庄司は椅子から立ち上がり、前歴者カードを差し出した。

勝田がため息を吐きながら、顔を傾けたままカードを受け取る。

視線が、記述をなぞっていく。

眼球の動きが、ふいに止まった。

傾いていた顔が真っ直《ます》ぐになり、目が大きく広がった。

「庄司——」

「どうします」

勝田が、改めてカードに目を向けた。

「ちょっと待て、考えさせてくれ」

6

尾畑清三の家を後にしてから、間島は辰川とともに近所をしばらく歩き回ってみた。

その界隈は生垣や石塀で囲まれた家ばかりで、比較的古い建物がほとんどだった。一回りして元へ戻ったとき、辰川が尾畑家の隣家に目を向けた。

「そこの家で、少し聞き込みをしてみましょう」

間島はうなずきながら、辰川の考えが少しだけわかってきたような気がした。その家は櫟《くぬぎ》の生垣の丈が高く、庭先の植木も大きく枝葉を伸ばしている。門柱の木の表札の墨文字が、すっかり色褪《あ》せていた。昔からの住人、という読みなのだろう。

「どんなご用件でしょうか――」

玄関の呼び鈴を押すと、顔を出した主婦と思われる女性は、二人の身分を耳にして、かすかに眉をひそめて言った。五十代半ばくらいだろう。外出する寸前だったらしく、白のブラウスに紺のスカートという姿で、塗ったばかりのような赤い口紅が目に留まった。

「私ども、十四年前に発生した尾畑守くん誘拐事件の再捜査をしておりまして」

間島が言うと、主婦は少し驚いたような顔つきになった。

「あんな昔のことを、まだ調べているんですか」

「そうなんです。それで、被害に遭われた尾畑さんの家のご事情について、ちょっと調べたいと思って、声をかけさせていただきました。ご協力願えませんか」

「そりゃかまいませんけど。何をお知りになりたいんですか」

「尾畑清三さんのことは、ご存じですか」

「もちろん知っていますよ。お隣さんですから」

「どんな方ですか」

「いい方ですよ」

間髪《い》を容れず答えた。隣同士だから、よほどでない限り、この手の答えが返ってくることは予想していた。

「事件当時、恨まれていたとか、誰かとトラブルになっていたとか、そういうことはご存じありませんか」

さあ、と主婦は肩を竦《すく》めた。

「実は、いまさっき尾畑さんご本人にお会いしたんですが、いささか頑固そうな感じの方ですよね」

「あのくらいのお年寄りなら、仕方ないでしょう」

「かなりの地所をお持ちだとか。そうした関係で揉《も》め事が起きがちなものでしょう」

「さあ、揉め事なんて聞いたことありませんけど」

なるほど、と間島はうなずく。

「ときに、尾畑清三さんは、中年の頃まで畑仕事をされていたそうですね」

「ええ、そうですけど」

そろそろ制限時間一杯という口調になっていた。

そのとき、辰川が頭を下げて、口を開いた。

「もう一つだけ。尾畑清三さんの奥様は、どういう方だったのでしょう」

途端に、面倒臭そうにしていた主婦の表情が一変した。

「房子さんのことですか」

ええ、と辰川がうなずく。

間島は、捜査記録の内容を思い出した。尾畑清三の妻、房子は子宮癌《がん》で死亡したという。それは尾畑小枝子が結婚する二年前のことだった。だが、捜査記録に見られる房子に関する記載はそれだけだった。

しばし考え込んだものの、主婦はためらいがちに言った。

「お亡くなりになった方のことを、こう言ったらなんですけど、かなりきつい人でしたね」

「きつい？」

「ええ、小さかった頃の小枝子ちゃんを怒鳴ったり、叩いたりしているのを、しょっちゅう見かけましたから。——二階の物干し場で洗濯物を出し入れしたりすれば、お隣の様子が嫌でも目に入っちゃうじゃないですか」

「そりゃ、当然でしょう」

辰川が真剣にうなずくと、誘われたように主婦が続けた。

「もちろん、躾だったんでしょうけど、女親が娘に手を上げるっていうのは、どうかしらねえ。一度なんか、泣いている小枝子ちゃんの頭を、拳骨《げんこつ》で叩いていたんですから」

「しばしばだったんですか、房子さんの折檻《せっかん》は」

「ええ。そんなとき、いつも清三さんが、小枝子ちゃんを庇《かば》ってあげていたんですよ。でも、それが、かえってねえ――」

「かえって、とは、どういう意味ですか」

主婦が言葉尻を呑《の》み込むと、辰川がすかさず言った。

「房子さんを、余計に怒らせちゃうんですよ」

「どうして」

「だって、清三さん、そんな偉そうなことを言える人じゃなかったから――」

主婦が言い淀《よど》んだ。

一拍の間をおいて、辰川が言った。

「捜査へのご協力の一環として、そのあたり、もう少しだけ詳しく教えていただけませんか」

すると、主婦は周囲に目を配り、右掌で空を叩《はた》くようにして、声を潜めて言った。

「女遊びですよ。静岡や沼津のキャバレーで何度も目撃されたんだそうですよ。そりゃひどかったって、ご近所でも有名でしたから。房子さんが小枝子ちゃんに当たったのも、一つにはそれが原因だったんじゃないかしら」

辰川が黙り込む。

その横顔を目にして、間島は讃嘆の念を抱かずにはいられなかった。女に男のことを訊いても、さしたる反応は期待できない。しかし、同性のこととなると、女の反応は一変するのだ。

「まあ、男親なら、ひとり娘を庇いたくなっても当然でしょう」

「ええ、もちろんそうですよ。清三さん、小枝子ちゃんを目に入れても痛くないほど可愛《かわい》がっていましたから。小さい頃、小枝子ちゃんが熱を出したといっちゃ、血相変えて車でお医者さんへ連れて行っていましたもの」

「ほう、お医者さんですか」

「駅前の田沢《たざわ》小児科というお医者さんですよ」

辰川が間島に目を向けた。

間島はうなずくと、手帳を取り出して、その話をメモした。

「いろいろとありがとうございました。それから、私どもがお訊きしたことは、どうかご内聞にお願いします」

辰川が丁寧に頭を下げた。間島も慌てて低頭する。

「もちろん、わかっていますわ」

主婦が大袈裟《おおげさ》にうなずいた。

間島が、辰川と東海道本線で東京へ向かったのは、富士駅近くの田沢小児科を訪れた後のことだった。

夏休み時期のせいか、車両内は閑散としており、高校生らしき男女のグループや、子供連れの母親などが目に付いた。ワイシャツにネクタイという恰好《かっこう》は、同じ車両で間島たちを含めて数えるほどしかいない。

「田沢先生が在宅だったのは、ラッキーでしたね」

隣に座った辰川に、間島は言った。田沢小児科は、住宅の一部を診療室に充てた昔風の開業医で、応対に出た田沢医師は銀縁眼鏡をかけた端正な顔立ちの老人だった。

「ええ、それに人柄も立派でしたね」

辰川が相槌《あいづち》を打った。訪問の趣旨を説明すると、白衣姿の田沢医師は守秘義務など持ち出すことなく、彼らの質問に応じてくれたのである。とはいえ、聞き出せたことは、ごくわずかだった。尾畑清三が小枝子を溺愛していたこと。一方、房子が娘にひどく冷淡だったこと。診察のたびに、小枝子の背中や頬に青痣《あおあざ》が見られたことなどである。

《いまなら、虐待騒ぎになったかもしれませんが、一昔前は、親や教師の体罰なんてものは、ごく当たり前でしたからねえ――》

診察室の椅子に腰かけた二人に、聴診器を首に掛けた田沢医師は背筋を伸ばしたまま、そんなふうに付け加えたのだった。

「あまり幸せな子供時代じゃなかったみたいですね」

間島は言った。

「そのうえ、大人になってからも、不幸が付いて回ったということでしょう」

向かいの座席で寄り添っている母親と幼い娘を見やりながら、辰川が呟いた。

間島はうなずく。母親に冷たく扱われ、夫とは離婚した。さらに、幼い息子が誘拐されて、遺体で発見されたのだ。家を訪ねたおりに接した尾畑小枝子の頑なな態度は、過酷な人生にさらされ続けた結果、凝り固まったものだったのかもしれない。

間島と辰川が、多摩川園の駅から目と鼻の先の河川敷に立ったのは、午後三時過ぎのことだった。

尾畑守の遺体が発見されたのは、多摩川に架かる東急東横線の橋梁《きょうりょう》と、都道二号線すなわち中原街道の丸子橋に挟まれたごく狭い場所である。河原の所々に、人の背丈ほどまで葦《あし》が生い茂っていた。

「あの辺りですよ」

手帳のメモをもとにして、丸子橋の影が落ちた川面《かわも》を間島は指差した。汀からほんの五メートルほど先で、涼やかな流れが少し深くなっている場所だった。川岸のコンクリートからの照り返しと、日差しをもろに浴びたまま、辰川が目を瞬《しばた》かせてその川面を凝視する。それから、汗で額を光らせたまま、周囲を見回し始めた。

間島もゆっくりと顔を巡らせる。丸子橋はその袂《たもと》で、多摩川沿いを走る都道一一号線と交差していた。その多摩堤通りの背後に、こんもりとした林が見える。浅間《せんげん》神社を覆う木立だ。数軒の住宅も目に留まった。道を挟んで、その左側の河川敷は、少し前までジャイアンツの練習グラウンドだったはずだ。

捜査記録によれば、三人の中学生がこの河川敷に来たのは、昭和四十九年八月十九日の午後一時過ぎだったという。三人は釣り竿を手にして多摩川園駅前に集まり、河原へ向かった。彼らは釣り仲間で、それまでも頻繁に多摩川を訪れていたのだった。だが、二時間ほど釣り糸を垂れたものの、釣果《ちようか》は芳しくなかった。

そこで、川面に向かって石を投げて遊び始めた。ところが、一人が石を投げた辺りの水面に、タオルのような布で包《くる》まれた物体が浮いていることに気が付いたという。三人は素足になると、ズボンの裾をまくって水の中に入り、一人がその物体に触れて、意外な重さに驚いた。そのとき布の一部がめくれて、どす黒く変色した足の指が見えたのだった。

夏の日差しに輝く水面に目を向けたまま、間島は三人の中学生の幻を思い浮かべる。特別捜査班の最初の顔合わせの席上、辰川が指摘した言葉も耳に甦ってくる。遺体発見の前日の日曜日、布に包まれていたその遺体に誰一人気付く者がいなかったのか。それとも、気が付いていながら、素通りしただけなのか。あるいは、前日の夜分に、何者かが紐を切って、遺体を浮上させたと考えたら、どうだろう。しかし、誰がいったい何のためにそんなことをする必要があるのだ。犯人がわざわざ遺体を発見させるなどということは、まず考えられない。だとしたら、遺体の存在を、犯人以外の第三者が知っていたというのだろうか。

ともあれ、仰天した三人の中学生は、すぐさま多摩川園駅の駅員にその事実を伝えた。駅員からの通報を受けた所轄署は色めき立ち、同日午後四時過ぎ、パトカーで駆けつけた四名の警察官が、水中から引き揚げられた幼児の遺体を確認したのだった。

世間を震撼《しんかん》させたのは、その翌日の報道だった。遺体の検視と衣服の特徴などから、その遺体が、七月二十七日に三島市内で誘拐された尾畑守である可能性が浮上し、遺体についての詳細な照合が開始されて、身長、衣服、歯型などから、間違いなく尾畑守の遺体と断定されたのだった。

さらに、八月二十日早朝より、静岡県警と警視庁の合同になる約二百名の捜査員と鑑識課員が動員されて、この辺り一帯をほとんどブルーシートで被《おお》い、遺留品や犯人の痕跡の捜索が行われたのだった。当日、丸子橋や多摩堤通りを無数の野次馬や報道陣が埋め尽くし、報道機関のヘリコプターまでが上空に飛来したという。

そこまで考えたとき、間島は、傍らの辰川の素振りの異変に気が付いた。目を大きく見開いたまま、周囲を忙しなく見回しているのだ。

「間島さん、こりゃ変ですよ」

「何がですか」

「見てごらんなさい」

言いながら、顎をしゃくるようにして、背後の河原を指し示した。

間島が目を向けると、背後を小学六年生くらいの四人組が駆け抜けたところだった。反対方向からは、ジョギングスタイルの若者が走ってくる。散歩らしき夫婦連れもいる。

丸子橋も多摩堤通りも、ひっきりなしに車が通り過ぎてゆく。

東急東横線の車両が、轟音《ごうおん》を上げて鉄橋を通りかかった。

何の変哲もない、ただの河川敷の光景ではないか。

そう思いかけた途端、うなじの産毛が逆立ち、間島は息を吞んだ。

こんな馬鹿な——

7
「おい、この辺りだぞ」

車のハンドルを切りながら、勝田がフロントガラスへ身を乗り出して、周囲を見回した。

庄司も辺りへ目を走らせる。手帳にメモした所番地と、事前に地図で調べたところによれば、米山克己の実家は裾野市佐野のこの辺りにあるはずだった。

だが、そうやって実家を探しながらも、庄司の胸の裡《うち》の憂慮の念は、いささかも軽くならなかった。沼津警察署の古い前歴カードを繰っていて遭遇した米山という人物は、確かに臭《にお》う。いいや、すこぶる疑わしい。こいつだ、と刑事の勘がしきりと囁きかけてもいた。

ところが、同じように疑いを抱いた勝田が、突拍子もないことを言い出したのだった。重藤への報告を抜きにして、すぐに当たってみよう、と。事件捜査の場合、それがいかに危険な賭けであるか、庄司も嫌というほど知り抜いている。軽率に容疑者やその家族に接触すれば、逃走や自殺などの取り返しのつかない事態を招きかねないのだ。

それでいて、勝田が逸《はや》る気持ちも痛いほどわかっていた。継続捜査班として空振りを繰り返してきた挙句に、選りによって、新たに発足した特別捜査班に合流させられてしまったのだ。晒《さら》し者にされたような屈辱感。三島署の同僚たちへの気兼ね。針の筵《むしろ》に座らされたような思いが片時も意識から離れないのだろう。それは庄司とて同様だった。だからこそ、もしも米山がホンボシなら、その憂さを一気に晴らすことができる。

それでも、庄司は必死に諫《いさ》めた。

《勝田さん、独断専行はやばいすよ》

すると、勝田は食って掛かるように言い返した。

《おまえ、よその連中に手柄を持っていかれて、平気なのか》

庄司には返す言葉はなかった。

いや、待て。庄司はいまになって思い直す。米山は、とうに社会人になっているはずだ。つまり、実家にはいない公算が大きい。家族にカマをかけて様子を見るだけなら、かまわないのではないか。勝田だって、尾畑守誘拐事件のことをいきなり持ち出すなんて、へまはしないだろう。それで手応えを摑《つか》めたら、こっちの目の付け所が正しかったことになる。そう自分に言い聞かせながら、庄司は周囲に目を配った。

一軒の大きな家が目に留まった。表はガラス張りで、横に出入り口用のサッシの引き戸がある。表は店舗、裏手が住宅になっているらしい。横手にシャッターの閉まった倉庫があり、その前の駐車スペースに古い軽トラックが停まっていた。

「あれじゃないすか」

手元の地図と照らし合わせながら、庄司は言った。

「そのようだな」

勝田がうなずく。

路上に駐車すると、勝田と庄司は車を降りた。二人が家に近づこうとしたとき、裏手から男が出てきた。セメント袋のようなものを抱えており、軽トラックの荷台に積み込もうとしている。歳恰好は六十代後半くらい。上は白の半袖シャツで、灰色のズボンに、足元は黒い長靴だった。

「米山勇一さんですか――」

勝田が声をかけた。

途端に、男の丸い肩が痙攣するように動くのが見えた。

「ええ、そうですけど」

振り向いた顔が、こころなしか青ざめていた。潤んだ目の下に、房のような弛《たる》みができており、大きな鼻とあいまって依怙地《いこじ》そうな印象を与えた。

勝田と庄司が身分を明かすと、米山勇一がかすかに息を呑んだ。

「私に何か」

「ご子息の克己さんのことで、お訊きしたいことがありまして」

その拍子に、米山は両手に抱えていた袋を地面に落とした。袋に印刷された《農耕用ボカシ肥料》の文字に、庄司の目が留まった。軽トラックの荷台の側面に、黒いペンキで《米山種苗店》と大書されていることにも気が付いた。苗や種、農耕用の肥料を扱う店なのだろう。

「克己の何を訊きたいんですか」

「私ども、現在、以前に起きたある重大事件について調べておりまして」

そこまで言うと、勝田は鼻先で手を振り、続けた。

「誤解なさらないでください。克己さんがその件に関わっていると申し上げているわけではありません。ただ、その一件に関連した人物についての証言の中に、克己さんのことが含まれていたものですから、少々確認させていただきたいと思いまして」

米山は息を呑んだように黙り込んだものの、突然思い出したように肥料の袋を持ち上げると、慌てて軽トラックの荷台に投げ入れ、すぐに向き直って言った。

「ともかく、家の中へ入ってください」

その目に怯《おび》えたような色があることを、庄司は見逃さなかった。

「克己さん、いまもこちらにお住まいですか」

勝田がソファから身を乗り出して言った。手帳とペンを手にした庄司も、相手を見つめる。

「息子はとっくに独立して、いまは東京で暮らしています」

向かい側のソファで、米山勇一が困惑したような表情で言った。

三人は八畳ほどの応接間で対座していた。部屋の中には、煙草《タバコ》の臭いが籠もっていた。

「独立したということは、就職されて、結婚もされたということですか」

「就職はしましたけど、まだ独り身です」

「東京のどちらですか」

「蒲田《かまた》ですけど」

「詳しい住所を教えていただけますか」

一瞬、米山は憮然《ぶぜん》とした表情になったものの、テーブル横の雑誌ラックに入っていた大型の手帳を取ると、それを開いて、「大田区南蒲田三丁目――」と住所を口にした。

「就職先は？」

米山が堪《たま》りかねたように音を立てて手帳をテーブルに置いた。

「刑事さん、いったいどんな事件について調べているんですか」

「捜査に支障を来たす恐れがありますので、詳しくは申し上げられません。ただし、事件が起きたのは十四年前のことです」

「十四年前——」

「ええ、昭和四十九年七月末頃、克己さん、こちらの実家にいらっしゃいませんでしたか。当時、大学生だったはずだから、夏休みだったでしょう」

「十四年前のことなんか、覚えていられるわけがないでしょう」

米山は言い訳がましく言った。

その表情から庄司は目を離さなかった。深い横皺の走る額に、かすかに汗が光っている。

「質問を変えましょう。夏休みになると、克己さんはいつも帰郷されていましたか」

「男の子なんて、ある程度大きくなったら、実家に寄りつかなくなりますよ」

「しかし、帰省されることもあった。そうですよね」

「そりゃ、まあ、たまには——」

「帰省されたときは、毎日、どんなふうに過ごされていたんですか」

「別に何も。——そこらを出歩いたり、地元の知り合いと会ったり、たぶん、そんな感じだったんじゃないですか」

「大学生の時分、ご子息はお金に困っていたようなことはありませんでしたか」

「いいや、あれには、かなり仕送りをしていましたから」

ふん、と勝田が鼻を鳴らすと、庄司に顔を向けた。

何か訊け、とその目が言っている。咄嗟《とっさ》に何も思いつかない。庄司は懸命に考えを巡らせ、一つだけ浮かんだことを口にした。

「つかぬことをお訊きしますが、尾畑小枝子さんという方をご存じですか」

「いいえ、まったく知りません」

素早い答えだった。

庄司は眉を上げ、勝田を見た。

勝田が渋い顔つきになり、ソファで居住まいを正すと、穏やかな口調で言った。

「米山さん、ご子息は浪人時代に、東京で少々問題を起こしましたよね」

その言葉に、米山が無言のまま視線を逸らした。

「辛《つら》いお気持ちは、お察しします。しかし、こちらも仕事ですから、確認しなけりゃならんのですわ。東京で五歳児に悪戯《いたずら》を仕掛けた後、ご子息のその手の癖はおさまったんですか」

米山は身じろぎ一つしない。

部屋の中に、しばし沈黙が落ちた。

「信じられませんでしたよ——」

ふいに言うと、米山がゆっくりと顔を上げた。

「私も家内も、息子があんなことをしたなんて、とても信じられなかった。そんな素振りを見せたことなんか、一度もなかったし、それまで、ごく普通の子でしたから」

「その手のことは、二度となかったと断言されるんですね」

「もちろんですよ」

「だったら、もう一つだけ。克己さんのお友達で、同じ大学へ行った人を知りませんか」

「どうして、そんなことを訊くんですか」

「いろいろな人から話を聞く必要があるからです。でも、その結果、私どもの調べと、ご子息が無関係ということが明らかになるのなら、ご異存はないでしょう」

「そりゃ確かにそうだけど。——まさか、話すんじゃないでしょうね」

「浪人時代に起こした問題のことですか」

その言葉に一転して、米山が身を竦ませるように小さくうなずいた。

「話すわけがないでしょう。どうか、ご安心ください」

ホッとしたように、米山は言った。

「同じ大学に進んだといったら、菊池健太郎《きくちけんたろう》です。家は同じ町内です。ただし、あっちは現役だったから、歳は違いましたけど。高校の剣道部の後輩です」

「菊池健太郎さんは、いまどちらに？」

「農協に勤めています」

「その勤め先、具体的にはどの辺りですか」

「確か、三島市の中郷《なかざと》支店だったかな。県道一四一号沿いのビルですよ」

「そうですか。お忙しいところ、ありがとうございました」

言いながら、勝田が頭を下げた。庄司も同じようにお辞儀した。


「どう思う」

車を発進させた途端に、勝田が口を開いた。

「びくついていましたね。もっとも、息子に幼児への強制猥褻《わいせつ》未遂の前歴があれば、無理もないすけど」

庄司は言った。

「確かに、落ち着きがなかったな。だが、もう一つ引っかかったぞ」

「もう一つ？」

「気が付かなかったのか。帰郷した息子の動静について、米山は何一つ明確なことをロにしなかったということさ」

「かなり昔のことじゃないすか。記憶がはっきりしなくても当然すよ」

「おまえ、本気で言っているのか。そんなんで、よく刑事が勤まるな」

庄司はムッとしたものの、顔に出さないようにして言った。

「そんなもんすかね」

「あの親爺は狸《たぬき》だぞ。こうなったら地元ついでだ、菊池健太郎と面談する前に、念のために米山の鑑にも当たってみようぜ」

「へいへい」

庄司はうなずいた。

8

勝田の運転する車は県道三四五号線を直進し、やがて細い川を渡ると、右折して一方通行の狭い道に乗り入れた。すぐに裾野市役所の建物が見えてきた。

車は駐車場へ滑り込んでゆく。

「勝田さん、あそこが空いていますよ」

庄司は空きスペースを指差した。

「わかっているよ」

ひどく気が逸っている口調だった。

庄司はどう反応したものか迷い、わずかに頭を下げて、へいへい、と口の形を作ってごまかす。

エンジンを切ると、勝田がすかさずドアを開けて、外へ飛び出した。

「待ってくださいよ」

庄司も慌てて、ドアを開けた。

無言のまま、二人は裾野市役所の玄関へ向かった。

玄関ホールへ足を踏み入れた勝田が、苛々《いらいら》した様子で壁に掲示されている部署の配置案内に目を走らせた。庄司も同じように《市民課》を探す。二人は、まず米山勇一の住民票と戸籍謄本に目を通すつもりだった。一人の人間がどのように存在したのか、それを知る端緒として、この二つの確認は欠かせない。

目指す部署のカウンターは、すでに利用者の長い列ができていた。Tシャツや肩掛け鞄にヒマワリ柄が目立っている。最近の流行なのだろう。カウンターに向かう通路手前で、足を止めた勝田が顔をしかめ、大きな舌打ちをした。横目でそれに気が付いた庄司は、素早くカウンターの端に近づくと、たまたま通りかかった黒縁眼鏡をかけた女性職員に声をかけた。

「ちょっと済みません」

「ちゃんと列にお並びください。順番に対応しますから」

女性職員は無表情で言うと、立ち去ろうとした。

「私、三島署の者でして、捜査上の緊急の用件なんですけど」

言いながら、庄司は警察手帳の身分証明書を差し出した。周囲にたむろしていた人々が、驚いたように目を向ける。

「ああ、そういうことでしたか。だったら、特別にご用件を承ります」

女性職員の顔つきが変わった。

「実は――」

庄司は声を潜めて、用件の詳細を女性職員に伝えた。すぐに申請用紙を指示されたので、彼はカウンターで必要事項を書き込み、相手に手渡した。

女性職員が戻ってくるまでに、五分ほど待たされた。

「これが住民票です。戸籍謄本はお出しできません」

言いながら、女性職員は書類を差し出した。

「なぜですか」

書類を受け取りながら、庄司は言った。

「この方の本籍地は裾野市ではありません。戸籍謄本は本籍地の役所でなければ、お出しできないんです」

「なるほど」

彼は納得すると、振り返って、勝田に住民票を振って見せた。

「たまには役に立つじゃないか」

傍観していた勝田が、今日初めて機嫌のいい顔つきになった。

「たまにはっていうのは、ないすよ」

庄司も追従笑いを浮かべる。

二人は市民課の利用者用のソファに腰を下ろすと、住民票に目を通した。

世帯主　米山勇一
住所　静岡県裾野市——

この記述の横に、庄司の目が留まった。《昭和三十四年四月二十日転入届》と記されていた。すぐに《1》の欄に目をやると、
氏名　米山勇一
生年月日　大正十五年十一月三日

続柄　世帯主
住民となった年月日　昭和三十四年四月十八日
本籍　静岡県富士市——

とあり、その下に、《昭和三十四年四月十八日　富士市——から転入》と記されていた。

庄司が顔を上げると、目をこれ以上なく大きく見開いた勝田と視線が合った。

「米山勇一は、富士市から裾野市へ転居しているぞ」

「ええ、確かにそうすね」

庄司がうなずきかけた刹那、住民票を摑んだまま、勝田がいきなり立ち上がった。

庄司も、慌てて玄関へ駆け出した勝田のあとを追った。

勝田が口を開いたのは、車を急発進させて、ギアをセカンドに切り替えたときだった。

「米山勇一は、富士市でどんな仕事をしていたと思う」

「たぶん、こっちで開いている店と同じじゃないすか」

庄司は言った。住民票の記載を目にした瞬間に思い至ったことだった。

「つまり、種苗店か」

「そして、種苗店の顧客は、畑仕事をする農家と決まっています」

「庄司、おまえも、俺と同じことを考えたんだな」

一瞬だけ、勝田が庄司を見た。その目に、これまでにない強い光があった。

「ええ。尾畑清三は、富士市で中年まで畑仕事をしていたんすよ」

「だが、米山勇一は、尾畑小枝子のことを知らないと言ったぞ」

「言いましたよ。俺が質問したら、間髪を容れず」

くそっ、と勝田がハンドルを右拳《こぶし》で叩いた。

「あの野郎、嘘《うそ》を吐きやがった」

「ちょっと待ってください。尾畑清三のことは知っていても、娘までは知らなかったのかもしれませんよ」

「寝惚《ねぼ》けたことを言うな。配達で出入りすれば、嫌でも顔を合わせる――あいつ、十四年前に起きた尾畑守誘拐事件に、息子が関わっていることを知っていやがったんだ。だから、疑いがかかることを恐れて、白を切りやがったに決まっている」

言うなり、勝田がアクセルを強く踏み込んだのが、庄司にも感じられた。

どこへ行こうとしているのか、訊くまでもなかった。ただちに菊池健太郎に会い、その足で富士市にある本籍地へも直行して、その界隈で米山勇一について聞き込みをするつもりなのだ。そこから尾畑清三との結びつきが浮上すれば、尾畑守と米山克己は一本の筋で繋がることになる。

9

デスクに山積みになった捜査記録の一つに、重藤は手を伸ばした。

毎日、そして日に二度か三度、捜査記録のどれかに目を通すことをノルマにしている。だが、自らに課した責務はそれだけでなく、これまでの捜査における見落としを必ず一つ以上見つけ出すこと、それもルールにしていた。

ほんの些細な点でも、馬鹿馬鹿しいと思われるような状況でもかまわない。確認されずに置き忘れられたり、お座なりなチェックで済まされたりしているものを見つけ出す。そうしたものの中に、犯人に繋がる重大な鍵が潜んでいるかもしれない。この酷暑の中を、六名の捜査員たちが足を棒にして歩き回り、際限のない空振りにも歯を食い縛り、地道な捜査を続けているのだ。自分も膨大な捜査資料の迷路の中を、ひたすら探り続けなければならない。

彼が開いた捜査記録は、身代金の受け渡しに関するものだった。最初の脅迫電話が掛かってきたのは、昭和四十九年七月二十七日、午後十一時八分となっている。尾畑小枝子と子供たちが引っ越した三島の借家は、その時点ですでに電話回線の工事が完了していたにもかかわらず、電話は隣家に掛かり、尾畑小枝子が呼び出されたのだった。ここで犯人は、尾畑守を誘拐したことを告げ、翌日の夕刻までに一千万円を用意するように指示し、また連絡するということと、警察への通報を禁じる短い言葉を残して、尾畑小枝子の呼びかけにいっさい答えることなく電話を切ってしまった。

通話時間にして、わずか十五秒ほど。隣家に電話したことと併せて、警察の逆探知を極度に警戒したことは間違いなかった。三島の尾畑小枝子宅に密かに入り込み待機していた静岡県警捜査一課特殊班は、当然、携行していた録音機器を隣家の電話にセッティングするまで、電話に出ないようにと尾畑小枝子を説得したものの、三分以内に電話に出なければ切るという犯人の脅しに度を失った彼女は耳を貸さず、隣家に駆けつけると、すぐに電話に出てしまった。彼女の胸中を思えば、止《や》むに止まれぬ行動だったのだろうが、このことで、犯人の肉声という最大の手掛かりの録音の機会を逸してしまった。

記述を追っていた視線を止めて、重藤はふと考え込んだ。犯人はいつどうやって隣家の電話番号を突き止めたのだろう。電話帳で調べたのか。だが、誘拐した五歳児から引っ越したばかりの住所を聞き出すことは不可能だろう。とすれば、三島の借家から尾畑守が飛び出したところを、犯人が直に目にしたとしか考えられない。つまり、行き当たりばったりの犯行という図式が想定できる。しかし、誘拐した子供の祖父が、富士市でも指折りの資産家だったということまでが偶然なのか。

答えが見つからぬまま、再び記述を目で追い始めた。結局、翌日は犯人からの連絡はなく、翌々日の二十九日、午後四時半過ぎ、今度は、向かいのまったく別の家に犯人から電話が掛かった。このときもまた、犯人は、三分以内に尾畑小枝子が電話に出るように命じ、尾畑家と隣家に待機していた捜査一課特殊班は完全に不意打ちを食らい、犯人の音声の録音を二度までも逸するという大失態を演じたのである。電話を受けた尾畑小枝子によれば、犯人が一方的に喋った通話内容とは、次のようなものだったという。

《七月三十日の午後八時に、東名高速上り線の裾野バス停の標識横に、使い古しの一万円札で一千万円入りのスポーツバッグを置け。色は黒、大きさは横五十センチ以内。金を置いたら、ただちにその場を立ち去れ。周囲に停車車両や人の姿が見えたら、取引は即座に中止する》

電話を掛けてきた男の声は前回と同じで、その音声以外の音はまったく聞き取れなかったのも、一度目と同様だった。

同日深夜まで、捜査一課特殊班は、尾畑小枝子と入念な打ち合わせを行い、翌三十日、用意された身代金を市販のスポーツバッグに入れて、指定されたバス停へ運んだ。使用された車両は三島県警の覆面パトカーで、犯人が警察への通報を禁じたことから、運転したのは小枝子自身だった。しかし、実際には、後部座席の隙間に、拳銃を携行した二人の警官が乗り込み、いざというときの場合に備えた。

尾畑小枝子が運転する車は、午後八時五分前に現場へ到着。犯人からの指示どおり、スポーツバッグをバス停の標識の横に置き、すぐに車に戻って発進した。ただし、同日午前九時、警察は急遽《きゆうきよ》、当該バス停より北側に五十メートル離れた地点に、道路工事の作業を装った監視所を設けて、監視態勢を敷いていたのだった。さらに、これと並行して、午後六時より北方の御殿場《ごてんば》インターと、南方の沼津インターから、東名高速の下り線と上り線に五分おきに覆面パトカーを入線させて、車内からバス停の監視を行うとともに、その付近を通行する全車両について、車種とナンバープレート、乗員の人数や姿形の撮影とチェックが行われたのだ。

むろん、東名高速道路の高架下周辺にも、八十名もの捜査員が昼過ぎには配置に就いた。彼らは近所の農家の住民や郵便配達員、軽トラックに乗った運送業者、酒屋の御用聞き、通行人などに扮装《ふんそう》していた。

ところが、午後八時から四時間が経過しても、そのバス停に近づく一般車両はなく、バス停に出入りしたのは、定期バスの乗降客四名のみだった。そして、翌七月三十一日午前六時、三島署に設置されていた誘拐事件対応の指揮本部は、犯人からの接触がないものと判断したのだった。

重藤は捜査記録から目を上げた。これまで何度も読み返した内容だったが、ふいにまた別の疑問に思い至ったのである。犯人は、尾畑小枝子に一千万円入りのスポーツバッグを、裾野バス停に持ってこいと指示した。ということは、彼女が車の運転ができることを、犯人は知っていたことになる。男性ならば、かなりの割合で運転免許を所持しているものだが、すべての男性が運転できるわけではないし、昭和四十九年当時、運転できる女性はいまよりもずっと少なかったろう。

彼はすぐに別の捜査記録を取り出した。それは尾畑小枝子からの聞き取りを記録したもので、生い立ち、生活ぶり、習慣、付き合いのある人物など、いわば身上書のようなものである。頁《ページ》を繰っていて、該当箇所が目に留まった。尾畑小枝子が普通自動車免許を取得したのは、二十歳の時と記されていた。

高速道路のバス停に身代金を持ってこさせる母親が、車の運転ができるかどうか、この点を犯人が考慮に入れないことなどあり得ない。つまり、犯人は彼女が免許を持っていることを知っていたのだ。とすれば、尾畑守の誘拐は、行き当たりばったりに発生した事件ではないことになる。資産家の祖父。車の運転ができる母親。それらの条件が、当初から犯人の目算に入っていなければならないからだ。

しかし、と重藤はすぐに思い直した。入居予定を前倒しして、借家へ引っ越したばかりだったという状況が、またしても、そうした入念な計画性をいともあっさりと否定してしまう。しかも、考えてみれば、高速道路のバス停を身代金の受け渡し場所に選ぶということ自体、首を傾げたくなる選択と言わざるを得ない。車かバイクで乗り付けて、金の入ったスポーツバッグを素早く回収し、すぐに発進したとしても、高速道路はいわば細長い筒のようなものではないか。出口となるすべてのインターを封鎖してしまえば、犯人の逃げ場はなくなる。それとも、高速道路のどこかで車両を乗り捨てて、身一つで高架から飛び降りて、事前に用意しておいた別の車両で逃走するつもりだったのだろうか。

だが、この推定にも、すぐさま反論が思い浮かぶ。身代金を回収した犯人の動きを、警察がみすみす見逃すと考えるほど、相手は愚かではないだろう、と。当然、犯人の車両は追跡され、それが停車した途端、追跡班が殺到することくらい予想して当然のはずだ。

あるいは、それこそ高速バスの停留所の構造を利用して、外部から階段で高速道路内に侵入して、素早く身代金を奪取して、即座に逃走する計画だったのだろうか。しかし、それもまた、犯人にとって危険極まる賭けであることに何ら変わりはない。身代金の入った鞄の置き場所を高速道路のバス停に指定した途端に、その周囲に十重《とえ》二十重《はたえ》に警察が張り込むことは目に見えている。

何一つとして疑問が解けぬまま、重藤はまた元の捜査記録に目を向けた。犯人から一通目の手紙が三島市幸原町の借家に届いたのは、八月二日の午後二時十一分だった。

手紙の文章は新聞の活字を切り貼りしたもので、後日の調査によって、切り貼りに用いられた新聞は、読売、毎日、朝日などの全国紙と、駿河日報から取られていることが判明した。だが、それらの紙片はむろんのこと、活字を貼り付けた便箋、封筒、切手からも、犯人の特定に結びつくような痕跡や微物はいっさい発見されなかった。ともあれ、その内容はこのようなものだった。

《こっちは警察に捕まるような間抜けじゃない。ふざけた真似をしやがって。だが、もう一度だけチャンスをやる。八月三日、午後八時に東名高速の上り線、中里バス停の標識から見て、東京方面二十メートルの位置のガードレールの内側に、一千万円の入ったスポーツバッグを置け》

このときも、当日の未明から、指定された富士市の中里バス停に対して厳重な監視が開始されて、車両による監視態勢は前回を上回る規模と密度で行われたのだった。だが、結局、犯人はまったく姿を見せなかった。

そして、この後、犯人はしばらく沈黙する。四度目の要求が突きつけられたのは、十二日後の八月十五日だった。またしても幸原町の借家に封書の手紙で身代金についての指示を送りつけてきたのである。

《オバタサエコ、八月十六日、午後七時、一千万円入りのスポーツバッグを、東名高速上り線の日本坂パーキング・エリアへ持ってこい。それを大型車用の駐車スペース

の向かい側にある公衆電話ボックス裏にある植え込みの中に置け》

文面はたったそれだけだった。しかし、誘拐事件対応の指揮本部は、この手紙の内容に色めきたった。焼津市にある日本坂パーキング・エリアは、車両のみならず、パーキング・エリアの従業員や商品や食材の搬入を装えば、外部から徒歩で中へ入ることができるからである。しかも、八月十六日午後七時という日時の指定にも、特別な意味があると推定された。当日はお盆のUターン・ラッシュに当たり、東名高速道路の上り線は大渋滞が予想されるうえに、日本坂パーキング・エリアも大混雑が確実と見られたからだった。つまり、前二回の指示によって、犯人は車両で身代金の回収を図るものと見せかけておいて、人ごみに紛れて徒歩でスポーツバッグに近づき、それを奪取するつもりなのではないかと推測されたのである。

上り線の日本坂パーキング・エリアには、前日の夜から特殊班が乗り込み、ショップ裏手の事務室に臨時の指揮分所を設営するとともに、当日の午後三時過ぎから変装した捜査員が、目立たないようにしてエリア内に入り込んだのだった。その数、百五十名。一般利用者、カップル、社員旅行の女性の集団、トラックの運転手、パーキング・エリアの従業員、トイレ掃除のスタッフなど、ありとあらゆる役割に変装をした彼らは、混雑を見せ始めていた普通の利用者たちの群れに立ち交じって、不審な動きを見せる人物の発見を目指し、懸命の監視を続けた。むろん、五十台もの車に捜査員が分乗するとともに、パーキング・エリア周辺の一般道にも、百名からの捜査員が散開して待機したのである。

やがて、午後七時三分前、夕食時を迎えて、パーキング・エリア内が、新宿駅の朝のラッシュ並みの混雑状態に達したとき、尾畑小枝子は用意してきたスポーツバッグを指定された場所に置き、その場を立ち去った。

三島署に在籍していた重藤が応援要員として張り込んだのは、まさにこの日本坂パーキング・エリアだった。捜査記録に目を落としたまま、その紙面がにわかに眩《まばゆ》い光芒《こうぼう》を放つような錯覚を重藤は覚えた。身の回りの光景までが一変し、蒸し暑い夜気に包まれてゆくのを感じる。白いポロシャツにベージュのゴルフ・スラックス。一般人を装い、雑踏の中に立ち交じり、周囲に一瞬の抜かりもなく目を配り続けたときの記憶が、脳裏に鮮やかに甦ってくる。広大なパーキング・エリアを埋め尽くした、日焼けした肌を露出した軽装の人々。街灯に照らされた男や女の喧《かまびす》しい話し声。走り回る子供たちのけたたましい笑い声。喫煙スペースに集った男たち。駐車場にノロノロと出入りする車の排気音。この雑踏の中に素知らぬ顔をした犯人が紛れ込んでいるのだ。幾重にも折り重なった人波の誰もが、怪しいと感じられて仕方がない。数珠繋《じゅずつな》ぎの車列のウインドウガラスの内側で蠢《うごめ》く人影までが、害意を秘めたようにこちらを脅かしてくる。不快な汗が流れ、喉の渇きを覚える。だが、いつまでたっても、公衆電話ボックス裏手の植え込みに近づく人物は現れない。

息苦しさに堪《たま》らなくなり、大きく息を吐くと、パーキング・エリアの幻は消えて、三島署の執務室に引き戻されていた。

あのときも、犯人は最後まで姿を現さなかった。

そう考えたとき、重藤はさらなる疑問に突き当たった。

一度目と二度目の電話は、警察の逆探知や音声の録音を極度に警戒したからと考えて間違いないだろう。

だが、その犯人が三回目の連絡から、いきなり手紙に切り替えたのは、どうしてなのだろうか。

警察が待ち構えている家ではなく、それ以外の場所に電話を掛けて裏を掻くという手法が見抜かれたと判断したから、と当時の捜査本部は結論付けている。

しかし、手紙で身代金を要求するという手段に、身代金を奪取しようとする犯人の執念の減退のようなものを重藤は感じざるを得なかった。

犯人の胸の裡で、何らかの変化が起きたのかもしれない。

事実、誘拐犯からの連絡は二通目の手紙を最後に途絶したまま、今日に至っている。

捜査記録を閉じると、重藤は掌《てのひら》で顔をこすった。

腕時計に目を向ける。

午後十時半。

彼は椅子から立ち上がった。

10

庄司が勝田と共に小会議室に足を踏み入れると、ほかの捜査員たちはすでに定位置に座していた。

上座には、憂鬱《ゆううつ》そうな顔つきの寺嶋も控えている。

しばらくすると、ドアが開き、重藤が足早に入ってきた。

「さっそく捜査会議を始めるぞ」

庄司の隣に座っていた勝田が、即座に立ち上がった。

「管理官、聞いていただきたい報告があります」

「何だ」

「注目すべき容疑者が浮かびました」

部屋の中にざわめきが広がった。

寺嶋も眉間に皺を寄せたまま顔を向けた。

「説明してみろ」

「氏名は米山克己。尾畑守くん誘拐事件が起きた当時、大学四年生で、実家は裾野市で種苗店を営んでいます。容疑者と目されるポイントは、この人物が浪人生のときに、東京都渋谷区の代々木公園内において、五歳男児に性的悪戯を仕掛けようとして、未遂に終わったという事実が判明したことでした――」

これまでと一変した真剣な表情で、勝田が報告を続けてゆく。

「そこで念のためと思い、米山克己の父親の米山勇一と、同じ地元出身で同じ大学に進学した人物を探して、急遽聞き取りを行いました」

その言葉で、会議室内が静まり返った。

言葉を呑み込んだように、重藤も黙り込んでいる。

デスクの下で、庄司は両手を握り締める。

独断専行が、吉と出るか、凶と出るか。

だが、思い直したように重藤が口を開いた。

「その人物から、何がわかった」

「米山勇一に対して、昭和四十九年の夏時分における克己の動静について質問したものの、極めて曖昧な返答に終始しました。そこで、念のため、《鑑取り》をした結果、米山勇一は昭和三十四年に富士市から現在の裾野市へ転居している事実が判明しました。しかも、富士市の本籍地界隈で聞き込みをしたところ、そこでも種苗店を営んでいたことや、顧客の中に尾畑清三が含まれていた可能性の高いことが明らかになりました」

「つまり、米山克己が父親の仕事の関連から、尾畑清三についての情報を得た可能性があると言いたいのか」

「そのとおりです。誘拐が金銭目的ならば、攫う相手は誰でもいいというわけにはいかないはずです。被害者の家族が確実に身代金を払えるという裏付けがなければなりません。とはいえ、犯人と被害者との接点が大きければ、即座に容疑者として浮上してしまう恐れがあります。そう考えれば、以前に父親が暮らしていた地域の地主の孫というほどの遠い関係なら、まさに頃合いのターゲットだったと言えるのではないでしょうか。米山勇一が商品の納品伝票や帳簿を残していて、克己がそこから住所と電話番号を調べて、誘拐のターゲットを絞り込んだ可能性も考えられます。尾畑家を密かに監視していた米山克己は、尾畑小枝子の引っ越しに遭遇したことから、車で尾行して三島の借家を探り当てた。やがて、家から飛び出してきた尾畑守くんを車に引きずり込み、すぐに殺害する。そして、隣家の表札から電話帳で電話番号を調べて電話を掛けた――事件の構図は、このように描けるのではないでしょうか」

「同じ大学に進学したという人物の方は、どうだった」

重藤が言った。

「菊池健太郎という男性で、現在は三島市内の農協職員をしております――」

　勝田の言葉を耳にしながら、庄司は、菊池健太郎との面談の様子を思い出した。農協の受付で身分を名乗り、菊池健太郎を呼び出すと、五分ほどして、《お待たせしました。菊池ですが》と三十代と思われる男性が奥から姿を現したのだった。

「――むろん、菊池健太郎には、尾畑守くん誘拐事件のことは伏せたまま、十数年前の重大事件について、米山克己のことを調べているとだけ告げました。すると菊池は、同じ大学の文学部に在籍していたものの、ゼミが違い、米山克己が入居していた大塚のアパート――第二桜荘には一度行っただけで、深い付き合いはなかったと証言しました。ちなみに、米山克己は第二桜荘の二階、三つ並んだ部屋の真ん中に住んでいたそうで、森田浩二《もりたこうじ》という教授のゼミに所属していたとのことです。しかし、浪人時代に彼が仕出かした五歳児に対する強制猥褻《わいせつ》未遂のことを持ち出すと、菊池は気になる事実を思い出したのです」

　庄司は、またしても拳を握り締める。息子が犯した幼児への猥褻未遂の件は他言しない、と米山勇一を安心させておいて、勝田が約束をあっさりと反古《ほご》にしたとき、さすがの庄司も制止しようとしたが、《おまえは黙っていろ》と言うことを聞かなかったのだ。

「気になる事実だと」

重藤が言った。

「昭和四十九年の年末頃、大学の帰りの混雑した山手線内で、いきなり米山克己が他の乗客たちを押しのけるようにして近づいてくると、ちょっと付き合ってほしいと言い、挙句に、途中の池袋駅で無理やり下車させたんだそうです。日頃はめったに感情を表に出さない米山克己が、人が変わったようだったと菊池は断言しておりました」

「それから、どうした」

「米山克己は菊池を引っ張るようにして駅のコンコースを抜けて、かなり歩いたとのことです。当然、菊池は理由を訊いたそうですが、米山克己は何も答えなかったそうです。しかも、米山はしきりと背後を気にしていたとも証言しました」

「尾行に疑心暗鬼になっていた、とそう読むわけか」

寺嶋が珍しく口を挟んだ。

「十分にそう解釈できると思います。また、菊池が大学四年の夏休みに実家に帰省したと話しましたので、同じ頃、米山克己が裾野市の家に戻っていたかどうかについても質問しました。すると、菊池は高校の剣道部のOB会に出席して、米山克己とも顔を合わせたと話しました。ちなみに、そのOB会は毎年八月一日に開催されるとのことですから、米山克己は尾畑守くん誘拐事件の起きた七月二十七日の五日後の八月一日には、裾野市の実家に確実に滞在していたことが確認されたわけです」

「重藤、こりゃ当たりかもしれんぞ」

寺嶋の機嫌のいい顔つきを、庄司は初めて目にした。

「ちょっと待て、新しい筋だが、拙速は禁物だぞ。小此木の組はどうだ」

間合いを外すように、重藤が小此木と白石の方に顔を向けた。

言い足りなそうな顔つきのまま、勝田が渋々着座すると、小此木が立ち上がった。

「私たちは、須藤勲と面談しました。須藤勲は、やはり何か隠し事をしているように思われます。生活態度がひどく派手で、中古車販売店の事業資金の出所については曖昧な返答しか返ってきませんでした。また、尾畑小枝子との離婚の経緯については円満離婚を強調していたものの、子供たちの親権を取られたことを快く思っていない感じでした。それから、尾畑守くんの写真を拝借してきました。いま、複写したものをお手元に配ります」

白石が立ち上がると、各人の前のテーブルの上に写真を配った。

その写真に、庄司は目を落とした。遠浅の汀にたたずむ理恵と守を撮影したものだった。二人は手を繋いでおり、守はもう一方の手に赤いポリバケツを提げている。

「印象だけで犯人が割れりゃ、警官なんて苦労しないぜ」

写真を摘《つま》み上げて眺めた勝田が、聞こえよがしに言った。

「おまえ、何様のつもりだ」

白石が言い返した。

着席した小此木も血相を変えて立ち上がった。

勝田が傲然《ごうぜん》と顔を向けた。

「こっちは確かな証言を摑んできたんだぞ。文句があるのなら、おまえらも、そういうネタを掘り出してこいよ」

「まあまあ勝田さん、抑えて、抑えて」

庄司は作り笑いを浮かべて割り込んだ。

重藤が言った。

「勝田、そのくらいにしておけ。――次に、間島の組はどうだった」

間島が勢いよく立ち上がった。

「まず、最初に、富士市で尾畑清三を訪ねたときのことについて、ご報告申し上げます。正直に言って、尾畑清三はひどく無愛想な人物でした。こちらの質問にまともに取り合わないような受け答えばかりで、目新しいことは何も摑めませんでした。ただし、これは事件とは無関係かもしれませんが、一つだけ気になる話を耳にしました」

「何だ」

「隣家の主婦から話を聞いたところ、尾畑小枝子の母親の房子はかなりきつい女性だったとのことです。原因は尾畑清三の浮気だったらしいのですが、そのせいで房子は娘に八つ当たりして、しばしば折檻していたとのことです」

「確かな話なのか」

重藤の言葉に、間島が深々とうなずいた。

「はい。尾畑小枝子のかかりつけだった小児科医——田沢医師にも会って話を聞きましたが、診察のたびに、小枝子の体や顔面に青痣が見られたと証言していました」

「だが、小枝子の母親は誘拐事件よりもずっと前に死んでいるんだぞ」

寺嶋が再び言葉を挟んだ。

「そのとおりです。私たちが報告したいのは、この後のことです——辰川さん、話しますよ」

「はい、頼みます」

辰川がうなずくと、間島が上座に向き直った。

「その足で、私たちは東京へ向かいました。尾畑守くんの遺体が発見された多摩川の現場を確認するためです。ご存じのように、丸子橋と東急東横線の橋梁に挟まれた河川敷から五メートルほど先の水面下が、その場所です。しかし、現地に立ってみて、辰川さんも私も納得しがたい気持ちに囚われたんです。妙な言い方かもしれませんが、まともな誘拐殺人犯なら、絶対にあんな場所に遺体を隠すはずがありません。誘拐殺人犯には死刑が待ち構えています。当然、犯人は遺体を絶対に発見されない場所に隠すか、完全に処分するか、どちらかを選ぶはずです。ところが、この事件の犯人だけが、その鉄則を平気で破っている」

いつの間にか、すべての顔が間島に向けられていた。

「なぜかと言えば、丸子橋も多摩堤通りも、車の往来がひどく激しい上に、河川敷は子供たちや、ランニングや散歩する人々が絶えることがないからです。おまけに、周りには民家も少なくないし、すぐそばには野球グラウンドまである。昭和四十九年当時、あそこはジャイアンツの練習グラウンドだったんですよ」

「あまりにも人目が多過ぎるということか」

重藤が言った。

「そのとおりです。しかも、そこにもう一つの要素を重ねてみてください。尾畑守くんの遺体は、タオルに包まれていたんです。それが多摩川の浅瀬に沈められていたとなれば、麻紐が切れて遺体が浮上するまでもなく、さっさと遺体を見つけてくれと言わんばかりじゃないですか。これは普通の誘拐事件じゃない。いいや、誘拐事件とは別種の犯罪だった可能性すらあるかもしれない。どう考えても、筋道が通りません」

重藤が厳しい顔つきになったものの、口を開いた。

「その見落としの原因は、遺体発見直後の大騒ぎが原因だったかもしれん」

「どういう意味ですか」

間島が言った。

「遺体が発見され、知らせを受けた警察が警官を差し向けた段階で、河川敷にはすでに大勢の野次馬が集まっていた。まして、翌朝から開始された現場周辺の捜索のおりには、警視庁と静岡県警の合同による多数の捜査員や鑑識官らが動員され、周辺の道路は野次馬とマスコミの連中で立錐《りっすい》の余地もないほどまで埋め尽くされていたことを覚えている。当時、私も捜査に動員されたが、そんな異様な雰囲気に包まれたあの現場では、平常時の河川敷を想像することができなかった。いまになってみれば、私自身、その空気に呑まれてしまっていたと言わざるを得ない」

「いいや、筋が通らないとは言い切れませんよ」

いきなり勝田が立ち上がった。

「どうしてですか」

間島が言った。顔が紅潮している。

だが、勝田は重藤に顔を向けた。

「管理官、私たちにはもう一つ報告が残っています。菊池健太郎と面談した後、私と庄司は都内へ回り、米山克己が在籍した大学へ赴きました。彼が所属したゼミの担当教員、森田浩二教授に会うためです」

「何か摑んだのか」

「在学中の米山克己の素行や、交友関係のことを森田教授に質問しました。しかし、影の薄い学生だったらしく、孤立した人物だったという程度の印象しか森田教授は持っておられませんでした。私たちが仕方なく研究室を辞する間際、たまたま一人の女子学生が卒論の指導を受けるために部屋へ訪ねてきました。そのとき、森田教授が、米山克己にはいささか風変わりな性向があったことを思い出したんです――」

勝田の言葉を耳にしながら、庄司はうなずく。森田浩二は初老の男性だった。専門は日本の近代文化史だという。

「――すなわち、米山克己が卒論で取り上げたテーマが、《芳年《よしとし》の血みどろ絵》だったというのです」

「よしとしの血みどろ絵？」

重藤が言葉を挟んだ。

勝田がうなずく。

「これは森田教授の受け売りですが、幕末から明治にかけて活躍した浮世絵師に月岡芳年というのがいて、兄弟子の落合芳幾《よしいく》と共作で《英名二十八衆句》という揃《そろ》い物を描いたんだそうです。歌舞伎のシーンを集めたシリーズだそうですが、目を背けたくなるような血みどろの残虐な場面ばかりの浮世絵です。米山克己が研究室に遊びに来たとき、たまたまその画集を目にしてすっかり夢中になり、以来、ネクロフィリアの写真集とか九相図《くそうず》とか、その手の文献ばかり漁《あさ》っていたそうです」

「そのネクロなんとか、くそうずというのは、いったい何だ」

　重藤がかすかに首を傾げた。

「ネクロフィリアは死体性愛とか、死体愛好と訳される一種の変態的な性向のことで、《九相図》というのは、女性の死体が腐敗してゆく様子を描いた古い絵だそうです。つまり、米山克己がネクロフィリアの性向をはっきりと見せていたと、森田教授は断言したんです」

「ちょっと待て。その死体性愛が、いまの間島の指摘とどう繋がる」

「確かに、並の誘拐犯なら、被害者の遺体は絶対に人目につかない場所に隠すでしょう。しかし、米山克己は幼児性愛の性癖とともに、死体愛好なんてゲテモノめいた欲望を持っていやがったんですよ。だから、誘拐した幼児が死んだとわかったとき、目撃される危険を冒してまで、その遺体をわざわざ人目につきやすい場所に隠すことを思いついたのではないでしょうか。すぐに遺体が発見されて、人々が大騒ぎするのを見て、欲望を満足させるつもりだったに違いありません。もしかしたら、その辺りに連日のように潜んでいて、遺体が誰かに発見されるのを、今か今かと待ち構えていた可能性もあると思います。だからこそ、いつまでたっても遺体が発見されないのにしびれを切らして、危険を承知で現場を再訪し遺体と鉄アレイを繋いでいた麻紐を切り、わざと水面に浮かび上がらせたと考えれば、さらに筋が通るのではないでしょうか」

そこまで言うと、勝田が間島の方を振り返った。

「間島さんよ、おたくはこれが誘拐事件と別種の犯罪だった可能性があるなんて、いま大きくぶち上げたけど、米山克己は大の死体好きっていう、ど変態なんだぜ。むろん、静岡県警と警視庁の合同で行われた多摩川での捜索のおり、周囲の野次馬の中に米山克己は紛れ込んでいて、その様子を興奮しながら覗き見していたに決まっているさ」

鼻息荒く言い切ると、勝田が満足したように座り込んだ。

「どうやら、本筋が見えてきたようだな」

途端に、寺嶋が大きな声で言った。

「多摩川の捜索の日、捜査本部は多数の私服を動員して、付近の野次馬たちを隈なく撮影したはずだ。その写真を徹底的にチェックするんだ。その中にチラリとでも米山克己の顔が写っていれば、外堀は埋まったも同然だぞ」

そのとき、上座の重藤が下座の方へ顔を向けたことに気が付き、庄司は振り返った。

辰川が手を挙げていた。

「重藤警視、ちょっとだけ発言してもよろしいでしょうか」

「どうぞ」

辰川が立ち上がった。

「勝田さんたちの摑んだ証言は、確かにこの事件の特殊性を解き明かしたように見えます。しかし、それはあくまで一つの解釈でしかない」

「何だって」

勝田が怒気を含んだ声を張り上げた。

だが、その視線から目を逸らすことなく、辰川が続けた。

「この先、新しい材料が飛び出してくれば、別の解釈だって成り立つ可能性があるということです。つまり、私たちがなすべきことは、より筋道の通った解釈を探すことではない」

「だったら、おたくは、どうやって犯人を挙げるって言うんだよ」

「犯人を確実に指し示す証拠を見つけ出すことです」

辰川の言葉に、小会議室内に沈黙が落ちた。

11

重藤が一つ咳《せき》をして、湯飲み茶碗《ちゃわん》を手に取ったので、日下は平成二十七年八月十四日の現実に引き戻された。

彼は言葉もなく、柳と目を見交わした。

捜査記録に目を通した時点で、ある程度は察することができたものの、時効目前まで追い込まれた事件の捜査が、これほど困難を極めたものとは想像していなかった。しかも、捜査に関わった各人の行動や発言からは、考え方や思惑のズレどころか、捜査に甚大な支障を来たす恐れのある、反発や悪意までが否応なく感じ取れたのだった。

とはいえ、それらの夾雑物《きょうざつぶつ》を取り除いてみれば、結局のところ、浮かび上がった筋道はさして複雑ではないと思われた。日下は言った。

「いまのお話ですと、特別捜査班の重点的な筋読みは、この時点で二つに集約されたと考えてよろしいのでしょうか」

茶碗を座卓に置き、重藤がおもむろにうなずいた。

「特別捜査班が、やっとの思いで手繰り寄せた筋読みだった。一つは、言うまでもなく米山克己の線だ。勝田たちが掘り出した証言や状況証拠は、あの男が何らかの犯罪に関与している可能性を窺《うかが》わせるものだった。時期的なタイミング、地理的な条件、そして、前歴や特殊な性向を勘案すれば、それが尾畑守くん誘拐事件だったと見做《みな》すに根拠は十分にあると思われた。二つ目は、小此木と白石が追っていた須藤勲の線ということになる。離婚で親権を奪われたことに対する憤り、出所不明のかなりの額の事業資金、派手な性格、それに誘拐犯と重なる地の利。それらの絡み合いから事件が生じた可能性を即座に否定する材料はなかった。だが――」

　重藤がふいに言葉を切った。

　日下は、言葉を待った。

　柳も、息を殺したように黙している。

「もう一つ、辰川さんが別の筋読みを提案した」

「それは、何ですか」

「それを説明する前提として、このエピソードを聞いてくれ。八月十九日、多摩川から幼い子供の遺体が発見されて、それが尾畑守くんと判明した直後、尾畑小枝子さんが捜査本部に駆けつけてきて、遺体との対面を執拗に懇願した。通常、消息不明の人物について該当する可能性のある遺体は、衣服や所持品、身体的特徴、歯型、歯科治療の痕跡などによる比定と、近親者による視認が行われる。しかし、そのときは比定により尾畑守くんと断定されたので、母親による確認は不必要と判断された。ただし尾畑小枝子さんの場合、応対した捜査員たちが懸命に説得して、ようやく翻意させたというのが実情だった」

「どうして不必要と判断されたのですか」

　日下の言葉に、重藤が鋭い眼差しを返してきた。

「遺体を目にしたら、尾畑小枝子さんは間違いなく卒倒しただろう。遺体は腐敗してどす黒く変色し、生前の面影を完全に失っていた。その経緯を耳にしたとき、辰川さんがこう言った。《尾畑小枝子さんにだって、遺体がひどい状態だということは察しがついていたと思います》と。私は反論した。《それでも、我が子に会わずにはいられないのが、母親ではないでしょうか》と。すると、辰川さんが首を振ったんだ」

「首を振った？」

「ああ。しかも、《尾畑小枝子さんが執拗に遺体と対面したいと望んだ理由は、本当にそれだけだったのでしょうか》と付け加えたのさ」

「それは、どういう意味ですか」

「それが、あの人の考えた三つ目の筋読みだった」

「三つ目の筋読み――」

重藤が大きくうなずく。

「捜査会議の席上、遺体発見現場となった多摩川について、間島が述べた突飛な意見を思い出してくれ」

日下は考え込んだ。すると、隣の柳が口を開いた。

「確か、こうでした。《さっさと、遺体を見つけてくれと言わんばかりじゃないですか。これは普通の誘拐事件じゃない。いいや、誘拐事件とは別種の犯罪だった可能性すらあるかもしれない》」

「そのとおりだ。辰川さんは、事件をまったく異なる観点から解明する必要があると主張されたんだ。だからこそ、尾畑小枝子さんが執拗に遺体と対面したがったという行動に対してすら、通常とは違った見方ができないかと考えたわけだ」

日下が、身を乗り出して言った。

「辰川さんは、尾畑小枝子さんのその行動を、どのように見たのですか」

「たとえどれほど無残な遺体でも、我が子に会いたいと願うのが母親——おたくも、この見方しかあり得ないと思うか」

「ほかに違う見方ができるのですか」

「同じ質問をした私に、辰川さんは即座に言った。《愛しているからこそ、惨《むご》たらしく変わり果てた子供の骸《むくろ》を目にしたくない、生きていて可愛らしかった頃の幸せな記憶を汚したくない、そう考える母親がいても不思議ではないでしょう。もしも、尾畑小枝子さんがそんな気持ちを抱きながら、それでも敢《あ》えて遺体との対面を懇願したのだとしたら、その行動には、こちらの想像を超えた別の意図があったと考えねばなりません》と」

日下は、再び柳と顔を見合わせる。

重藤が続けた。

「私自身も、虚を衝《つ》かれた思いだった。米山克己と須藤勲以外に、第三の可能性を探ろうというのだからな。しかし、これと似た発想を、私はさきほど耳にしたぞ」

「さきほど?」

「日下さん、おたくが口にしたじゃないか」

「自分がですか」

重藤が初めて笑みを浮かべた。

「《これ以上ないほどの心痛を押してまで、須藤勲氏には、相手をあの場所に呼び出さねばならない重大な動機があったと考えられるのではないでしょうか》。この言葉を聞いたからこそ、特別捜査班の活動を話すべきだと思ったんだ。辰川さんと似た発想をする刑事がここにいる。その頼みごとを断ってはならないと。そのときはこの筋読みがある意味で、特別捜査班の行く末を大きく左右することになろうとは予想できなかった」

「どういう意味ですか、それは」

「事を急《せ》いてはいかん。さあ、おたくたちも喉を潤したまえ」

日下は柳とともに、座卓の上の茶碗に手を伸ばした。そして、二人が茶を呑み終えて茶碗を戻すと、重藤が再び口を開いた。

「捜査の様相に、予想外の事態が生じたのは、特別捜査班が立ち上げられて、二十日ほど経過した頃だった」

第五章

1

昭和六十三年八月十九日、午前九時半。

静岡県警本部長である榛康秀の目が、新聞に釘付《くぎづ》けになっていた。

《静岡県警の上層部、不正に関与か》

紙面に太字の活字が躍っている。さっきからすべての全国紙を調べたものの、同様の内容を掲載したものはなかった。ただ一紙、駿河日報だけが報じているスクープだった。

この六月に退職した警部の談話として、県警内部における信号機メーカーからの収賄と、検挙率の水増しの状況、それにからんで捜査費や捜査報償費を裏金化していたことが、詳細に記事にされていた。かなり以前から継続して行われていたそれらの組織的不正への関与を、その元警部が拒否したところ、所轄署の署長によって閑職に左遷され、辞職のやむなきに至ったとも書かれていた。

執務室は冷房が効き過ぎているほどだったが、榛は怒りで全身が熱くなっていた。放っておけば、他紙も追随して、同じような記事を書きたてる恐れがある。何としても、すみやかに火消しを図らなければ、自分の経歴に傷がつきかねない。

榛は、警察官としての到達目標を警察庁長官官房審議官か、警視庁公安部長と定めていた。前者は警察庁長官のもとで、警察行政を統括する要職である。後者は、警視庁に置かれた全国で唯一の部署である公安部のトップだ。県警本部長の職を恙《つつが》なく勤め上げれば、どちらかの地位に就ける可能性は少なくない。しかし、万が一、在職中に県警内部に不祥事が発生すれば、その道がにわかに閉ざされる。悪くすれば、引責辞任という切腹が待ち構えているのだ。

榛は思わず舌打ちをした。あの男だ。静岡県警について、執拗《しつよう》に嗅ぎまわっている佐藤文也という記者に決まっている。いつぞやの記者会見でも嚙《か》みついてきた童顔が目に浮かんだ。あのとき、尾畑守誘拐事件の特別捜査班の管理官に重藤を登用したことを、キャリア偏重の歪《いびつ》な人事ではないかと、下らない質問を飛ばしてきたのだった。

榛は目を細くした。体制側に執拗に反抗し、その落ち度を躍起になって穿《ほじく》り返すことが、マスコミの使命と金科玉条のように信じきっている愚か者。世の中をおかしくしているのは、たいていあの手合いなのだ。そんな薄っぺらな奴《やつ》らが好き勝手に体制批判を書きたてるから、その記事に煽《あお》られて、さらに馬鹿げたことを仕出かす愚か者が後を絶たないのだ。最近めっきり減ったものの、かつて日本の各地で荒れ狂った極左過激派の活動を、榛は苦々しく思い浮かべた。だが、いまは手をこまぬいている場合ではないと考え直して、苛立《いらだ》ちながら執務室の中を見回す。

取材に応じた退職警部には、同期の者を差し向けて、これ以上喋《しゃべ》らないように因果を含めればいいだろう。身内の情報をマスコミに売り渡すからには、どうせ暮らしぶりが厳しいに決まっている。警備会社への就職の斡旋《あっせん》話でも持ち掛ければ、掌《てのひら》を返すようにこちらに尻尾《しっぽ》を振り、口を閉ざすだろう。しかし、と彼は思った。佐藤がほかの人間に狙いを変えてきたら、どうする。証言が複数にのぼれば、火消しはいっそう難しくなる。

そう思った刹那《せつな》、脳裏に閃《ひらめ》くものがあった。ほかに飛びつきたくなるようなネタがあれば、佐藤もそっちに目が向くはずだ。

榛はデスクの上の電話に手を伸ばし、受話器を握った。

2

「間島の組は、もう一度、尾畑小枝子さんに会ってみてくれ」

手元のメモに目を落としながら言うと、重藤は顔を上げた。

三島署の小会議室には、いつものように特別捜査班の六名が着座している。重藤の隣には、寺嶋が相変わらず憮然《ぶぜん》とした顔つきで同席していた。特別捜査班が立ち上げられてからすでに二十日が経過しており、早朝の打ち合わせに臨む捜査員たちのどの顔も、疲労の色を隠せない。

「尾畑小枝子が誘拐犯と交渉していた間、娘の理恵は祖父の清三に預けられていたと捜査記録にあるが、その辺りの事情を、もう一度、詳細に確認するのだ」

「了解しました」

間島が言った。その顔には、ため息を押し殺すような表情が滲《にじ》んでいる。尾畑小枝子に対する聞き取り回数は、すでに二桁に達していた。加えて、彼女の高校や大学の同級生、先輩や後輩、大学生のときに入っていたテニスサークルの仲間、実家の近所に住む幼馴染《おさななじ》みなど、いささかでも関係のあった人間を虱潰《しらみつぶ》しにピックアップして、すべてに《直当たり》したのだった。むろん、誘拐された時点での尾畑守の衣服、持ち物などから、三島の家の住所や電話番号に繋《つな》がる情報が得られたかどうかについても調べを行った。しかし、いずれも空振りに終わってしまったのである。

特別捜査班が立ち上げられた当初、辰川が指摘した疑問点についても、入念な捜査が行われた。

辰川と間島は、改めて遺体の発見者である当時中学生だった三名と面談して、発見現場への立ち会いを求めた。そこでの実況見分から、川に向かって石投げをする前は、水面に何も浮いていなかったことを、三人のうち二人が思い出したのだった。この証言によって、三人のうちの誰かが投げた石が、遺体と鉄アレイを繋いでいた荷造り用の紐《ひも》を断裂させて、その結果として遺体が浮かび上がった可能性が大きくなった。つまり、前日の日曜日、遺体はまだ水面下にあったから、誰も気が付かなかったのであり、何者かによって紐が切られたという可能性も、ほぼ否定されたのだった。

間島の焦燥は、尾畑小枝子がこちらの捜査に協力的でないことが過半の原因だろうと重藤は見ていた。三島の家を訪れても、彼女は繁忙や急ぎの用件を口実にして、まともに取り合おうとしないことがしばしばだという。

「重藤警視」

辰川の呼びかけで、重藤の思念が途切れた。

「何ですか」

「いまの点ですが、むしろ、尾畑理恵さん本人に会ってみたいと思うのですが」

「是非そうしてください。——小此木の組は、須藤勲の取引先をさらに探ってもらいたい。中古車販売の事業資金がどうしても気になる」

「承知しました」

小此木が鋭い目つきでうなずく。最近、彼と白石は新たな筋読みを主張していた。尾畑守を誘拐した犯人は警察の裏をかいて、途中から尾畑清三に直接接触し、密《ひそ》かに身代金を奪取したのではないかというのである。

確かに、事件を巡るいくつかの不審点は、この推理によって氷解するように見える。犯人からの連絡が、わずか四回だけで途絶してしまったこと。尾畑小枝子のみならず、尾畑清三までが、特別捜査班の調べに積極的に関わろうとしない点。最初から尾畑清三と交渉するつもりなら、身代金が置かれた高速道路のバス停やパーキング・エリアに犯人がまったく現れなかったことも、巧みな陽動作戦だったと解釈できるのだ。

さらに、その筋読みの延長線上に、事件から半年後、須藤勲が営業マンの身からいきなり中古車販売店のオーナーへと華々しく転身したという事実を重ね合わせれば、疑いは濃くならざるを得ない。むろん、この推理が的を射ているとしたら、尾畑親子が進んで真実を吐露することは期待できないだろう。

重藤は、勝田と庄司に顔を向けた。二人もまた生気のない顔つきをしている。尾畑守の遺体が発見された多摩川における大捜索の日、複数の私服警官によって撮影された野次馬たちの膨大な写真を、勝田と庄司はまるまる三日間もかけて徹底的に精査した。しかし、米山克己の姿の片鱗《へんりん》すら見出《みいだ》すことはできなかった。

これらの事実に加えて、三人の中学生による遺体発見の詳細な経緯が明らかになったことから、勝田の主張する米山犯行説は、説得力を挫《くじ》かれることになってしまったのだ。そのうえ、彼らの筋読みを、根底から疑問視させるもう一つの材料までが浮かび上がったのである。

庄司が間違い電話を装い、米山克己と交わした音声を録音して、それを最初に犯人からの電話を受けた隣家の主婦と、二度目に電話を受けた蒲池家の隣家の主婦に聞かせたところ、二人から声がまったく似ていないという答えが返ってきたのだった。むろん、十四年も昔の電話の声を明瞭に記憶しているはずがない、と勝田は主張した。事実、サンプルの声を聞かせられたもう一人の被験者である尾畑小枝子は、犯人の声をほとんど覚えておらず、判別できないと答えたのだ。十四年の壁。それは予想外の高い障壁と言わざるを得なかった。当時、テレビでは花の中三トリオが人気を博し、夫と妻が友人のような関係の若い夫婦のことを、マスコミが《ニューファミリー》などともてはやしていたが、いまとなっては昔話だ。

にもかかわらず、その勝田の指摘に対して、最初の電話に出た主婦は電話で耳にした声はもっと低かった感じであり、サンプルとして聞いた声は甲高く、ややハスキーであることから、絶対に似ていないとまで断言したのだった。

重藤は、捜査資料に添付されている米山克己の写真に目を向けた。菊池健太郎から借用した大学の卒業アルバムから複写したものである。当時の大学生らしく、肩にかかるほどの長髪だ。目が細く、鼻筋が通っており、薄い唇をしている。整った顔立ちと言っても、どこからも反論は返ってこないだろう。

だが、その眼差《まなざ》しには、ひどく冷たいものが感じられる。それは若さゆえの敵愾心《てきがいしん》とは違うように思える。この男が尾畑守を誘拐したのかどうか、それはまだわからない。しかし、東京で五歳児に性的な悪戯《いたずら》に及ぼうとしたことは、紛れもない事実なのだ。勝田と庄司がすでに内偵を行い、米山克己の暮らしぶりや日常生活のパターンは把握できている。ここらが潮時だな、と重藤は決意した。

「勝田の組は、米山克己に直当たりしてくれ。むろん、《鑑取り》も続行しろ」

その言葉に二人の目つきが変わり、すかさず勝田が言った。

「わかりました」

重藤は立ち上がった。

「今日も一日、全力を挙げて捜査に当たってくれ」

一斉に起立した捜査員たちが、「はい」と腰を折るようにして声を発した。

「庄司巡査部長」

ハンカチで手を拭きながら階段を下りかけた庄司の背後から、ふいに声がかかった。振り返ると、二階の踊り場に寺嶋が立っていた。顔の四角い男で、髪を短く刈り込んでおり、達磨《だるま》のように目がぎょろりとしている。俵のような太い体つきで、半袖のワイシャツ姿だ。わりとセンスのいい紫色のネクタイが、庄司の目を引いた。

「何でしょうか」

庄司は足を止めたものの、一瞬だけ階下に視線を向けた。トイレに立ち寄っている間に、一足先に駐車場へ向かった勝田のことが気になったのである。

すると、寺嶋が階段を下りてきて、ふいに彼の肩に腕を回すと、言った。

「勝田は、おまえさんが卒配の地域課で世話になった先輩だったよな」

「ええ、課長はよくご存じすね」

「課長が部下の氏素性を知らなくてどうする」

「まあ、そうすね」

肩を押されるようにして、寺嶋とともに階段を下りながら、庄司はどぎまぎして言った。

「だったら、心配じゃねえのか。最近、勝田はいささか顔色が優れないと思わないか」

「捜査が行き詰まれば、誰だって腐りますから」

「だったら、ここは一つ、後輩としての気働きの必要があるんじゃないか」

思わず足を止めて、庄司は顎を引いた。寺嶋の物言いにかすかに不安を覚えたのである。

すると、寺嶋が肩に回した腕を解き、宙に視線を向け、口調を変えた。

「俺も捜査会議に顔を出しているが、本部長直々のご指名によって、管理官は重藤だから、細かい捜査方針にいちいち口を挟むことはできん。だがな、感想ならあるんだぜ」

「感想——」

「そうさ。言ってみりゃ、独り言だ。ここらで有力な筋を突いてみるっていうのも、有効かもしれんぞ——」

言いながら、ちらりと目を向ける。

庄司は慌てて言い返した。

「だからこそ、管理官だって、米山克己に直当たりしろと命じられたんじゃないすか」

「ああ、そうだが、そこから何も出てこなきゃ、おまえさんたちの筋読みは、いよいよジ・エンドだぞ。――しかし、そうならない手があるんだよ」

「それって、どんな手すか」

「米山克己の存在を、さりげなくブンヤに流すんだ」

えっ、と庄司は身を引いた。

途端に、寺嶋が苦笑いを浮かべた。

「そんな顔をするな。観測気球を上げるっていうのも、場合によっては効果があるんだぜ。記事を目にして、大事なことを思い出す奴が出てくるかもしれない。世間の目がそっちに集中すれば、重藤だって、簡単に米山克己の線を放り出すわけにゃいかなくなる。そうなりゃ、勝田はいっそう力を入れて捜査に没頭できる。そう思わないか。――そうだな、全国紙にいきなり記事が出るっていうのも不自然だから、駿河日報あたりがいいだろう」

そこまで言うと、寺嶋が真顔に戻った。

「言うまでもないだろうが、これは俺とおまえさんだけの秘密だぞ」

言葉を失ったまま、庄司は相手の顔を見つめた。

3

甲府駅の南口を出ると、間島は日差しに目を瞬《しばた》いた。目の前にタクシー乗り場が見える。だが、彼は辰川とともにその横を素通りして、先にある山梨交通バスのバス停へ足を向けた。

尾畑理恵が在学している山梨県立高等看護学院は、甲府市内の池田にある。三島警察署を出る前に地図で調べたところ、キャンパスは甲府駅から直線距離にして西へ約一・五キロ。彼女の下宿先であるアパートもその近所だというから、歩けない距離ではない。とはいえ、連日の猛暑の中を歩き続けてきたせいで、体力が限界に達しかけているのを間島は痛感していた。まして、二回りも年長の辰川のことを考えて、バスでの移動を提案したのだった。

バス停の時刻表に目を向けて、間島は顔をしかめた。次のバスが来るまでに、二十分以上もある。ため息を押し殺して、彼は言った。

「やはり、子供の頃の希望を叶《かな》えるつもりなんですね」

ハンカチで首筋を拭きながら、辰川がうなずく。

「看護婦になるのが、あの人の夢でしたね」

「母親がそれを慮《おもんぱか》って三島へ引っ越したことが、いわば仇《あだ》になったんだから、複雑な心境だろうな」

間島はふと思いついて、警察手帳に挟んでおいた写真を取り出した。海岸の汀《みぎわ》で幼い理恵と守が手を繋いでいる。小此木たちが須藤勲から借りてきたものを複写した写真である。間島は、幼い彼女の顔に見入った。屈託の影すらない笑顔だ。人生の行く手に仕掛けられていた罠《わな》の残酷さを思わずにはいられなかった。初めて顔を合わせたときの彼女の不安げな顔が、そこに重なって見えた。

前日に、三島の尾畑小枝子宅に電話を入れて、尾畑理恵の所在を確かめると、看護学校の図書館で毎日勉強しなければならないと言って、下宿に戻ったという言葉が返ってきたのだった。むろん、その口ぶりは重く、下宿先の住所を聞き出すだけで、二十分近くも押し問答をしなければならなかった。しかも、間島たちが娘に接触するのを察すると、

《事件が起きたとき、理恵はたった七歳だったんですよ。どうして、あの子に会う必要があるんですか》

と、怒ったような口調を隠さなかった。

《ほんの些細《ささい》なことから、事件の核心に繋がる手掛かりが見つかることだってあるんです。たとえ幼い子供だったとしても、警察の調べから外すわけにはいきません》

受話器を握った間島は憤懣《ふんまん》やるかたない気持ちが込み上げてきて、そう答えるだけで精一杯だった。

「辰川さんは、尾畑小枝子さんや父親の清三さんのことを、どう思われますか」

電話でのやりとりで感じたものを思い返して、間島は言った。

辰川が、優しい眼差しで間島を見つめた。

「ひどい目に遭ったとき、警察が必ず助けてくれると誰でも信じたくなるものです。ところが案に相違して、誘拐された子供が遺体となって発見された。そのやり場のない怒りが、警察への恨みに転じたとしても、無理はないでしょう」

「警察って、何だか損な役回りですね」

「だからこそ、世の中にとって絶対に必要なんですよ」

そのとき、辰川が、間島が手にしていた写真に目を留めた。

「ちょっと、いいですか」

「どうぞ」

間島は写真を手渡した。

辰川が、その写真に黙って見入る。

そのとき、日傘を差した若い母親が男の子の手を引いてバス停に近づいてきた。

駅とは逆方向のためか、バスは空《す》いていた。

車両後方の座席に、間島は辰川と並んで身を竦《すく》めるようにして座り、車窓から店や住宅を眺めながら、事件当時の尾畑理恵についての捜査記録を思い出していた。

昭和四十九年七月二十七日、引っ越ししたばかりの借家から尾畑守は飛び出し、そのまま姿を消した。その晩遅くに、男の声で一千万円の身代金を要求する電話が隣家に掛かってきたのだ。そのとき、理恵が家にいたことは、密かに家に入り込んでいた静岡県警捜査一課特殊班の三名の隊員がはっきりと確認している。日付の変わった午前五時半頃、小枝子からの電話で富士市から車で駆けつけてきた尾畑清三に引き取られて、理恵が実家へ避難したという記述も捜査資料に残されていた。

以来、守が遺体で発見されて、内々に葬儀が執り行われ、小枝子が現在の家に引っ越すまで、理恵は祖父のもとに留め置かれていた。むろん、捜査員が富士市の清三のもとに頻繁に足を運び、彼女に対しても繰り返し聞き取りを行ったと記録されていた。だが、祖父のもとに身を寄せてからというもの、理恵は体調をひどく崩して、捜査員の質問にまともに答えられない状態が続いたというのである。

間島は腕に掛けていた上着のポケットから手帳を取り出し、メモしておいた文章を探して目で追った。

《本日も、尾畑理恵は三十七度台後半の発熱と嘔吐の状態にあり、聞き取りは不可能

と思量され、断念せざるを得ず》

ある捜査員が事件から半月後の聞き取りの状況として、そう記していた。しかも、清三は、捜査員が孫娘から話を聞き出そうとするたびに、拒絶するような態度を示したのだった。それはこう記録されていた。

《対象者の祖父より、事情聴取をまたしても強硬に拒絶され、断念のやむなきに至る》

やがて、守の遺体の発見により公開捜査に切り替わると同時に、捜査本部の関心が幼児誘拐の前歴を持つ者や、幼児への歪《ゆが》んだ性的欲望を抱く人物、金銭的な困窮者などに向けられるようになり、理恵からの聞き取りの重要性は薄れていったのだった。

間島は手帳から顔を上げた。清三の非協力的な態度は、事件当初からのものなのだ。だとすれば、捜査員が理恵に事情聴取することを嫌がったのは、本当に彼女の体調を心配したからだろうか。彼は、辰川に顔を向けた。

「辰川さん」

「何ですか」

「捜査資料の読み込みが足らないとお叱りを受けるかもしれませんが、事件当初、尾畑小枝子さんが、捜査に対して非協力的な態度をとったという記述がありましたっけ」

辰川がすぐにかぶりを振った。

「そんな記載はなかったと思います。どうして、そんなことを訊《き》くんですか」

「今回の一件で、被害者家族が警察を不甲斐《ふがい》ないと思う気持ちは理解できます。しかし、その一方で、事件を解決してほしいと願わずにはいられないはずだし、時効が迫れば、その思いはいっそう強まるものではないでしょうか。そう考えると、あの人の態度が何だか釈然としないんです」

辰川がしばし黙り込んだ。こちらの思い詰めた気持ちを感じ取ったのかもしれない。だが、すぐに言った。

「現在の彼女が、私たちの捜査を冷めた目で見ていることは明らかでしょう。しかし、捜査記録を読む限り、事件発生当初、尾畑小枝子さんは息子を取り戻すために、文字通り必死だったという印象を受けます。ただし、事件発生時、捜査一課特殊班が電話を掛けてきた犯人の音声の録音を逸したことに対して、尾畑小枝子さんがどんな思いを抱いたか、そこまでは捜査記録には記されていません。もしかしたら、捜査員は肌で何か感じ取ったかもしれませんが、そこまでは書けなかったでしょう」

「小枝子さんがどう感じたと思われるのですか」

「私が同じ立場だったら、息子が遺体で発見されたとき、憎む相手は第一に犯人でしょう。しかし、その次に捜査一課特殊班の面々を恨みたくなったかもしれません」

「だったら、辰川さんは、そのときの遺恨がずっと続いているとおっしゃるんですか」

「可能性がないとは言えないでしょう。それを言葉には出さなくとも、顔や態度に表れてしまう。そう考えれば、あの人の態度も納得がいく気がします。尾畑清三さんにしても、同様のことが言えるはずです」

間島はため息を吐《つ》いた。

「彼女は当然、私たちが行くことを、理恵さんに電話したでしょうね」

ええ、と辰川は相槌《あいづち》を打ったものの、それ以上何も言わなかった。

そのとき、車両内のアナウンスが目的のバス停を告げた。

間島は手を伸ばして、降車を知らせるボタンを押した。

尾畑理恵の下宿先は、国道五二号線が荒川と交差する橋近くの木造アパートだった。

間島は腕時計に目を落とした。

午前八時五分前。

時間帯からして、とうに学校へ出かけたかもしれない。不在ならば、この足で看護学校へ向かうだけだ。彼はバスの中で目を通した手帳を手にしたまま、辰川と外階段を上り、二階の一番奥の部屋の呼び鈴を鳴らした。

すると、中で人の気配がして、すぐに女性のくぐもった声が聞こえた。

「どちら様でしょう」

うろ覚えだったが、本人の声だとわかった。

「三島署の間島と申します。以前に清水町のご実家でお会いした者ですが」

「ちょっとお待ちください」

錠を外す音がして、扉がゆっくりと開いた。

薄暗い室内にいる尾畑理恵の顔が、外からの照り返しで浮かび上がった。水色の長袖のブラウスに、下はクリーム色のタイトなスカートという姿だった。相変わらず、ストレートの長い髪が肩にかかっている。以前と同じように、どこか不安げな表情だ。

「下宿先まで押しかけて、申し訳ありません。ご迷惑だと思いますが、少しだけお話を聞かせていただけないでしょうか。むろん、弟さんの一件についてです」

わずかに頭を下げて、間島は言った。

一瞬、彼女は躊躇《ためら》うように沈黙したものの、「どうぞ」と手招きした。

辰川の目顔に促されて、間島はもう一度頭を下げ、

「それじゃ、お邪魔します」

と言い、玄関に足を踏み入れた。

「単刀直入にお訊きします。昭和四十九年七月二十七日に弟さんが誘拐されたとき、あなたはどうなさっていたんですか」

間島は言った。

隣に辰川が黙然と座っている。

目の前に正座した尾畑理恵は、言葉に詰まったように俯《うつむ》いた。

そこは六畳の和室で、三人は座卓を挟んで対座していた。隣に四畳半の台所兼ダイニングのある狭いアパートだが、こちらの部屋には洋服簞笥《だんす》と小さな本棚しか置かれておらず、きちんと整頓されていた。窓に掛けられた純白のレースのカーテンが、若い女性の部屋らしい雰囲気を醸し出している。

「正直に言って、ほとんど覚えていないんです」

理恵が、視線を上げぬまま言った。

「そんなはずはないでしょう。ご家族に大変な事態が降りかかった日のことですよ」

「だからこそ、記憶が曖昧なんです」

尾畑理恵が目を上げ、額にかかる髪を手で搔《か》き上げながら、続けた。

「引っ越しの日にいきなり大騒ぎになって、知らない男の人たちが新しい家に入り込んできたのに、私には誰も何も説明してくれませんでした。だから、人から聞いたり、何かで読んだりして、あの日起きたことをちゃんと認識したのは、ずっと後になってからなんです。とはいえ、どれが伝聞で、何が本当に自分の経験なのか、まったく区別がつかないんです。想像しただけの場面を、現実だと思い込んでいるんじゃないか。反対に、実際に目にしたはずのことを、錯覚と勘違いしているのかもしれないって、あれからずっと、そんな不安な気持ちのままなんです」

「それなら、質問を整理しましょう。あなたたちの引っ越しは前日から始まり、母親の尾畑小枝子さんとあなたが三島の借家へ到着されたのは、事件当日でしたね。当然、その日も引っ越しの後片付けをしていたはずだ。そのとき、あなたは何をしていたんですか」

言いながら、捜査記録の内容を間島は思い浮かべた。午後一時頃に借家に到着した理恵は、母親の後片付けを手伝っていたものの、途中から庭の隅に設《しつら》えられていた古い手押しポンプ式の井戸で水遊びをしていたことになっている。

だが、尾畑理恵はかぶりを振った。

「十四年も昔のことを、細かく覚えていられる人がいるでしょうか。しかも、私があの家にいたのは、一日か二日のことだったんですよ。間取りだって、まったく記憶にないんですから」

「ええ、確かにそうかもしれない。それでもお願いですから、思い出してください。あなたのことがだめなら、弟さんのことはどうですか。家の中で守くんは何をしていたんですか。はしゃいだり、騒いだりしていたのではありませんか」

苦しげに顔を歪《ゆが》めて、尾畑理恵がかぶりを振った。

「いいえ、どう考えても、弟の姿が浮かんでこないんです。あの子が何をしていたのか、はっきり覚えていないんです」

「そんな馬鹿な」

その途端、彼女が怒ったような目つきで間島を見た。

「それなのに――」

言葉の終わりを呑《の》み込んだように、尾畑理恵は黙り込んだ。

間島は言った。

「それなのにとは、何をおっしゃりたいんですか」

尾畑理恵が憂いに満ちた眼差しを返してきた。

「あの日のことを訊いても、母は何も教えてくれないんです。弟があんなことになったから、それを思い出させないようにと気を使っているのは理解できます。でも、こんなふうに宙ぶらりんのままでは、いつまで経《た》っても、私の気持ちは地に足が着かないし、逆に、事件のことを忘れられないじゃないですか」

その真剣な表情を目にして、彼女が懸命に過去のことを思い出そうとしたことが嘘《うそ》ではない、と間島は感じた。同時に、意外な気もしていた。彼女の話しぶりや表情には、予期していたような、こちらの捜査を拒絶する素振りがまったく感じられなかったからである。

「ならば、祖父の尾畑清三さんの家に避難されてからのことは、どうですか」

「そのことなら、少しは覚えています。体の具合が悪くて、長い間、寝たり起きたりを繰り返していたことや、祖父がお医者さんへ連れて行ってくれたことなんかも」

「お医者さん？」

「ええ、確か、母もかかりつけだったというお医者さんです」

間島は、辰川と顔を見合わせた。駅前の田沢医師のことだろう。

「その間、捜査員が富士市の家を何度も訪ねたはずですが、尾畑清三さんは、どうしてあなたへの聞き取りを嫌がったんですか」

「祖父が、そんなことをしたんですか」

「ええ、捜査記録には、そのように記されています」

「全然知りませんでした」

一転して、放心したように座卓に視線を落とし、尾畑理恵が呟《つぶや》いた。

万策尽きた思いで、間島はため息を吐いた。

すると、隣で辰川が軽く咳払《せきばら》いをして口を開いた。

「とんでもない事態に遭遇されたのですから、記憶が混乱するのも無理ないでしょう。

まして、弟さんのご不幸による痛手が追い打ちをかけたのですからね。心からご同情申し上げます。お母様が何も説明なさらないのは、確かに親心でしょうね。あなたはご存じですか。守くんのご遺体が見つかったとき、お母様はご自身で確認したいと警察にお申し出になったんですよ」

尾畑理恵が無言のまま、小さく頭を下げる。

「十四年前の七月二十七日、その弟さんは、三島の家から二度も飛び出したわけですが、あなたは一度目のときには気が付かなかったのですか」

やはり口を閉ざしたまま、彼女は曖昧に首を振る。

「だったら、最後にもう一つだけ。捜査記録によれば、尾畑小枝子さんは、子供たちの教育環境を考えて、富士市から三島へ引っ越されたとなっていますが、あの三島の家を借りることは、誰が決めたんですか」

「たぶん、母が祖父と相談して決めたんだと思います」

「どうして、そう思われるのですか」

「二人の子供を抱えた母を知らない土地に引っ越させるわけにはいかないって、祖父が考えたのだと思います」

辰川が黙り込み、掌《てのひら》でゆっくりと頬の髯剃《ひげそ》り跡を撫《な》でた。

咄嗟《とっさ》に質問役を引き継いで、間島は言った。

「尾畑清三さんは、三島のあの借家を前から知っていたんですか」

「知っていたかどうかはわかりませんが、以前、あの家のすぐ近所に祖母の実家があったんです」

「祖母というと、尾畑房子さんのことですか」

「ええ」

尾畑理恵がうなずいた。

間島と辰川が尾畑理恵のアパートを辞したのは、訪問してから一時間ほど過ぎた頃だった。外階段を下りて、しばらくしてから間島は口を開いた。

「尾畑清三さんは、やはり、あの三島の家の辺りに土地勘があったんですね」

辰川がうなずいた。

「しかし、私たちの質問に、あやふやな返答しかしませんでした。どうやら、あなたが気にしている点は、再検討の必要がありそうですね」

「私の気にしている点？」

足を止めて、間島は言った。

辰川も立ち止まった。

「バスの中で、事件当初、尾畑小枝子さんが捜査に非協力的な態度をとったかどうか、そう訊いたでしょう。そうした態度は明確にはなかったものの、尾畑清三さんの場合は、最初から非協力的でした。その理由は、犯人から隣家やお向かいの別の家に電話が掛かってきたとき、捜査一課特殊班の録音機器のセッティングが間に合わず、みすみす犯人の音声の録音の機会を逸したことへの恨みだと私は考えていました。しかし、果たして本当にそうだったのか、自信がなくなりました」

「別の理由があるとおっしゃりたいんですか」

「ええ。しかも、白石さんや小此木さんの筋読みが当たっていたとしたら、尾畑清三さんの不審な動きも、筋が通るかもしれません」

再び歩きながら、間島は考え込んだ。最近になって白石と小此木の二人は、誘拐犯が警察の裏をかいて、尾畑清三と直接交渉を行ったのではないかと主張していた。この推理を尾畑清三の非協力的な動きに重ね合わせれば、確かに符合するように見える。

そして、この推理が的を射ていれば、誘拐犯はそれでも慎重を期しただろうから、尾畑清三が密かに警察と示し合わせていないかどうかを確かめるために、様々な指示を与えて、身代金を携えた彼をあちらこちらへと移動させ、張り込みや尾行の有無を見極めたことだろう。そんな微妙な状況下にあれば、捜査員が頻繁に聞き取りに訪れることほど、尾畑清三にとって厄介で、恐ろしいことはなかったはずだ。だからこそ、捜査員を遠ざけるために、孫娘の体調を口実に使ったのかもしれない。

「しかし、思い込みは禁物です。単に頑迷な人物なのかもしれないし、まったく別の意図から、そんな態度をとった可能性もありますからね」

肩を並べている辰川の言葉に、間島は大きくうなずいた。

「はい、肝に銘じておきます。私たちの先回りをして、尾畑小枝子さんが電話を入れただろうなんて意地の悪い見方をしましたけど、さっきの理恵さんの態度からすると、疑い過ぎだったようです。こっちが思っているほど、あの人も非協力的じゃないのかもしれない」

言いながら、気が付いた点をメモするために手帳を出そうと、腕に掛けた上着のポケットに手を入れて、足を止めた。

「どうしました」

辰川も立ち止まった。

「しまった、手帳を置いてきちゃいました」

六畳間に座ったときに、無意識のうちに座布団の脇に置いたのだろう。間島は振り返って、アパートを見やった。すでに五十メートルほども歩いていた。

「取ってきますから、申し訳ありませんが、辰川さんは、ここで待っていてください」

言うなり、間島は駆け出した。

息を弾ませてアパートの外階段を上り、部屋の扉の前に立った。そのとき、錠の外れる音がして扉が開き、姿を現した尾畑理恵が、あっと声を上げた。キャンバス地の肩掛け鞄《かばん》を提げている。

「どうなさったんですか」

驚いたように、尾畑理恵が見上げた。

「すいません。部屋に手帳を置き忘れてしまったようなんです」

「ちょっと待っていてください」

言うなり、彼女は中に入ると、すぐに戻ってきて、

「これですね」

と、初めてかすかに笑みを浮かべて、手帳を差し出した。

ほっと息を吐きながら間島は低頭して、手帳を受け取った。

「ありがとうございます。お出かけ間際に、お手数をおかけしました」

「いいえ、そんなことはお構いなく。これから学校なんです」

「そうでしたか。いつも、この時間に学校の図書館に行かれるのですか」

「いいえ、いつもはもっと早くに出かけるんですけど——」

言葉の終わりを呑み込むと、尾畑理恵が真顔になり、言った。

「間島さん、さっきもう一人の方がおっしゃったことは、本当なんですか」

「辰川さんが言ったこと——何のことでしょう」

「ほら、七月二十七日に、三島の家から弟が二度も飛び出したって、そうおっしゃったじゃないですか」

「ああ。あれは間違いありません。捜査記録によれば、弟さんは午後三時過ぎに家を飛び出そうとしたものの、そのときは家へ戻りました。しかし、その後、姿を消したのだから、もう一度家から飛び出したはずなんです」

「一度目のとき、弟が家に戻ったことが、どうしてわかったんですか」

「向かいの家の住人が、二階から見かけたんですよ。小枝子さんに呼び戻されて、家に入る弟さんの姿を。——それが、どうかしましたか」

間島の話を聞いた尾畑理恵は何も答えようとせず、玄関先で黙り込んでしまった。

4

米山克己が暮らすマンションは、大田区南蒲田三丁目にある。

環状八号線を南側へ百メートルほど入った場所だ。庄司と勝田は、その八階建てのマンションに向かって歩いていた。米山克己の部屋が、七階の七〇二号室ということも確認済みだった。

庄司は腕時計に目をやった。午前七時半過ぎ。すでに気温は摂氏三十度を超えているだろう。ワイシャツの下の肌に、汗が噴き出してくる。勤務先である神保町《じんぼうちょう》の書店に通勤するために、米山克己が家を出る時刻は、いつもなら午前八時半頃だ。

玄関フロアに足を踏み入れた二人は、すぐにエレベータに乗り込んだ。

エレベータが上昇してゆくのを感じながら、庄司は落ち着かない気持ちに襲われていた。勝田に押し切られた独断専行は、やはり勇み足だったかもしれない。米山勇一や菊池健太郎と面談したことが、巡り巡って本人の耳に入っていたとしたら、米山克己はこちらの来訪を予想していて、簡単には尻尾を出さない恐れがある。いや、勤め先や隣近所にまで聞き込みを掛けたのだから、捜査の気配を察して当然のはずだ。

「いったい、どんな気持ちだったんだろうな」

停止階の表示を見上げたまま、勝田がふいに呟いた。

「子供を攫《さら》ったときの気持ちすか」

いつになく沈鬱な勝田の横顔を目にして、庄司も同じように声を潜めて言い返す。

「いいや、子供を殺害したときの気持ちさ」

そう言われて、犯人が尾畑守を殺害する場面をこれまで想像したことがなかったことに、彼は思い当たった。わずか五歳の子供を、犯人は硬い地面に突き倒したのだろうか。それとも、凶器で殴りつけたのだろうか。後頭部打撲による脳挫傷が起きた具体的な状況までは判明していない。

「根が幼児性愛のうえに、ネクロフィリアだから、かなり興奮したんじゃないすか」

「考えてみりゃ、被害者は運が悪かったんだ。大学四年の夏休み、米山克己は暇を持て余していたんだろう。悶々《もんもん》と過ごすうちに、浪人時代に仕出かした幼児に対する性的悪戯の記憶が甦《よみがえ》ったのさ。そして、妄想はやがて抑えがたく膨れ上がった――」

「それで衝動的に犯行に走ったと、そう見るわけすね」

「ああ。しかも、被害者はその直後に殺された可能性もあるのだから、もしかしたら、身代金の要求は、後からひょいと思いついた余禄《よろく》だったのかもしれん」

「つまり、だめもとの脅迫ってことすか」

庄司が言うと、勝田はうなずいた。

「そうだ。米山克己には無理押しをしてまで、金を奪わなければならない理由はなかった。だから、ひどく警戒したあいつは二度、電話で連絡してきたものの、三度目と四度目はより安全な手紙に切り替えて、それっきり連絡を絶った。そう考えれば辻褄《つじつま》が合う。遺体が発見された現場の捜索にしたって、テレビで嫌というほど放送されたんだから、その場にかぶりつきで眺める必要なんかない」

「犯人の声と印象が一致しなかった点は、どう見るんすか」

庄司は勢い込んで言った。

「米山克己にだって、ダチの一人くらいいるに決まっている」

うーん、と庄司は唸《うな》った。かつて勝田が《単独犯説》を強硬に主張していたことを思い出したからだ。しかし、それには触れず、彼は別のことを言った。

「米山克己は、こちらの動きを察知していますかね」

「俺たちが、こうして自宅に乗り込んでくることか」

「違いますよ。米山勇一や菊池健太郎、それに森田教授に俺たちが会ったことすよ」

勝田が顔を向けた。見慣れた皮肉な表情が戻っていた。

「おまえ、そんなことを気に病んでいたのかよ。相変わらず、心配性だな」

「勝田さんは、平気なんすか」

「いちいち悩んで、どうする。むしろ、怪我《けが》の功名かもしれないぞ」

「怪我の功名？」

意味がわからず、庄司は首を傾《かし》げる。

「あいつが真犯人なら、あと一年足らずで死刑を免れられるとほくそ笑んでいたに決まっている。ところが今頃になって、父親や知り合いのもとに警官が訪ねてきて、自分のことをあれこれと訊いていったと知れば、どう思う。パニックを起こす可能性だって皆無じゃない。冷静さを失い、思わずボロを出す。そうなりゃ、こっちの思う壺《つぼ》じゃねえか」

「そんなうまい話がありますかね」

「いいや、どんなことがあっても、俺はあの変態野郎を必ず落としてみせる」

　そのとき、エレベータが停止して、ドアが滑らかに開いた。勝田が外へ出る。庄司は後に従い、外廊下を歩いた。

　七〇二号室の玄関は、エレベータから十メートルほどの位置にあった。勝田が庄司を見た。庄司はうなずき、インターフォンのボタンを押した。

「どなたですか」

「警察です。静岡の三島署から参りました。米山克己さん、お訊きしたいことがあります」

　庄司はインターフォンに口を近づけて言った。

　インターフォンが沈黙した。

「米山さん、ドアを開けてください」

　拳《こぶし》でドアを二度叩《たた》き、勝田が怒鳴った。

　錠を外す音がして、渋々という感じでドアが開いた。

「いったい何ですか」

　二十五センチほど開いたドアの間から、米山克己が無表情のまま二人を見つめて言った。学生時代から一変して、短くカットした髪を六四にふわりと分けている。薄藍色の半袖のカッターシャツに、カジュアルなズボンというなりだ。

「三島署の勝田です」

勝田が警察手帳を示す。

「同じく、庄司です」

と庄司も倣った。

「これから仕事に出かけるんですけど」

「だったら、前置きを抜きにして、単刀直入にお訊きします。米山さん、大学四年生の夏休みに裾野市の実家に帰省されましたよね」

表情も言葉遣いも穏やかな勝田の質問に、相手は黙したまま何も答えない。

その様子を目にして、勝田が続けた。

「昭和四十九年の七月二十七日、何をなさっていたか、答えていただけますか」

それでも、米山克己は表情を動かすこともなく、何も答えようとしない。

「黙秘するわけですか」

途端に、米山克己が口を開いた。

「黙秘じゃなくて、呆《あき》れているんですよ。いきなり警察が訪ねてきて、十年以上も昔のある一日の行動を教えろと言われて、すらすらと答えられる人間がいるんですか。まったく記憶にありませんね。だいいち、これはいったい何の取り調べなんですか」

平然とした口ぶりで、表情に一片の変化もない。

「捜査に支障を来たす恐れがありますので、詳しくは申し上げられませんが、十四年前に起きたある重大事件の再捜査です」

またしても米山克己は黙り込んだ。極力反応を示さないことで、言質《げんち》を取られたり、内心の動揺を悟られたりすることを警戒しているのかもしれない。したたかな態度とも言えるが、犯罪者がしばしば見せる典型的な反応の一つでもある。

「だったら、質問を変えましょう。同じ年の年末、あなたは山手線の車内で、同じ大学に通われていた菊池健太郎さんに声をかけましたよね」

またしても無言だった。

「混雑した車内のほかの乗客たちを押しのけるようにして近づくと、付き合ってほしいと言って、途中の池袋駅で半ば強引に菊池健太郎さんを連れて降りた。違いますか」

米山克己は目を半眼にし、かすかに鼻を鳴らした。

「さあ、そんなことがあったかなあ」

「お忘れなんですか。人が違ったようにあなたが血相を変えていたと、菊池健太郎さんはおっしゃっていましたけど」

「あいつが何を話したか知らないけど、覚えてないことは、答えようがありませんね。

そろそろ時間ですから、質問がそれだけなら、どうぞお引き取りください」

取り付く島もなく言うと、米山克己はドアを閉めようとした。

咄嗟に、ドアを手で押さえつけた勝田の目つきが据わっていた。

「おい、ちょっと待て。おたくさ、浪人生のときに、かなりまずい問題を起こしたよな」

米山克己が言葉に詰まったように沈黙する。それまでの平然たる態度とは違い、明らかに顔が紅潮していた。

「あのことだったら、向こうが被害届を撤回したんだから、何も問題ないだろう」

「ああ、確かに、被害者のお情けだったよな。だったら、死体愛好症の方はどうなったんだ。あんたはネクロフィリアなんだろう」

勝田の矢継ぎ早の言葉に、米山克己の閉じられたままの唇がかすかに震えている。

「まあいいや、だったら、三島市に行ったことはあるか」

「ないですよ」

「尾畑小枝子という名前に、心当たりは」

「ない」

「だったら、昭和四十九年七月の月末の夜、裾野市内で車を運転したことは」

一瞬、言葉に詰まった米山克己の肩が震えたのを、庄司は見落とさなかった。

「ないよ」

強張《こわば》った怒鳴り声だった。

つかの間、勝田と米山克己が睨《にら》み合いとなった。

が、やがて勝田がドアから手を離すと、言った。

「朝のお忙しい時間にお手間を取らせました。今日のところは、これで失礼します」

たちまち、ドアが大きな音を立てて閉まった。

5

「最近の須藤さん、少し調子に乗っていると思うな」

事務椅子に腰かけた原田徳郎が、かすかに首を振るようにして言った。そのたびに、事務椅子が軋《きし》んだような音を立てる。

「調子に乗っているというのは、どういう意味ですかね」

小此木は言った。同じ長椅子の横に腰かけた白石が、手帳とペンを手にしたまま、相手の言葉に耳を傾けている。

朝一から、二人はずっと中古車買い取り業者を巡り、須藤勲についての聞き込みを行っていた。この店で三軒目だった。どこの店でも、須藤勲の評判は芳しくなかった。

かなり強引で、札束で人の頬を叩くような商売をするらしい。

原田は首の太い四十男だった。狭いプレハブの事務所には冷房がなく、事務机の横に置かれた真新しい感じの扇風機が音もなく回っている。

「若い頃は、うちみたいな零細な買い取り業者をこまめに歩いて、掘り出し物を見つけちゃ、会社に連絡して、数日後にはお客さんに回していましたっけ。まあ、車を見る目は確かだし、その頃は、私らにまで腰が低いし、客のあしらいも段違いでしたね」

「ほう、客のあしらいが段違いですか」

「ええ、お初の客が座っている椅子の横へ近づくと、いきなり絨毯《じゆうたん》に片膝をついて接客を始めるんですわ。いまじゃ、大手のディーラーの営業マンがその手を使うのは珍しくないけど、あの頃、そこまで徹底する奴なんて、見たことありませんでしたからね。当然、客の方も吃驚《びつくり》するわけですよ。考えてもみてください。わずか三十万ぽっちの中古車を買おうかっていう若造が、冷やかし半分で店を覗《のぞ》いただけなのに、いきなりそんなことをされたら、どう感じるか」

「気分がよくなるわけだ」

「そうですよ。しかも、客は少しくらい値切ろうとするじゃないですか。すると、あの人、駆け引きはなしですと断って、必ずそれより少しだけ安い額を提示する。商談は一発でまとまる。まったく、たいしたトップセールスマンでしたね。むろん、金持ち相手の商売も上手でしたから、歩合による収入がすごかったんじゃないでしょうか」

言いながら、太い指に挟んでいたセブンスターを吸い、鼻から煙を吐くと続けた。

「ところが、トップの座に長くいる間に、驕《おご》りが出てきて、店を持つようになってからは、私らにまで横柄な態度をとるようになりましてね。最近じゃ、金持ちとか、有名人とかに、利幅の大きな高級車を売りつけることばかりを狙っていますよ」

「なるほど」

小此木はうなずきながら、東京の店の様子を思い浮かべた。外のスペースに並んでいたのは、外車や国産の高級車ばかりだった。重藤が見てきたところによれば、沼津市内の支店も、かなり繁盛しているらしい。

原田がうなずき、煙草を灰皿で揉《も》み消しながら言った。

「あれで独り身だから、遊びの方もお盛んらしいですよ」

「須藤さんの私生活のことも、ご存じなんですね」

「そりゃ、盛んに取引をしていた頃は、付き合いで酒を飲むこともありましたし、草野球にも誘われて、何度か自宅にお邪魔したこともありましたから」

その言葉を耳にして、白石がわずかに身を乗り出して言った。

「須藤さんの離婚のことですけど、原田さんは詳しい経緯をご存じじゃないですか」

原田が眉根を寄せた。須藤勲のことを執拗に質問するのは、尾畑守誘拐事件の被害者家族のことを知るためと思い込んでいたのだろう。ところが、夫婦の離婚にまで踏み込んでの質問に、初めて違和感を覚えたに違いない。

「どうして、そんなことまで知りたいんですか」

「ここだけの話ですが、須藤さんも、あの事件の被疑者の一人なんですよ」

驚いたように、原田が身を引いた。

「誘拐されたのは、あの人の実の息子ですよ」

「おっしゃりたいことはわかります。けれど、どんな些細な可能性についても、警察は調べをお座なりにしてはならないんです。まして、幼い子供の命が奪われた一件ですから。――どうでしょう、何かご存じでしたら、お話しいただけませんでしょうか」

「そりゃ、おたくさんらの仕事は、そういうものでしょうけど。――須藤さんが奥さんと別れたのは、浮気が原因だったんです」

「浮気――」

「トップセールスマンで金がじゃんじゃん入れば、遊びたくなるのが男ってものでしょう。で、銀座のクラブで知り合った若いホステスと深い仲になったという、ありきたりの成り行きでしてね」

「その浮気に、奥さんが勘付いたわけですか」

「最初は、まさかと思ったでしょうね。けど、そのうちに、外泊と仕事のスケジュールが一致しないことが発覚したらしいんですわ。で、問い詰められて大喧嘩《おおげんか》となり、挙句の果てに、浮気じゃなくて本気だと須藤さんがケツをまくっちまった。どうして、そこまで詳しく知っているのか、不思議に思われるでしょうけど、須藤さんからアリバイ工作を頼まれて、こっちも一役買っていたからなんですよ。その嘘《うそ》がばれたおかげで、私のところにまで、奥さんから怒りの電話が掛かってきて、そりゃ往生しましたよ」

渋い表情を浮かべて、原田が忌々《いまいま》しげに首を振った。

「つまり、奥さんが激怒して、それで離婚になった。そういうことですね」

「ええ、法外な慰謝料を請求されたって、須藤さん、それこそカンカンになっていましたっけ」

原田はうなずくと、またしても胸ポケットからセブンスターの箱を取り出し、一本抜いて、口に咥《くわ》えようとしたものの、手を止めた。

「だけど、あの須藤さんが我が子を誘拐したなんて、やっぱり信じられないな」

「どうして、そう思われるんですか」

「だって、息子さんをそりゃ可愛《かわい》がっていましたからね。さっきも言ったでしょう、金持ち相手の商売も上手だったって。独立前に一度、プロ野球の選手に物凄《ものすご》く高いポルシェを買ってもらったことがあったらしいんですよ。以来、その選手が練習しているグラウンドに、息子を連れてしょっちゅう見に行っているって話していましたよ。だから、離婚裁判で子供の親権を取り上げられたとき、須藤さん、本気になって腹を立てていましたっけ」

「プロ野球の選手ですか」

「ええ、須藤さんって人は、大の野球好きでね。やる方も、見る方も」

二人のやり取りを耳にしながら、小此木は考え込んだ。間島と辰川が尾畑小枝子の家を訪れたとき、遺影の守は軟球と子供用のグローブを手にしていたという。捜査会議での間島の補足説明によれば、父親の須藤勲が買い与えたと尾畑小枝子は証言したのだ。事実、小此木は白石とともに、須藤の店でその二つを目にしている。そう思ったとき、須藤の口にした言葉が、耳の奥に甦《よみがえ》った。

《今でも、ときおり手に取って眺めることもあります。私にとっては、息子の分身ですよ》

だが、待て、と小此木は思った。須藤勲は妻との離婚について、こう言ったではないか。

《でも、誤解のないように念を押しておきますけど、別に敵同士になって別れたわけじゃありませんから》

あの言葉は、まったくの嘘だったのか。それに、と頭の中にさらに閃《ひらめ》くものがあった。子供の頃の尾畑小枝子は、母親から執拗に折檻《せっかん》されたというが、それは父親の尾畑清三の浮気に腹を立てた妻房子の八つ当たりだったらしい。それもまた、間島たちが聞き込んできた証言だった。自らも家庭を持ち、二人の子供までなしながら、夫に浮気されたとき、尾畑小枝子はどんなふうに感じたのだろう。子供時分の悲惨な体験を思い出して、怒りを倍加させたのではないだろうか。

小此木は、原田に目を向けた。

「尾畑小枝子さんが、こちらに怒りの電話を掛けてきたとおっしゃいましたが、そのとき、どんな様子でしたか」

原田が百円ライターで煙草《タバコ》に火をつけながら、肩をそびやかした。

「あのときの剣幕ときたら、物凄いヒステリーでね。あそこが縮み上がりましたよ」

やはり、と小此木は思った。むろん、浮気した夫に対して、尾畑小枝子の怒りは尋常ではなかったはずだ。その須藤勲が、法外な慰謝料を請求した妻を逆恨みしたとしたら、どうだろう。まして、親権まで取り上げられたのだ。少しの間だけでも、息子を手元に置きたいと思って当然かもしれない。

小此木の連想は、さらに続いた。三島の借家のそばで、飛び出してきた守に声をかけ、内緒で連れてゆく。そして、無邪気にはしゃぐ息子を眺めているうちに、ふいに思いつく。身代金を要求する電話を掛けたら、面白いことになるかもしれない。常識的な判断からして、父親が誘拐犯と考える人間はいない。むろん、ほんの悪戯だ。妻はファザコンなのだから、清三から金を奪えればこれ以上の仕返しはない。

しかし、と小此木はすぐに思い直した。誘拐した息子の命を父親が奪うなんてことは、絶対にあり得ない。

「このあたりでいいか」

白石の言葉で、小此木は我に返った。うなずくと、二人揃《そろ》って原田に頭を下げた。

「いろいろとお話を聞かせていただき、ありがとうございました。我々が来たことは、どうかご内密にお願いします」

「心得ていますよ」

笑みを浮かべた原田を前にして、小此木は白石とともに長椅子から立ち上がった。

「どう思う」

淵野辺駅へ足を向けながら、白石が大きな声で言った。

「はっきりしないな。怪しい点は多いが、決定的なものが何一つない」

小此木も声を張り上げた。すぐ脇の国道一六号線は車の騒音が激しく、大声でないと互いの言葉が聞き取れないのだ。

「俺も同感だ。だがな、離婚の経緯について須藤がしゃあしゃあと嘘を並べやがったことが、どうしても引っかかる」

「おまえもやっぱり感じたか。実は、原田の話を聞きながら、一つの筋道を組み立ててみたんだ」

小此木は、さっき考えた事件の仮説を説明すると、付け加えた。

「しかし、一つの要素だけが、どうしてもこの筋道に当てはまらん」

「一つの要素？」

頭一つ長身の白石が顔を向けた。

「ああ、逆恨みで息子を連れてきて、誘拐の悪戯電話を仕掛けるまでは、筋が通りそうな気がする。しかし、実の父親が息子の命まで奪うとは考えられん」

「確かにそうだな。プロ野球の選手の練習を子連れで見に行くほど、須藤は息子を可愛がっていたんだからな」

白石の呟きを耳にし、小此木は踏み出しかけた足を止めた。

プロ野球の選手——

どこかで見た覚えがある。

そのとき、原田の言葉が甦った。

《一度、プロ野球の選手に物凄く高いポルシェを買ってもらったことがあったらしいんですよ。以来、その選手が練習しているグラウンドに、息子を連れてしょっちゅう見に行っているって話していましたよ》

プロ野球の選手に物凄く高いポルシェ――

小此木は息を呑《の》んだ。

どうして、こんな簡単なことを見落としていたんだ。

「おい、三軒茶屋の店の中に、写真パネルが飾ってあったのを覚えているか」

「写真パネルだって」

「忘れたのか。ポルシェの前に立ったジャイアンツの選手と須藤が写っていたじゃないか」

白石が目を見開いた。

「昭和四十九年当時、そのジャイアンツの練習グラウンドは、どこにあった」

「多摩川の河川敷――誘拐された尾畑守くんの遺体が発見された場所から目と鼻の先、おまえ、そう言いたいんだな」

白石の口調が、すっかり興奮を帯びていた。

小此木は大きくうなずくと、言った。

「尾畑守くんの遺体の検視結果を覚えているか」

「ああ、確か、後頭部の打撲が確認され、その衝撃から脳挫傷で死に至った可能性が大きいと検視報告にあったと記憶している。つまり、犯人は何か固い物で守くんの後頭部を殴りつけたか、あるいはコンクリートの地面に仰向《あおむ》けに叩きつけたと、捜査本部や継続捜査班は考えていたわけだ」

「もしも、それが事故死だったとしたら、どうだ」

「事故死――」

白石が目を大きくした。

「これまでの捜査は、誘拐殺人にこだわり過ぎていたのかもしれんぞ」

小此木は、汗ばんだ拳を握り締めた。

6

重藤は、尾畑守誘拐事件の捜査記録を手にしたまま、ふいに我に返った。

記述内容が少しも頭に入ってこない。無意識のうちに、またしても駿河日報の記事のことを考えてしまっていたのだ。その記事は、今日の夕刊に載ったこんな見出しから始まっていた。

《十四年前の尾畑守くん誘拐殺人事件について有力容疑者浮上か》
その見出しを目にしたとき、重藤は息を呑んだものだった。記事は、こう続いていた。
《関係筋によれば、昭和四十九年当時、東京に在住していた男性が当該事件に重大な関わりがあった可能性が高まったとして、現在三島署に置かれている特別捜査班が裏付け捜査を行っている。また、その人物は十代後半時に幼児に対する性的な悪戯未遂のかどで警察に補導された前歴があることも判明した》
記事を書いたのは、例の佐藤文也という記者だろう。しかし、ネタ元はいったい誰なのか。捜査記録をデスクに置くと、重藤は関係者の顔触れを思い浮かべた。怪しいのは、何と言っても特別捜査班の六名だ。記事が出ると三島署内に険悪な空気が一気に充満し、ほとんどの署員が重藤を含めた特別捜査班に敵意の籠もった視線を投げつけてきた。その無言の非難は、情報漏洩《ろうえい》に対する憤りと、継続捜査班が見出し得なかった筋をあっさりと探り出したことへの悔しさが入り混じっているようにも感じられた。
とはいえ、六名以外にも、あの程度の内容なら、静岡県警内部で知り得る人物が少なくない。三島署の上層部や県警のお偉方連中であれば、難なく捜査情報を入手できるのだ。だが、問題は別にある、と重藤は宙を見つめて思う。いまこの時点で、なぜあの内容をマスコミに漏らす必要があったのだろうか。

むろん、警察が捜査状況を外部に小出しにすることは、珍しいことではない。執拗に夜回りをかけてくる警察担当記者に対して、捜査員がつい口を滑らせることも、警官も人間である以上、やむを得ない部分がある。憐憫《れんびん》、傲慢《ごうまん》、あるいは馴《な》れ合いが、油断を生じさせるのだ。それに広報の定例の記者会見では、捜査の進捗《しんちょく》状況について、ある程度の報告がなされるのが常であり、捜査員たちに貼《は》り付く新聞記者に対して、ときには極めて重大な事実がわざと流されることもある。

それは、警察の活動によって、凶悪な事件の解明が進んでいるという事実を知らせることにより、サツ回りの記者たちを納得させるためなのだ。彼らの持つペンの先には、犯罪の恐怖に戦《おのの》く一般市民がおり、犯人に対して激昂《げきこう》している世論が厳然と控えている。それを背負っているという自負こそ、捜査情報を執拗に要求する彼らの錦の御旗《みはた》にほかならない。場合によっては、逮捕に至っていない犯人に罠を仕掛けるために、偽の情報が意図的にばら撒《ま》かれることすらある。もっとも、それはまさに、例外的な事態だが。

しかし、今回の情報の漏洩は、そのいずれにも該当しない。米山克己が尾畑守誘拐事件の犯人だという確定的な証拠は、まだ何もないのだ。愚かしい勇み足と断ぜざるを得ない。だからこそ、駿河日報も十分に用心して、事件捜査に深く関わった人間以外、誰のことを指しているか特定できないような書き方をしたのだろう。

もしかすると、何者かが米山克己犯人説を広めようとしているのか。重藤にそう考えさせる要因は、何よりもこの事件が時効目前という点だった。状況証拠の積み重ねと、ほかに犯人となり得る人物が存在しないという消去法のロジックで、米山克己を強引に犯人と断定してしまえば、この誘拐事件は表面的には時効を免れることができる。

とはいえ、現状のままで結論をそこへ落着させることが、どれほど危険な賭けかは誰の目にも明らかだ。万が一、後日この結論と矛盾する材料が見つかれば、重大な責任問題に発展する可能性がある。まして、その結論の検証を、ハイエナのようなマスコミが放っておくはずはない。よほど盤石な証拠か、犯行を確実に裏付ける直接的な証言でもなければ、単なる消去法はすぐさま馬脚を現し、論拠を徹底的に打ち砕かれる。

ここはどうあっても、ネタ元を摑《つか》んでおく必要がある、と重藤は思った。それは、さして難しくないかもしれない。いずれ、その人物は、捜査の流れを米山克己犯人説に持って行こうと躍起になるに決まっているのだから。

重藤はおもむろに立ち上がった。

そろそろ捜査会議の時刻だった。

「尾畑守くんの遺体発見現場と須藤勲には、明らかな接点があることが判明しました」

小此木が起立したまま、張りのある声で言った。

捜査会議の行われている小会議室に、いっきに緊張感が張り詰めた。

「それは、どういうことだ」

重藤が訊き返した。

間島も、小此木を凝視していた。

寺嶋も眉間に皺《しわ》を寄せて、小此木を見据えている。

「須藤勲はかつて高額のポルシェをプロ野球選手に売りつけることに成功しています。しかも、それ以降、彼は息子を連れて、その選手が練習するグラウンドをしばしば訪れていたそうです。ポルシェの購入者はジャイアンツの有名選手であり、その練習グラウンドは、当時、遺体発見現場となった多摩川河川敷から目と鼻の先にほかなりません」

重藤が腕組みしたまま首を傾げた。

「確かに接点といえるかもしれんが、その事実と誘拐事件はどう繋がるのだ」

「その点についてお答えする前に、もう一つ、報告があります。須藤勲と懇意にしていた中古車買い取り業者の原田徳郎の証言によれば、須藤と小枝子が離婚するに至った原因は、彼の浮気だったとのことです。浮気相手は銀座のクラブのホステスで、小枝子から多額の慰謝料まで請求されて、須藤勲はひどく腹を立てていたことも判明しました」

「以前の報告では、二人が円満離婚したと聞いた覚えがあるぞ」

腕組みを解いた重藤が、素早く掌を向けた。

「それが、まったくの作り話だったんです。原田徳郎は浮気のアリバイ工作に加担し、浮気の発覚後、小枝子から怒りの電話が掛かってきたとのことですが、恐ろしいほどの剣幕だったそうです。当然、須藤本人に対しても、彼女の怒りは尋常ではなかったと考えざるを得ません」

「そのことを逆恨みして、自分の息子の誘拐を思いついたと、まさか、そう言いたいのか」

「そんな馬鹿なことがあるかよ」

寺嶋が、重藤の発言に被《かぶ》せるように声を張り上げた。

「いいえ。私たちの筋読みは若干違います。須藤勲は自分自身でも認めている子煩悩な人物です。離婚裁判で親権を取り上げられたことにも、腹を立てていたそうですから。もしかすると、小枝子に内緒で、ほんの少しの間、息子をそばに置いておきたいと考え、勝手に連れ出したのかもしれません。そのとき、ふいに身代金の要求という悪戯電話を思いついたという推定はどうでしょう。脅迫を続けるうちに、いっそのこと警察の裏をかいて、尾畑清三と直接取引をすることを考え付いたと推定すれば、連絡の途絶にも納得がいきます。つまり、逆恨みによる仕返しと、事業資金獲得の一石二鳥です。しかも、常識的な判断からして、実の父親が誘拐犯と考える人間はいないという計算だったのではないでしょうか。小枝子に対して、これ以上の仕返しはないわけです」

「管理官、私にも発言させてください」

言いながら、勝田が腰を浮かしかけた。

途端に、小此木が怒声を発した。

「おい、こっちが報告している最中だぞ。終わりまで黙って聞いていろ」

「黙っていられるか。父親が息子を誘拐して、挙句に殺したなんて、おまえ、本気で考えているのか」

勝田が、負けじと言い返した。

「二人とも、落ち着け」

重藤は大きな声を出した。

「小此木、報告を続けろ」

顔を紅潮させた小此木がうなずいた。

「はい、守くんの死が当初の見立てのような殺人ではなく事故死だったとすれば、どうでしょう。つまり、連れ出した息子を、須藤勲は手違いから事故死させてしまった。愕然《がくぜん》としたものの、とりあえず、遺体を何とかしなければならない。そのとき、二人でしばしば訪れた多摩川の練習グラウンドを思い浮かべたのです。あの近くの河川敷に遺体を隠せば、人目も多く、すぐに見つかるだろう。そうすれば、親として正々堂々と葬儀ができる。そういう計算だったとは考えられないでしょうか。万が一、水中の遺体に目を留める者がいなかったとしても、遺体をタオルで包み、わずか三ミリ程度の細い麻紐で二つの鉄アレイに繋いで水中に沈めておけば、ほどなく紐が切れて遺体が浮上する、そんな計算だった可能性もあります。そして、三人の中学生が投げた石がたまたまその紐に当たり、遺体は浮上した。このように、すべての辻褄《つじつま》が合います」

「単なる推論ばかりで、まったく証拠がないじゃないか」

勝田がまたしても声を張り上げた。

「それを言うなら、そっちの変態性欲云々《うんぬん》の推理だって、全然裏付けがないぞ」

小此木が怒鳴り返した。

「よし、そこまでだ」

重藤は手を挙げて小此木を制すと、勝田に目を向けた。

「勝田、言いたいことがあるのなら、冷静に言え」

「わかりました。いまの筋読みには、明らかに大きな穴があります。須藤勲が守くんを連れ去ったとしたら、二人の姿を目撃した人間がどうして一人もいないのでしょうか。須藤勲は車での移動が多かったと言います。しかも、当時、彼の所有する車は真っ赤なジャガーだった。そんな車で三島の住宅街に乗りつけて、誰の目にも触れないなんてことがあり得るわけがない」

「どうだ、小此木、白石、反論があるか」

「あります。須藤が息子を車で連れ去ったかどうか、何の決め手もありませんし、借り物の地味な車を使ったという推定も排除できません。それよりも、勝田警部補は米山克己が死体愛好の変質者だから、人目に付きやすい多摩川の河川敷付近に遺体を隠したと主張しましたが、いくら変態でも、発覚すればほぼ死刑が確実である誘拐事件の決定的な証拠となる遺体を、あんな場所に遺棄するはずはありません。しかし、須藤勲が守くんを連れ去った直後に事故死したと考えれば、話は別です。彼には息子を誘拐し、殺害したという意識がまったくないからです」

「反論になっていないぞ」

勝田が怒鳴った。

「だったら、そっちも反論してみろ」

白石も言い返す。

そこに庄司や小此木の不規則発言が加わり、小会議室の中に怒鳴り声がひとしきり谺《こだま》した。その様子に、寺嶋が舌打ちしながら、苦々しい表情で首を振った。

「静かにしろ。ここで揉めても、得るものは何もないぞ」

重藤の一喝で、騒ぎは水を打ったように静まった。

そのとき、勝田が再び立ち上がった。

「管理官、米山克己の容疑が濃くなったと思われます」

「どういうことだ、説明してみろ」

「本日、私と庄司は米山克己の自宅を訪れ、彼と面談しました。そして、昭和四十九年の夏、裾野市の実家に帰省していたかどうか、また、その年の年末に、山手線の車両内で菊池健太郎に声をかけて、不審な行動をとったかどうかを尋ねました。しかし、米山克己は記憶にないの一点張りでした。とはいえ、菊池健太郎の名前を持ち出したとき、まったく反応を見せなかったことは、逆に不自然極まりないのではないでしょうか。父親の米山勇一からの連絡で、私たちが菊池健太郎に面談することを知って、十分に用心していたと見るべきです」

勝田がそのときの状況を説明してゆく。そして、浪人時代の幼児に対する強制猥褻《わいせつ》未遂の件を持ち出した途端に、米山克己の虚勢がぐらついたことを述べると、続けた。

「しかも、七月の月末の夜、裾野市内を車で通行したかという質問に対して、明らかに動揺を示しました。米山克己はこちらの捜査に明らかに過敏になっています」

「やはり、米山克己は臭いぞ」

寺嶋が大きな声を張り上げた。

重藤がまたしても腕組みをして考え込む。

そのとき、ずっと黙したまま座っていた辰川が手を挙げた。

重藤が腕組みを解いた。

「辰川さん、そちらはどうでしたか」

「私たちは、尾畑理恵さんに面談して、事件当日のことや、祖父の尾畑清三さんに引き取られてからのことを訊いてみました。しかし、尾畑理恵さんは、十四年前の事件の日のことをほとんど覚えていないそうです」

「それは本当ですか」

「ええ、どうやら本当のようです。事件の起きた日、母親はひどく取り乱し、見知らぬ捜査員が家へ入り込んできて周囲がひどく慌ただしかったうえに、何が起きたのか、説明してくれる者もおらず、事件のことをきちんと認識したのは、ずっと後になってからだったと話していました。三島の借家の中で守くんが何をしていたのか、その姿すら思い出せないんだそうです。そのために、実際に経験したことと、後から伝聞で知ったことが交錯していて、現実と思い込みの区別がつかないと零《こぼ》しておりました」

「尾畑小枝子さんや父親の清三さんは、今回の捜査に冷淡な態度を示しているそうですが、その娘さんの反応も、それと同じなのではありませんか」

「いいえ、彼女の態度には、こちらの聞き取りを拒絶するような素振りは少しもありませんでした。しかし、一つ、気になる証言を得ました」

その言葉に、隣に座っている間島もうなずく。

「それは、昭和四十九年七月二十六日に引っ越した三島の借家の界隈《かいわい》について、祖母の房子さんの実家が至近にあり、尾畑清三さんはよくご存じだったはずという点です」

重藤が首を傾げた。

「しかし、尾畑清三さんは、その借家について質問されたとき、そんなことは一言も言わなかったのではありませんか」

「そのとおりです。彼がわざと黙っていたのか、それとも、単に関係ないと思って口にしなかったのか、どちらかはわかりませんが、前者だったとすれば、かなり問題だと思います」

辰川が一つ咳払いをして、続けた。

「重藤警視、私の意見を述べてもかまわないでしょうか」

「むろんです」

「米山克己も須藤勲も確かに疑わしい点があります。しかし、以前にも強調したように、確実な証拠がなければ、どちらも決め手に至らないでしょう。その意味で、尾畑家の人々についても、さらに調べを進めるべきだと私は確信します」

大きくうなずく重藤を、間島は見つめた。

7

三島署の玄関を出ると、庄司は裏手の駐車場へ急ぎ足で向かった。

真っ黒な空には星が見当たらず、残暑の余韻の籠もった蒸し暑い夜気の中に、虫の音が響いている。肩や足腰に、重い疲れが溜《た》まっていた。しかし、それ以上に、胸の裡《うち》にやり場のない苛立《いらだ》ちがあって、一刻も早くこの場から離れたかった。

「庄司さん」

いきなり背後から声がかかった。

振り返ると、十メートルほど離れた場所に、駿河日報の佐藤文也が立っていた。

「昼前は、いいネタをありがとうございました」

「馬鹿、声がでかいぞ」

「大丈夫ですよ。周囲に誰もいないことは確認済みですから。それにしても、社にわざわざ電話をくれるなんて、いったいどんな風の吹き回しなんですか」

近づきながら、佐藤文也がニヤニヤして言った。

「風の吹き回しなんかじゃねえよ。たまにはブンヤにネタを提供しておかないと、どんな批判的な記事を書かれるかわからねえからな」

息苦しいほどの胸の鼓動を感じながら、それだけ言った。

「だったら、五歳児に性的悪戯を仕掛けたって人物について、もう少し詳しく教えてくれませんか。それに、捜査はどの程度進んでいるんですかね」

「柳の下に二匹目の泥鰌《どじょう》がいると思ったら、大間違いだぞ。あとは自分で調べるんだな」

言い残すと、庄司は素早く踵《きびす》を返して、自分のシビックのドアを開けた。

「庄司さん、ちょっと待ってください」

閉めたばかりのドアのガラス越しに、佐藤文也が言った。

だが、それを無視して、庄司はシビックを発進させた。右側のサイドミラーに、暗い駐車場にポツンと立ち尽くす佐藤文也の姿が映っている。それを見やりながら、彼は大きく息を吐いた。そして、国道一号線に乗り入れたところで、ようやく胸の鼓動が収まってきたものの、むしろ複雑な気持ちになっていた。

寺嶋から示唆されたとはいえ、駿河日報に捜査情報を流すことに、最初、庄司は乗り気ではなかった。勝田がどれほど熱を入れようとも、米山克己が百パーセント確実に犯人だと断定することに、どこかで躊躇《ちゅうちょ》を感じていたからである。確かに、疑わしい点はかなり浮かび上がっていた。昭和四十九年七月二十七日のアリバイがあやふやなこと。浪人生のとき、五歳児に性的悪戯に及ぼうとしたという事実。何よりも、事件の起きた年の年末に、尾行を恐れるような挙動を示したという菊池健太郎の証言が、米山克己が真犯人だと執拗に囁きかけていた。米山勇一の本籍地が富士市だと判明した刹那《せつな》、すべての迷いが吹き飛んだ気がしたものである。

だが、辰川の言い分ではないが、決定的な証拠は何も見つかっていない。そう思えば思うほど、早まるな、偶然の一致かもしれないぞ、という怯《おび》えた声が頭の中に繰り返し谺する。米山克己がネクロフィリアという特殊な性向の人間だったという点も、尾畑守の遺体が多摩川の河川敷付近の水底という人目に付きやすい場所に隠されていたこととの確実な理由になり得るかといえば、本音では、小此木の考えに近いものを感じていた。

しかし、と庄司はいまになって思う。さっきの捜査会議での勝田の興奮ぶりは、どうだろう。明らかに、駿河日報のあの記事に触発されたのではないだろうか。そこに、寺嶋が火に油を注ぐような発言をしたのは、米山克己が真犯人という結論に、強引に持って行こうとしているとしか思えない。

だが、万が一、米山克己が白だったら、どうする——

庄司は歯を食いしばったまま、車の中で首を振った。

いいや、米山克己は、絶対に何かを隠している。

直当《じか》たりしたときのあいつの態度は、紛れもなく後ろ暗いものを抱えた犯罪者のそれだった。

それを探り出せばいいだけのことだ。

彼は息苦しくなり、片手でネクタイを緩めた。

8

間島は三島署の階段を駆け上がった。

そして、先ほど退室したばかりの小会議室のドアの前に立った。ドアをノックすると、中から「どうぞ」という声が返ってきた。

「失礼します」

言いながら、彼はドアを開けた。思ったとおり、上座のテーブルで重藤が書き物をしている。たぶん、捜査会議の記録をまとめているのだろう。

「どうした、間島」

顔を上げた重藤が、手を止めて言った。

「捜査会議のときに言い忘れた点があったので、戻ってまいりました」

「だったら、まあ座れ」

「いえ、それほど時間はかかりませんので、立ったままで結構です」

背筋を伸ばしたまま、間島はかぶりを振った。

「そうか。で、言い忘れたこととは何だ」

「尾畑理恵さんのことです。辰川さんが報告したように、彼女は、私たちの質問にとても素直に答えてくれました」

「そのようだな」

「実は、昨日、彼女の所在を確かめるために、母親の尾畑小枝子さんに電話を入れました。しかし、いつものようになかなか肝心の点を教えてくれませんでした。それでも、どうにか聞き出せたものの、彼女は、事件が起きたとき、娘はたった七歳だったのだから、会う必要はないと、こちらの捜査に釘を刺そうとしたんです」

「困った人物だな。だが、それがどうした」

重藤がかすかに目を細めた。

「当然、彼女は、私たちが尾畑理恵さんのもとを訪れることを、先回りして電話するだろうと推測しました」

「していなかった、ということか」

「いいえ、間違いなく、電話したはずです」

間島は置き忘れた手帳を取りに、アパートに戻ったときのことを説明し、続けた。

「母親から電話が入ったからこそ、図書館に出かける時間を遅らせてまで、私たちが来るのを待ち構えていた、とそう思えるんです」

「つまり、尾畑理恵さんは、事件に何かわだかまりを持っているということか」

「そうだと思います。しかも、彼女は辰川さんが質問したことに興味を示したんです」

「辰川さんは、何を質問したんだ」

「昭和四十九年七月二十七日に、三島の家から尾畑守くんが二度飛び出したとき、あなたは一度目に気付かなかったんですか、とそう質問したんです。そこで、私は捜査に差し支えない程度に、捜査記録にあった尾畑守くんの行動のことや、その姿を向かいの住人が二階から目撃したことなどを説明しました」

「それを聞いて、尾畑理恵さんは何と言った」

「何も言わず、考え込んでいました。――管理官、もしかしたら、彼女は事件についいて何かを知っているのではないでしょうか。あるいは、何か釈然としないものを感じて、それで、私たちが来るのを、敢《あ》えて待ち構えていたのかもしれません」

一瞬、重藤が黙り込んだ。だが、すぐに言った。

「それは何だと思う」

「まだわかりません。しかし、彼女の口にした言葉に、その答えがあるような気がします。尾畑理恵さんは、私にこう言いました。《どれが伝聞で、何が本当に自分の経験なのか、まったく区別がつかないんです。想像しただけの場面を、現実だと思い込んでいるんじゃないか。反対に、実際に目にしたはずのことを、錯覚と勘違いしているのかもしれないって、あれからずっと、そんな不安な気持ちのままなんです》と」

「だから、警察の知っている事件の詳細な状況を知りたかったというわけか」

はい、と間島はうなずいた。

「どうやら、尾畑理恵という人物について、もっと調べる必要がありそうだな」

「言い忘れた点はそれだけです。これで失礼します」

間島は一礼して、踵を返しかけて、足を止めた。

「どうした」

「事件と関係のないことを、少しだけお訊きしてもよろしいでしょうか」

重藤が怪訝《けげん》な表情を浮かべた。

「何だ、かまわんから、言ってみろ」

「辰川さんのことです。重藤警視は、あの人にだけ言葉遣いが違う。それはどうしてなのですか」

「あの人は、私が駆け出しの頃、指導してくれた先輩だったからさ。その頃は、刑事課の腕利き刑事だったよ」

「しかし、いまは新居署の生活安全課にいるとおっしゃっていましたけど」

「自ら願い出て、部署を移ったんだ」

「なぜですか」

口にしてから、出過ぎた質問だったと間島は後悔した。

だが、重藤が珍しく歯を見せた。

「一緒に組んでいて、あの人をどう思う」

「人当たりの優しい方だと思います。でも、警官としての観察眼は並大抵じゃない」

重藤がうなずく。

「そのとおりだ。辰川さんが人や現場を見る目は、文字どおり職人業だ。だからこそ、奥さんの苦労を放っておけなかったのだろう。母親が寝たきりになり、その看護疲れで、奥さんまでが体を悪くされてな。それで最も多忙な刑事課から身を引く決心をされたんだ。あのままいたとしたら、その実績だけでも、今頃はもっと上に行っていただろう。もったいないことだ。定年まで、もう一年を切っているはずだからな」

「奥様は、もう良くなられたのですか」

これも余計な詮索だなと思いながらも、間島は口にしていた。

「ああ、それは大丈夫だ。それに、お亡くなりになった母親を丁重に弔われて、いまは存分に動ける。だからこそ、今回の特別捜査班を編成すると決まったとき、私は真っ先にあの人に手を貸してもらおうと決めたのだ」

「納得しました」

間島はもう一度頭を下げると、小会議室を出た。

9

勝田と庄司は、豊島区大塚の裏路地を歩いていた。

二人は、これからある人物に会うつもりだった。米山勇一の従弟《いとこ》、米山肇《はじめ》である。彼は、東京の大学に進学した米山克己の面倒を見た人物にほかならない。

庄司は歩きながら、改めて米山克己の顔を思い浮かべていた。目を付けてから、すでに二週間以上。内偵の結果、その生活ぶりは、判で押したように規則的で、定時出勤、定時帰宅の繰り返しと判明している。深い付き合いのある女性もいないらしい。

休みの日にもほとんど外出せず、来客も見られない。隣近所や仕事先の関係者にも当たり、その人となりや不審な行動の有無も問い質《ただ》してみたものの、何一つ引っかかる証言は得られなかった。つまり、犯行に関する直接的な証言や証拠は皆無なのだ。これでは任意同行に踏み切ることすら不可能だろう。

細い坂道を下り、電信柱の住所表示を確かめてから、昔からあるらしい商店街へ足を踏み入れた。目指す家は、その道から細い路地を入った奥にあった。柘植《つげ》の生垣の先に古い平屋の玄関があり、黒い板壁に《米山》という表札が掛かっていた。

勝田が呼び鈴を押した。

「どなたですか」

しばらくして、男のしゃがれた声が返ってきた。

「警察です。米山肇さんに、ちょっとお訊きしたいことがありまして、お訪ねしました」

かすかに間があり、それから錠を外す音がして、玄関の扉が開いた。

顔を見せたのは、目の細い小柄な男性だった。痩せた知的な容貌で、歳は六十過ぎと思われた。

「私が、米山肇ですが」

不安そうな表情で言った。

「お取り込みのところ、まことに済みません。静岡の三島署の勝田と申します」

勝田が身分証明書を提示した。庄司も同じようにして、「庄司です」と低頭する。

「あなたの従兄の息子さんになる米山克己さんについて、少しお話を聞かせていただきたいと思いまして、お訪ねしました」

「克己のこと――」

米山肇の表情が険しくなった。

「米山克己さんが東京の大学に通われていたとき、お世話されたそうですね」

「あれのことだったら、私とは何の関係もありませんから、どうぞ、お引き取りください」

言うなり、玄関の扉を閉めかけた。

慌ててその扉を手で押さえると、勝田が強い調子で言った。

「何の関係もないとは、どういう意味ですか」

「あれとは、絶縁しているという意味です」

憮然《ぶぜん》とした顔つきで、米山肇が言った。

勝田が庄司と目を見交わし、向き直ると言った。

「実は私ども、十四年前に起きた重大事件について捜査をしておりまして」

「重大事件ですって」

「はい、人命が奪われた事件です」

米山肇の表情が変わった。そして、閉めようとしていた扉を再び開いた。

「克己の何を知りたいんですか」

「米山克己さんは大学生の頃、どんな方でしたか」

「どんなと訊かれても、何と答えていいものやら。まあ、強《し》いて言うなら、甘やかされて育ったという感じでしたな。何回かこの家にも呼んで、晩飯を御馳走《ごちそう》してやりましたが、まともに礼の言葉も口にできないような奴でしたよ」

「一人息子なら、米山克己さん、かなりの仕送りを受けていたんでしょうね」

「父親の勇一さんはひどく心配していたようですから、それなりのことをしたんじゃないですか」

「克己さん、どんな生活を送っていらしたんですか」

「さあ、克己のアパートに入ったことはなかったし、勇一さんから聞いた覚えもありませんな」

渋い表情になった勝田が、庄司に目を向けた。

大学生の時分、米山克己が第二桜荘の二階にあった三所帯の真ん中に住んでいたことは、菊池健太郎から聞き出してあった。庄司は身を乗り出すと、言った。

「克己さんと絶縁しているとおっしゃいましたが、どういう経緯でそうなったんですか」

米山肇が言い淀《よど》んだので、庄司は続けた。

「プライバシーに関わる質問だということは承知しております。しかし、先ほども申し上げましたように、人命が奪われた重大事件の捜査ですから、その点をお含みおきください」

米山肇が大きく息を吐いた。そして、おもむろに口を開いた。

「あれが、怪しげな素振りを見せたからですよ」

「怪しげな素振り？」

「ええ。先ほど克己のアパートに入ったことがないと言いましたが、私が出かけなかったわけじゃない。絶対に来るなと釘を刺されていたからなんです。とはいえ、勇一さんから頼まれた手前、目を離すわけにはいかないので、何度か押しかけました。若者が田舎から単身上京したんだから、親の目は届かないし、悪い連中と付き合ったり、気が緩んで道を踏み外したりしないとも限らないですからね。ところが、いつも門前払いでしたよ」

「なるほど」

庄司は神妙にうなずく。米山勇一が従弟に息子の面倒を見ることを依頼した気持ちが、わかる気がした。かつて一度、米山克己は道を踏み外しかけたのだ。二度とそんなことのないようにと、祈るような気持ちで頼んだのだろう。

「しかし、それだけで絶縁とは、いささか厳し過ぎるんじゃないですか」

「それだけで縁を切るほど、私だって短気じゃありません」

「ほかにも、何かあったんですか」

「克己がうちの車を勝手に持ち出した挙句に、違反まで起こしたからですよ。しかも、取り締まりに当たっていた警官から逃げ出して、取り押さえられるという醜態まで晒《さら》したんですから。そのうえ、私に泣きついてきたから、仕方がなく事後処理に走り回ったというのに、とうとう詫《わ》びの言葉一つなかった」

呆《あき》れてものも言えない、と米山肇は吐き捨てるように言い添えた。

すると、勝田が身を乗り出した。

「どんな違反ですか。それに、何時《いつ》頃のことですか」

「駐車違反ですよ。あれが大学四年のときだったかな」

一瞬、息を呑んだように勝田が黙ったものの、すぐに言った。

「何月のことでしたか」

「確か、夏休み中でしたね」

「場所は、どこでした」

矢継ぎ早の質問に、米山肇が驚いた表情を浮かべたものの、大きく息を吐くと言った。

「静岡の三島市内ですよ」

10

間島は、辰川とともに富士駅から外へ出た。

真夏の日差しだった。ここ数日間、二人は尾畑理恵の高校や中学の同級生のもとを訪れて、彼女の人となりや言動に不審な点がないかどうかを調べていた。だが、それらの人々から聞き出せた彼女の人物像は、およそ後ろ暗さからかけ離れたものだった。真面目《まじめ》、親切、穏やかなどの言葉を、会う人ごとに聞かされたのである。

そこで、二人はこれから富士駅近くの田沢医師を訪ねるつもりだった。以前、尾畑小枝子のことで聞き取りをした人物だったが、その後の捜査で、祖父のもとに身を寄せていたとき、尾畑理恵も彼の診察を受けていたことが明らかになったからだ。医者という立場なら、ほかの知り合いとは別の観点から、彼女を見ている可能性があると辰川が考えたのである。しかも、弟が誘拐された直後、理恵が体調を崩していたというのも気に掛かる点だった。

駅前のロータリー沿いを歩き、小さな商店街を抜けると、すぐに住宅街となった。

田沢小児科は、駅から五分ほどの至近にあった。医院の玄関を入ると、消毒薬の匂いの籠もった八畳ほどの広さの待合室になっており、古いソファと居間で使うような木の椅子が五脚置かれており、二組の患者が座っていた。一組は赤ん坊を抱いた若い女性。もう一組は男の子を連れた中年男性だった。

間島は受付に近寄ると、昔風の磨《す》りガラスの嵌《はま》った窓口に警察手帳の身分証明書を示して、眼鏡をかけた初老の看護婦に向かって声を落として言った。

「私、こういう者です。先生にちょっとお会いしたいんですが」

すると、窓口の向こう側の看護婦が目を大きくした。

「ちょっとお待ちください。いまお伝えしますので」

彼女は慌てた様子で言うと、立ち上がって奥に消えた。それを見届けてから、辰川の座っている横の椅子に、間島も腰を下ろした。

二組の患者の診察が終わった後、診察室のドアが開き、白衣姿の田沢医師が顔を覗《のぞ》かせ、

「また調べものですか。どうぞお入りください」

と言った。銀髪を思わせる七三分けの髪で、端正な顔立ちの老人である。

間島は、辰川とともに立ち上がると、診察室に入った。白い壁、綺麗《きれい》に整理された診察用のデスク。隣の調剤室との間には、白いカーテンが下がっていた。

二人は診察室の椅子に腰かけた。

「診察時間中に度々お邪魔して、まことに申し訳ありません」

辰川が頭を下げた。間島もそれに倣った。

すると、田沢医師は手を振った。

「いやいや、そちらも大事なお仕事ですから、どうぞご遠慮なく」

「でしたら、お言葉に甘えて、少しだけ質問させていただきます。以前にお伺いしたときには、尾畑小枝子さんのことをお訊きしましたが、今日は、娘の尾畑理恵さんについて、お話を聞かせていただきたいんです」

「尾畑理恵さんですか」

「ええ、昭和四十九年七月下旬から二か月ほどの間、七歳だった彼女は祖父の尾畑清三さんの家に預けられていました。そのおりに体調を崩して、何度か、こちらで診察を受けているはずなんです。先生は、その患者のことを何か覚えていらっしゃいませんか」

「かなり昔のことですな。尾畑小枝子さんにとって、私は主治医みたいなものだったし、清三さんとは古い知り合いで、診察時間以外でも容赦なく駆け込んできましたから、それなりに覚えていますけど、理恵さんについては、まったく記憶にありませんねえ」

「尾畑理恵さんは、清三さんの家で発熱や嘔吐《おうと》の症状を示したそうなんです」

田沢医師は腕組みすると、眉間に皺を寄せて考え込んでいたが、ふいに腕組みを解くと、

「ちょっとお待ちください」

と言い、立ち上がって横の調剤室へ入った。白いカーテンの奥で、彼が看護婦と何事か話している声が聞こえた。

しばらくすると、カーテンが開き、田沢医師が手ぶらで戻ってきた。

「うろ覚えですが、看護婦が少しだけ記憶していました。確かに、尾畑清三さんがお孫さんを連れて診察を受けに来たことがあったそうですよ。子供の頃の小枝子さんによく似ていて、清三さんがひどく可愛がっていたので、それで頭に残っていたんだそうです」

「で、どんな病状だったんですか」

「さあ、カルテがもう残っていませんから、はっきりしたことはわかりません。たぶん、夏風邪だったんでしょう」

「そのほかに、何か気が付いた点はありませんでしたか」

「そうですな、看護婦と話しているうちに、私もひょいと思い出したことがあるんですが、母親と同じでしたね」

「尾畑小枝子さんと同じとは、どういうことですか」

「体に青痣《あおあざ》が残っていた、そんな記憶があるんです」

田沢医師の言葉に辰川が黙り込んだ。


田沢小児科を出ると、間島は立ち止まった。

「田沢先生の話を、どう思われますか」

「尾畑理恵さんの体に青痣があったという話ですか」

辰川が言った。

ええ、と間島はうなずきながら思った。尾畑守誘拐事件について、尾畑理恵が示した態度やものの言い方に含まれているある種の不自然な雰囲気は、ひょっとすると、その体に残されていた青痣と何か関連があるのかもしれない。

「尾畑清三さんが折檻したとは、とても考えられませんね。孫娘というものは、娘以上に可愛いものです。となれば、母親が手を上げたと考えざるを得ないでしょう」

「そうでしょうね。父親の須藤勲さんは、すでに小枝子さんと離婚していたし――」

言いかけて、それまでまったく考えもしなかった想像が間島の脳裏を掠《かす》めた。

「守くんと喧嘩して、青痣ができたという可能性はどうでしょう」

間島は捜査記録の一つの記述を思い返していた。引っ越しの当日、富士市の実家の前で、尾畑小枝子が杉山芳江と立ち話をしたときに、二人の話題の中に、子供たちの兄弟喧嘩が含まれていたという。

辰川が黙り込んだ。その沈黙が、同じことを思い浮かべていることを物語っていた。

やがて、辰川が口を開いた。

「喧嘩のアクシデントで、理恵さんが守くんを死に至らしめたと考えるんですか」

一拍の間の後、間島は苦笑いを浮かべた。

「いくらなんでも、飛躍し過ぎですよね。叩いたのは、やはり小枝子さんでしょう」

そう言いながら、間島は尾畑清三宅の隣家の主婦から耳にした話を思い出した。小枝子も子供の頃、ひどく折檻されていたという。清三の浮気に腹を立てた房子が、八つ当たりしたものだったらしい。小枝子が理恵に手を上げたのも、同じ理由だったのかもしれない。須藤勲はひどい浮気性だったと、小此木と白石が報告していたことも思い出した。

そのとき、辰川がまたしても考え込んでいることに、間島は気が付いた。

「どうかしたんですか」

「田沢先生からお話を伺っているときに、ふいに思い当たったことがあるんです」

「何ですか」

「引っ越しのとき、尾畑清三さんはどの時点で、三島の借家から帰ったのでしょう」

そう言われて、間島は捜査記録の記述を思い返した。確か、昭和四十九年七月二十七日の午後五時半頃、尾畑清三は三島の借家から軽トラックで帰宅したと記されていた。それが尾畑清三自身の申告だったということも、記憶に残っている。

「尾畑清三さんの申告では、午後五時半頃だったはずですが」

「その申告について、誰かが裏を取ったんですか」

「いいえ、捜査記録には、そんな記述はありませんでした」

「尾畑清三さんは小枝子さんを溺愛しているんですよ。引っ越したばかりで、まだ整理も済んでいなかったのでしょう。それなのに、さっさと自分だけ帰りますか」

見落とし。

息詰まる思いとともに、間島は辰川の指摘の重大性に気が付いた。

「確かめてみる必要がありますね」

二人は富士駅へ足を向けた。

11

「十四年前の駐車違反だって——」

三島署の交通課の課長が、素っ頓狂な声を上げた。

「ええ、昭和四十九年の七月下旬から八月にかけて、三島市内の徳倉《とくら》という地域です。夜分に若い男が駐車違反を起こした挙句に、現場で挙動不審につき取り押さえられるという事態があったはずです」

勝田が言った。三島署の一階、交通課の部署の奥、課長のデスクの前に立っている。庄司は脇に控えていたが、内心の興奮は抑えようもなかった。午前中、彼と勝田は米山肇と面談し、決定的と思われる証言を得たのである。あとは、その裏を取るだけなのだ。

「おまえ、警部補のくせに、青切符の保管期間が五年ということも知らんのか」

椅子にふんぞり返ったまま、開襟シャツ姿の課長が言い放った。扁平《へんぺい》な顔で、髭《ひげ》の剃り跡が濃い五十男だ。黒縁眼鏡の奥の一重の目が、冷たい眼差しを向けている。あからさまな厭味《いやみ》だった。三島署全体が特別捜査班を白眼視している。招集から二十日以上が経過したいまとなっては、合流組の勝田や庄司ですら例外ではないということだろう。

「むろん、承知しています。しかし、それでも、取り締まりを行った可能性のある課員に、記憶の有無を確かめていただけませんか」

「おい、この署の管内で毎日どれくらいの駐車違反や交通事故が起きていると思っているんだ。しかも、毎晩のように、クソ餓鬼どもが無茶苦茶な暴走をしやがる。何だか知らんが、交通課の警官に余計なことに時間を割く余裕なんかないぞ」

「余計なことではありません。尾畑守くん誘拐事件の捜査は三島署の最重要案件のはずです」

勝田が言い返すと、課長がムッとした顔つきになった。

「駐車違反が、どうして、あの誘拐事件の捜査に関わってくるんだよ」

「我々は、午前中、米山肇という人物と面談しました。彼の従兄の息子である米山克己は、尾畑守くん誘拐事件の最重要被疑者です――」

勝田が、米山克己の容疑の内容を説明してゆく。

「つまり、その駐車違反で取り締まりのあった日が七月二十七日と特定できれば、大きな前進になるはずです。しかも、駐在所に連行された米山克己は、父親ではなく、わざわざ東京の米山肇を保護者として申請しています。なぜ、目と鼻の先の裾野市にいる父親に連絡を取らなかったのか、変だと思いませんか」

「その米山肇ってのは、米山克己に理由を問い詰めなかったのか」

「むろん、問い詰めたそうです。しかし、米山克己は何一つ答えようとしなかったうえに、親父《おやじ》には黙っていてくれと必死で懇願したんだそうです。課長、よろしいですか、尾畑守くんが三島で誘拐されたのは七月二十七日ですよ。しかも、地図で確認しましたが、徳倉は最初の身代金の受け渡し場所である裾野バス停まで直線距離にして、わずか七キロ強だ」

課長が瞬きもせず黙り込んでいる。

「しかも、そのとき、夜道をどこからか戻ってきた米山克己は、取り締まり中の警官の姿を目にするなり、仰天して逃げ出そうとして、警官に身柄を取り押さえられました」

勝田が、米山肇から耳にした経緯を続けた。駐車違反を犯しただけなのに、その挙動があまりにも怪しいと、米山克己は駐在所へ連行されてしまったのだ。そして、身元確認のための電話が掛かってきて初めて、米山肇はその事実を知ったという。

「もしかすると、誘拐した被害者をその場で殺害して、どこかへ一時的に隠して、車に戻ったところだったのかもしれません」

「なるほどな」

目を細くして、課長が鼻を鳴らした。

「どうでしょう。強力な状況証拠だと思いませんか」

「わかった、わかったよ。だったら、許可してやるから、おまえら二人で、ここの部署の人間に一人一人、直に訊いて回ったらいいだろう」

表情を変えぬまま、庄司は歯を食いしばった。どこまでも、こちらに手を貸さない気なのだ。同時に、これまでの二人のやりとりを、背後の席の課員たちが耳にしているのを痛いほど感じていた。むろん、こっちを刺すような目で見ている輩《やから》もいるに違いない。

　こいつらに協力するなよ。課長の言葉は、課員たちへのそれとない指示でもあるはずだ。万が一、今頃になって特別捜査班が犯人を検挙したりすれば、俺たちはとんだ笑い物だぞ。そう釘を刺している。

　勝田も絶句したように黙り込み、身じろぎもせず、課長を睨みつけている。その視線を撥《は》ね返すように、課長も顎を突き出すようにして睨み返していた。

「そういうことですか。わかりました」

　勝田が強張った口調で言い、大きく息を吸うと、庄司を見た。

「おい、行くぞ」

　交通課を出ると、勝田が足を止めた。

「どうするんです」

　庄司は言った。

　三島署の二階にあてがわれている重藤の執務室の前に、二人は立った。

　庄司はドアをノックした。

「どうした」

勝田が素早くデスクの前に立つ。庄司もドアを閉めて、斜め後ろに寄った。

「管理官、お願いがあります。寺嶋課長を通して、交通課の課長を説得してくださ
い」

「どういうことだ、詳しく説明してみろ」

重藤が手にしていた資料を置いた。

「私たちは米山勇一の従弟の米山肇と面談しました。そして、克己について聞き取り
を行ううちに、興味深い事実が浮かび上がってきたんです――」

勝田が交通課の課長に説明した内容を繰り返した。

重藤の目が大きく広がった。

「本当なのか」

「はい。ですから、交通課の課員全員に、そのときの駐車違反の状況を思い出すよう
に、寺嶋課長を通して協力要請をしていただきたいんです」

重藤が立ち上がった。

「これから寺嶋課長と相談してくる。おまえたちは、ここで待て」

重藤が足早に執務室を出て行った。

「おい、どうなると思う」

いつもの強気が嘘のように、勝田が不安げな口調で言った。

「五分五分、というところでしょうかね」

庄司は言った。しかし、内心では、寺嶋はきっと動くだろうと踏んでいた。米山克己こそが尾畑守誘拐事件の真犯人。その結論を誰よりも熱望しているのは、あの男なのだから。


重藤が戻ってきたのは、一時間近く経ってからだった。

部屋に入るなり、後ろ手にドアを閉めると、応接ソファから立ち上がった勝田と庄司に向き直った。

「いかがでしたか」

「寺嶋さんは、すぐに動いてくれた。そして、交通課の課員に問い合わせが行われ、当時の状況を覚えていた者が判明した。その課員は任官以来、仕事で使った手帳をすべて保管しており、そこに米山克己の身柄を押さえた日時も書き留められていた」

「その日時は？」

勝田が言った。

「七月三十日だ。しかも、そのとき、警官が逃げようとした米山克己の身柄を取り押さえ、駐在所へ連行したのは、尾畑守くん誘拐事件のことが念頭にあったからだったそうだ。だが、駐在所で取り調べを受けた克己からも、車からも、不審なものは何一つ発見されなかったので、誘拐とは無関係と見做《みな》された」

庄司は息を呑んだ。第一回目の身代金の受け渡し日だ。その晩、米山克己は駐車違反で身柄を拘束されていた。これだったのか、身代金の置かれた裾野バス停に、誘拐犯が現れなかった理由は。そして、直当たりのときに、奴が見せた過剰反応の原因もまた、警察に捕まったという動かしがたい事実が存在したからだったのだ。

「重藤管理官、米山克己の任意同行に断固として踏み切るべきです」

勝田が厳しい表情を浮かべて言った。

その横で、庄司も大きくうなずく。

「任意同行だと――」

重藤が眉を上げた。

「そうです。米山克己と尾畑守くん誘拐事件が繋がる可能性を示唆する様々な状況証拠に加えて、身代金受け渡しの当夜、受け渡し指定場所からわずか七キロの場所に米山克己がいたという事実が重なれば、もう十分ではないでしょうか」

二人を凝視しながら、庄司は素早く考えを巡らせた。昭和四十九年七月三十日、身代金を奪うために、米山克己は親代わりの米山肇の車を勝手に持ち出したのだ。父親の軽トラックの荷台の側面には、《米山種苗店》と大書されている。足が付きやすいと危ぶんだのだ。ところが運悪く、三島市内の別の場所で駐車違反を咎《とが》められてしまった。周辺に警官の張り込みがないか、偵察するために車を離れた際の不運だった可能性もある。そして、車に戻ってきた米山克己は、車内を覗き込んでいる制服警官を目にして仰天し、泡を食って逃げ出したのだ。

しかし、このアクシデントが、彼にとんでもない悪知恵を思いつかせたのかもしれない。一回目の身代金の受け渡しに犯人が現れなかったことで、捜査本部はさぞ狼狽《うろた》えたことだろう。そうだ、もう二、三回脅しをかけて、捜査陣を振り回してやればい い、と。しかも、警察に捕まりかけて、既《すんで》のところで誘拐事件の嫌疑をかわした克己は、そこから用心深くなって、電話よりリスクの低い手紙による連絡に切り替えたのだ。

そのとき、重藤が口を開いた。

「いや、任意同行をかけても、米山克己は落ちない可能性がある」

「これ以上、何が必要だとおっしゃるんですか」

勝田が詰め寄った。

重藤が言った。

「確実な証拠、証人、そのどちらかか、あるいは両方だ」

12

間島は、辰川とともに三島市へ戻った。

二人が向かったのは《蒲池家》だった。午後二時過ぎに、彼らは蒲池家の大きな門を久々に潜《くぐ》った。

「また、調べものなんですか」

玄関の上がり框《がまち》で、蒲池花世が細面の一重の顔に呆れたという表情を浮かべた。この前に訪ねたときと同じように、中年で小太りの嫁が同席している。

「ご迷惑をおかけしていることは心からお詫び申し上げます」

辰川が深々と頭を下げる。間島も同じように低頭する。

花世がため息を吐いた。

「年寄りは子供の誘拐なんて嫌な話を聞きたくないんですよ」

「お気持ちはお察しします。まして、目と鼻の先にお住まいの方が巻き込まれた事件だから、さぞかし、お心を痛められたことでしょうね。手短に済ませますので、どうかお願いします」

「まったく、仕方ないわね」

「恐縮です。それではお訊きしますが、昭和四十九年の七月二十七日、午後三時過ぎ、花世さんは二階の窓越しに、向かいの借家から出てきた子供をご覧になったんでしたよね」

「ええ、そうですよ」

面倒臭そうに、花世がうなずく。

「そのとき、向かいの借家の前と東側の側道に、車が停《と》まっていませんでしたか」

「車？」

「ええ、門の前には白いカローラが、そして、側道には軽トラックが停まっていたと思うんですが」

「お向かいさんが引っ越して見えた日だから、見たような気がしますけど、何しろ十四年も昔のことだから――」

花世は言葉の終わりを呑み込んでしまった。

「窓から外をご覧になったのは、その一度だけでしたか」

「いいえ、違うと思いますよ。御不浄に立ったたびに、たいてい外を見るのが癖だから」

「だったら、午後六時過ぎに、まだ停まっていた軽トラックのことを覚えていらっしゃいませんか」

花世が怪訝な表情を浮かべ、嫁と顔を見合わせる。

「さあ、どうだったかしら」

花世が首を傾げる。

辰川が、わずかに身を乗り出した。

「それなら、もう一つだけ、引っ越しの当日、向かいの借家に出入りする初老の男性を目撃されませんでしたか」

「初老の男性ですか」

「そうです。髪がいくらか白く、丸顔で眉だけが黒く、がっちりとした体つきの五十歳くらいの方です」

「さあ、どうだったかしら。記憶にないけど」

その言葉に、辰川が俯き、かすかに息を吐いた。

落胆を隠せなかったのだ。同じ気持ちで間島も拳を握り締める。

そんな二人の様子にお構いなく、花世が続けた。

「もしも目にしていたら、うちの主人に話していたかもしれないわね」

「ご主人ですか」

辰川が顔を上げて言うと、花世が笑みを浮かべた。

「夕食時、その日にあったことを話すのが日課だったんですよ」

「ご主人は、いまどちらにいらっしゃるんですか」

辰川が勢い込んで言った。

途端に、花世の顔が曇った。

「先年、亡くなりましたよ。生きていたら、あの日のことが、もっとはっきりしたでしょうね。向かいの家から飛び出してきた子供のこととかも」

その言葉に、辰川の肩が揺れて、前屈《まえかが》みになったまま固まったように動かなくなった。

不審な気配を感じて、間島は顔を向けた。

「辰川さん、どうかなさったんですか」

辰川が身を起こし、顔を向けて、「どうして気が付かなかったんだ」と呟き、続けた。

「間島さん、あの写真、いまもお持ちですか」

「あの写真？」

「理恵さんと守くんが潮干狩りに行ったときの写真ですよ」

「待ってください」

辰川の物言いに含まれる息詰まる気配を感じて、間島は畳に置いてあった上着のポケットを慌てて探ると、手帳を取り出し、挟んでおいた写真を抜き出した。

「これですか」

辰川がうなずいて写真を受け取ると、花世に向き直った。

「もう一度だけ、くどい質問をさせていただきますが、昭和四十九年七月二十七日の午後三時過ぎに、花世さんはこちらの二階の窓から、向かいの借家をご覧になったんですよね」

花世も、辰川の改まった態度に気が付いたらしく、座布団の上で居住まいを正した。

「ええ、いまもそう言ったはずですけど」

「そのとき、借家の玄関から子供が飛び出してきた。これも間違いありませんね」

ええ、と花世が真剣な表情でうなずく。

「あなたは、玄関から飛び出してきた子供を、上から見下ろしただけで、声を聞いたわけではありませんよね」

「確か、そうだったと思いますよ」

「だったら、その子供とは、こんな感じの子供じゃなかったですか」

言いながら、辰川は手にしていた写真を座卓に置き、写っている子供を指差した。

花世が写真を覗き込む。

つられたように、嫁も横から写真に見入った。

花世がつと顔を上げた。

「何度も言うように、うんと昔のことだから、断言はできませんよ。けど、たぶん、こんな感じの子供だったと思いますよ」

間島に顔を向け、辰川が小さくうなずいた。

間島は声もなく、写真に見入る。

辰川が指差した写真の子供とは、男の子のような短髪の尾畑理恵だった。

13

「だったら、あのアパートの昔の住人については、まったくわからないということですか」

驚きと怒り、そこに落胆をない交ぜにしたような声を、勝田が張り上げた。

「ええ、アパートそのものも建て直しましたし、いまはうちが第二桜荘の管理を任されていますけど、昭和四十九年当時は別の不動産屋が管理をしていましたから」

背広姿の不動産屋の社員が、困惑した表情で言った。

勝田が苦りきった顔で、庄司を見た。

庄司は肩を竦めるしかなかった。二人は大塚駅前の不動産屋の店内で、応対に出た社員と対面していた。米山克己の黒を決定づける証拠、もしくは証人をどうしたら探し出せるのか。その課題を散々に考え抜いた二人が、ようやくたどり着いた注目点が、昭和四十九年当時、彼が住んでいた第二桜荘だった。そこの住人に当たれば、ひょっとすると何か引き出せるかもしれない。そう考えて、第二桜荘を管理している不動産屋を二人は訪れたところだった。

「だったら、その昔の不動産屋というのを教えてくれませんか」

勝田が気を取り直したように言った。

中年の社員は、右手で右の眉を掻きながらかぶりを振った。

「その不動産屋でしたら、とうに閉店しちゃいましたよ。そこのご主人がお亡くなりになりましてね。それで、うちが第二桜荘を引き継いだんですから」

「ご家族がいらっしゃるでしょう」

「確かに、娘さん夫婦がいらしたようですけど、その方もどこかへ引っ越されたと聞きましたから、ちょっと私どもにもわかりかねますね――」

勝田が舌打ちをし、大きく息を吐いた。

不動産屋を出ると、駅前の雑踏の騒音が押し寄せてきた。

「これから、どうします」

間が持てない気持ちで、庄司は言った。

「せっかくここまで来たんだ。とりあえず、第二桜荘に行ってみるか」

そう言うなり、勝田が歩き出した。

第二桜荘は、大塚駅から歩いて二十分ほどの場所にあった。アパートや一戸建てが建て込んだ一帯で、第二桜荘は表通りから路地を十メートルほど入ったところにある。

「確かに、建て直されているな」

二階建てのアパートを見上げて、勝田が忌々しげな声で言った。今風のマンションほどではないが、洒落《しやれ》た外観の鉄筋モルタル造りの建物で、塀に《第二桜荘》という鋳鉄製のプレートが嵌《は》められていた。米山克己が住んでいた頃は、隣に建っているアパートと同様、木造二階建ての旧式の建物だったのだろう。

二人はしばしその場に立ち尽くしていたものの、どちらからともなく踵を返して、大塚駅へ足を向けた。

勝田が舌打ちした。

「建物も住人も消えちまったんじゃ、打つ手がないな」

ええ、と庄司もうなずく。

「畜生っ、だから時効寸前の事件捜査なんて、俺は嫌だと言ったんだ」

悔しそうに言いながら、勝田が名残惜しそうに第二桜荘を振り返った。すると、その足が止まった。

「どうしたんすか」

異様な空気を感じて、庄司は言った。

「おい、庄司、見てみろ。かつての第二桜荘はなくなっちまったが、隣に古めかしいアパートがまだちゃんと残っているじゃねえか」

途端に、二人はたったいま来た道を駆けだした。


「昔の第二桜荘のことですか」

ドアから顔を覗かせた禿《は》げ頭の老人が、首を傾げて言った。上は派手な黄色地のアロハシャツ姿で、下は水色の短パンというなりだ。手に団扇《うちわ》を持っている。

「ええ、古い建物だった頃のお隣のアパートの住人のことなんですが、何か覚えていらっしゃいませんか」

勝田が言った。

隣で庄司もうなずき、ドア横の表札に目を向けた。《藤巻義男《ふじまきよしお》》と記されている。

二人は第二桜荘に隣接した若葉荘という古いアパートの住人を片っ端から当たってみたものの、一階の二人の中年男性と若い女性からは何も聞き出せなかった。藤巻義男は四人目で、二階の一番端の住人である。

「私もここに長いけど、あちらのアパートには知り合いもいなかったし、何も覚えていませんねえ」

その言葉に、勝田ががっくりと項垂《うなだ》れて、大きく息を吐いた。

またしても、空振りか。全身の疲労を、庄司も痛感せずにはいられなかった。だから、ふと思いついた言葉を口にしたのは、まったくの気まぐれからだった。

「お宅さんの隣に住んでいらっしゃる方も、昭和四十九年当時と同じですかね」

「いいえ、違いますよ。あの当時は、西《にし》さん夫婦が住んでいらっしゃいましたよ」

隣の部屋は、ちょうど第二桜荘の二階の真ん中辺りと向き合っている。

その言葉に、勝田が顔を上げた。庄司の質問の意図に気が付いたのだろう。

「その夫婦者は、どういう方ですか」

「亭主は西勇《いさむ》という人でしたね」

「そのご夫妻はいま、どちらにいらっしゃいます?」

途端に、藤巻の表情が曇った。

「お隣ってことで懇意にしていたんだけど、急に引っ越しちゃいましたよ」

「それは、何時《いつ》ですか」

「あれは確か、昭和五十年の五月末頃だったかなあ」

「引っ越しの理由は、何だったんですか」

勝田の問いに、藤巻は額の横皺を深くしてかぶりを振った。

「理由どころか、挨拶もそこそこって感じでね。それに引っ越し先も教えてくれなかったから、妙だなと思ったもんですよ」

「つかぬことをお訊きしますが、向かいのアパートの住人のことで、西さん、何かお話しになっていたことはありませんか」

「ああ、向かいのアパートの学生さんのことでしょう。変な奴がいるって、しょっちゅう言っていましたね。怪しげな感じで、気味が悪いって零してましたよ」

勝田が、庄司に顔を向けた。

当たりだ。

その目顔は、そう語っていた。

14

間島は、辰川とともに東海道本線で富士駅に向かっていた。

一つの事件を担当すると、捜査員は同じ土地に幾度となく足を運ぶことになる。昨日、田沢医師と蒲池花世に聞き取りをした結果、尾畑清三と小枝子の誘拐事件発生当時の証言に、不審な点が明らかになったのである。そこで、重藤の許可を得て、二人はこれから尾畑清三に再度面談するつもりだった。

朝の出勤ラッシュの時間帯を過ぎていたせいで、車内は比較的空いている。辰川と並んで座席に座り、車窓に目を向けた間島は、改めて考えていた。昭和四十九年七月二十七日の午後、三島の借家にいたはずの尾畑清三は、一旦は理恵だけを連れて外出したものの、その後、借家に戻ってから、家の中で何をしていたのだろう。そして、午後五時半頃に、引っ越しの片付けも終わっていなかった娘の小枝子に構わずに、本当に軽トラックで富士市の自宅へ帰ったのだろうか。

そのうえ、もう一つ、辰川が見出した注目すべき材料があった。守が誘拐された日、午後三時頃に、三島の借家から飛び出してきて、母親の小枝子に呼び戻された子供は、守ではなく、姉の理恵だったという可能性である。もしも、これが真実だったとしたら、事件の様相は根底から覆ることになるのだ。

だからこそ、昨晩の捜査会議は、これ以上ないほど紛糾を極めたのだった。米山克己犯人説を主張して、頑として譲らない勝田と庄司。須藤勲への疑惑にあくまでこだわり続ける小此木や白石。そして、間島と辰川は尾畑清三と小枝子の挙動とその証言の信憑性《しんぴょうせい》に、これまで以上の疑義を呈したのである。その結果、重藤は熟慮の末、引き続き三方向の捜査を命じたのだった。捜査方針の混乱と紙一重としか言いようのない、まさに異常事態にほかならなかった。

だが、重藤の真意は、本当はどこにあるのだろう。間島自身、確かに尾畑親子に対する疑いを濃くしていたものの、正直に言えば、最終的な判断を迷っていた。それは、かつて辰川の口にした言葉が、重く圧《の》し掛かっていたからである。

《犯人を確実に指し示す証拠を見つけ出すことです》

米山克己、須藤勲、そして尾畑親子。いずれにも確実な証拠は発見されていない。いや、事件発生から十四年以上が経過した現在、そんなものが存在することはまったく期待できないのではないか。そして、証拠がなければ、どれほど外堀が埋まったとしても、犯行を証明することは不可能だ。だいいち、尾畑親子が不可解な言動を重ねたからといって、どのような状況や動機があれば、尾畑守誘拐事件と結びつくのか。

そのとき、車両がホームに滑り込んだ。

二人は座席から立ち上がった。

富士駅である。


尾畑家の玄関先に立った辰川は、自ら訪《おとな》いを入れた。

たちまち玄関横の犬小屋から黒い柴犬が飛び出してきて、食いつかんばかりの激しさで吠《ほ》え始めた。

ほどなく引き戸が開き、尾畑清三が姿を現した。だが、辰川と間島を目にするなり、

「また、あんたらか」と吐き捨てるように言い、すぐに戸を閉めようとした。

辰川が素早く戸を手で押さえて言った。

「ごく手短に質問いたしますので、何卒《なにとぞ》、ご協力ください。どうかお願いします」

予想外の強引さに戸惑ったように、尾畑清三が鼻を鳴らすと、そっぽを向いて言った。

「早くしてくれ」

「それでしたらお訊きしますが、尾畑さんは娘さんの小枝子さんを溺愛なさっているそうですね」

唐突な質問に、尾畑清三は面食らったように言った。

「それがどうした。親が娘を大事に思うことのどこがいけない」

「だったら、昭和四十九年七月二十六日に、守くんとともに三島の家へ行かれた後、あなたがこちらに戻られたのは、何日の何時頃でしたか」

「そんなこと、いちいち覚えているわけがないだろう。あんただって、十四年前の今日、どこで何をしていたか、空で言えるのか。言えるものなら、いまここで言ってみろ」

辰川がかぶりを振った。

「いいえ、無理でしょう。しかし、事件発生当時、あなたは警察の聞き取りに対して、午後五時半頃に三島の借家から軽トラックで帰ったと申告している」

「だったら、それでいいじゃないか。いまさら、何でそんなくだらんことを訊くんだ」

「辻褄が合わないからですよ」

言いながら、辰川が半歩身を乗り出した。

気圧《けお》されたように、尾畑清三がわずかに退いた。犬だけが煩《うるさ》いほどに吠え続けている。

「辻褄が合わない──」

「ええ。小枝子さんは引っ越したばかりで、荷物の後片付けが終わっていたとは思えない。となれば、彼女を手伝わずに、あなたがさっさと帰るはずがない」

「勝手な理屈だな。何と言われようと、わしは覚えとらん」

「だったら、五時半に三島の借家を出られるとき、守くんは何をしていたのか、それを思い出してください」

「何を寝惚《ねぼ》けたことを言っとるんだ。十四年前のある一瞬のことなど、覚えているわけがないだろう」

「いいえ、そんなはずはないでしょう。あなたが孫である守くんを目にした最後の瞬間だったんだから、忘れようとしても、忘れられるはずがない。違いますか」

途端に、尾畑清三が言葉を失ったように黙り込んだ。

間島はその顔を凝視していた。瞼《まぶた》が小刻みに震えており、額には汗が光っている。

目が左右に揺れ、顔面が真っ赤になった。柴犬だけが、いまや半狂乱になったように吠えたてている。

堪らなくなったように、尾畑清三が口を開いた。

「これはいったい何だ。まるで、わしが何か悪いことをしたみたいな言い方じゃないか。おい、おまえ、十四年もの間、事件を解決できなかったばかりか、被害者家族に難癖をつけて、そっちの落ち度を有耶無耶《うやむや》にしようって腹なのか」

「いいえ、有耶無耶にしないためにも、この点、尾畑小枝子さんや理恵さんにも会って、とことん確認させていただくつもりです。ことに、あなたが三島の借家を出るとき、小枝子さんと何を話したかを訊くことにしましょう。まさか、娘さんに声もかけずに帰るはずはないし、孫たちにだって話しかけたはずだ。そうすれば、守くんがそのとき何をしていたか、その記憶が甦るでしょう」

「な、何だと――」

一転して、尾畑清三の顔に狼狽《うろた》えの表情が奔《はし》った。

「それに、もう一つ。その日の午後三時に、三島の借家の玄関から飛び出した子供を、向かいの住人が目撃しています。しかし、これは偶然ではなかった可能性があります」

「いったい何を言う」

「尾畑さん、あの借家のすぐ近くに、奥さんの房子さんの実家があったそうですね。しかも、蒲池花世さんは、向かいの借家に新しい人が引っ越してくると、必ず覗き見する癖があるということは、近所なら誰でも知っている。当然、あなたもご存じだったんでしょう」

尾畑清三が黙したまま顔面を怒りでブルブルと震わせた。唇を半開きにして、忙《せわ》しなく口呼吸している。柴犬が鼻筋に獰猛《どうもう》な皺を寄せて、低く唸《うな》っている。

「それに、蒲池花世さんに確認したところ、玄関から飛び出したのは確かに短い髪の子供だったそうですが、当時、理恵さんも短髪だった。だから、男の子と見間違えた可能性がある。いいや、蒲池花世さんの見間違いを狙って、わざと玄関から外へ出したのかもしれない」

「馬鹿なことを言うな」

絞り出すように、尾畑清三が言った。

「違うと証明できますか」

「そっちこそ、年寄りの十四年前の記憶なんてものが、まともな証拠になるとでも思っているのか」

そこまで言ったとき、一瞬、尾畑清三の体がよろめいた。玄関の柱に手を掛けると、もう一方の手を胸に当て、顔を苦しげにしかめた。

「どうなさったんですか」

辰川が慌てたように言った。

「何でもない。ちょっと胸が――」

荒い息遣いで言いかけて、尾畑清三は玄関の柱にもたれたまま、辰川を睨みつけて続けた。

「――そこまで被害者を愚弄するのなら、おまえに、ちゃんとした証拠を見せてやる。しかし、ちょっと調子が悪いから、明日――いいや、午後八時にもう一度来い」

喉の奥から絞り出すように言うと、尾畑清三は返答も待たずに玄関に入り、引き戸を閉めてしまった。

為《な》す術《すべ》もなく、二人は玄関前に佇《たたず》んだ。

「尾畑清三さんは、いったいどんな証拠を出してくるつもりなんでしょう」

間島は思わず言った。

だが、辰川は無言のまま首を傾げた。

15

家と家の間の夜空に、眩《まばゆ》い明かりの灯《とも》ったサンシャインシティのビルが聳《そび》えている。

それを横目に見ながら、庄司は勝田とともに東池袋二丁目の古いアパートの外階段を上っていた。

外廊下の先の二つ目のドアの前で、二人は足を止めた。表札には《西》とだけ記されている。

庄司は大きく息を吸い、腕時計を見た。

午後八時五分前。

明らかに他人の家を訪問する時間帯ではない。とはいえ、やっとここまでたどり着いたのだ。胸の鼓動の高鳴りを感じながら、庄司は大きく息を吸う。

若葉荘の藤巻義男から西夫妻の話を聞き出した勝田と庄司は、その後、夫婦の知り合いを懸命に探した。若葉荘の大家、管理している不動産屋、地元の郵便局、銭湯、床屋、クリーニング店、総菜屋や酒屋など、彼らが利用しそうな場所を片っ端から当たってみたのである。すると、酒屋の主人が、西勇の転居先を知っていた。貸してあった時代小説の文庫本を西勇が郵送してきたことを思い出し、その本を読み返したときに、栞《しおり》代わりに送り状を挟んでいたことを思い出したことから、ここの所番地が判明したのだった。

勝田が呼び鈴を押すと、部屋の中でチャイムが響いた。

「どちら様ですか」

一拍の間があってから、女性の声がした。

「夜分、申し訳ありません。私、静岡の三島署の勝田と申します」

「三島署？　警察が何のご用でしょうか」

「失礼ですが、昭和五十年頃まで、大塚の方のアパートにお住まいだった西勇さんはご在宅でしょうか。お話を聞かせていただきたいことがありましてお訪ねしました」

すると、家の中で話す声が聞こえた。どうやら、女性が誰かに声をかけているようだ。

「私が西勇だけど、話って、どんなことですか」

ドアが開き、老齢の男性が顔を出した。ランニングにステテコというラフな恰好《かっこう》だ。

勝田は身分証明書を示し、「勝田と申します」と言うと、同じように身分証明書を提示しかけた庄司に構わず続けた。

「おたくさん、昭和五十年の五月末頃、大塚のアパートからひどく慌てて引っ越しをなさったと伺ったんですが、それがどういう経緯だったのか、教えていただきたいんですよ」

「いったい何ですか、藪《やぶ》から棒に」

穏やかそうな顔にかなり赤みが差している。どうやら、酒が入っているらしい。

「実は、昭和四十九年に一つの重大な犯罪が起きましてね――」

勝田が言いかけた途端に、西勇が顔つきを一変させて、慌てて背後を振り返りかけた。家族に助けを求めようとする仕草のように、庄司には見えた。

「どうかなさったんですか」

「いいえ、その——」

明らかに狼狽えている。

勝田は勢い込んで言った。

「実は、あなた方が住んでいらした若葉荘の隣のアパートに、その事件の被疑者の一人が住んでいたんですよ。あなた方の部屋の向かい合わせの部屋の住人でした。西さん、私たちは若葉荘にいまも住んでいらっしゃる藤巻義男さんにもお会いしました。あなたは、向かいの部屋の学生が怪しげだと、藤巻さんにおっしゃったそうじゃないですか。その点も含めて、引っ越しの経緯を教えてくださいませんか」

「おい、美弥子《みやこ》、どうしよう」

西勇は奥を振り返ると、怒鳴った。

「どうしたんですか」

恐る恐るという感じで女性が顔を出した。引き詰め髪の太った小柄な女性だった。

「警察の方が、あのことを訊きにみえたんだよ。どうしよう」

「この際、洗いざらい話しちゃったら」

眉根を寄せて、妻らしきその女性が言った。

西勇がうなずき、顔を戻した。

「引っ越したのは、ただ怖かったからですよ」

勝田が眉間に皺を寄せた。

「怖かった――いったい何が？」

「あれは引っ越す一、二か月前だったかな、向かいのアパートの例の部屋に男が訪ねてきたのを見かけましてね。そいつ、こっちと目が合うと凄《すご》んで見せて、乱暴にカーテンを引いちまったんで、逆に顔の印象を覚えていたんです。そうしたら、翌日、アパートの前であの学生と顔を合わせるなり、いきなり路地に連れ込まれて、脅されたんですよ」

「脅された？」

「ええ、昨日見た男のことを誰かに喋ったりしたら、ただじゃおかないぞって」

勝田が庄司に顔を向けた。目を細め、手首のスナップを利かせて拳を持ち上げる。

庄司も拳を力一杯握り締める。そいつが、米山克己の共犯者だ。尾畑小枝子に二度の脅迫電話を掛けた男に決まっている。

「そしたら、五月二十日頃になってね、新聞の一面にその男の顔写真が載っているじゃないですか。それで怖くなって、引っ越したんですよ」

二人の興奮ぶりにお構いなしに西勇が続けた言葉に、庄司の思考が追い付いていかない。

新聞の一面。

その男の顔写真。

おい、何を言っている——

勝田も口を半開きにして、かすかに首を傾げた。

「昭和五十年の五月二十日頃——それは、いったいどんな事件ですか」

完全に安堵《あんど》しきったような笑みを浮かべて、西勇が言った。

「刑事さんたちが来てくれたんで、これでようやく荷を下ろせますわ。ほれ、前の年から三菱重工や間組《はざま》なんかが爆破される事件があったじゃないですか。その犯人たちが一斉に検挙されたでしょうが」

庄司は、またしても勝田と顔を見合わせる。

全身の汗が蒸発し、足元が消えたような気がした。

種苗店が扱う品物に、除草剤がある。

主成分は塩素酸ナトリウムで、爆弾製造の原料にもなるのだ。

16

午後八時半過ぎ。

三島署の小会議室に、重い空気が淀んでいた。室内には重藤一人が座っているだけだった。三島署にもたらされた二つの連絡が、その原因だった。

一つは、庄司からの電話連絡で、米山克己が関わっていた事件が、昭和四十九年八月三十日に起きた三菱重工ビルの爆破事件を含む企業爆破事件という可能性が浮上したというものだった。爆破事件を起こした東アジア反日武装戦線の主要メンバー八名のうちの一人が、昭和五十年の三月か四月頃に、米山克己のアパートを訪れたことを隣接するアパートの住人、西勇夫妻が目撃したというのだ。米山克己は父親の種苗店から塩素酸ナトリウムを含む除草剤を持ち出して、極左グループに横流ししていたと勝田は推定したのだった。

その報告を耳にして、重藤は皮肉な思いを覚えずにはいられなかった。最初の身代金の受け渡しの晩、三島市内で米山克己が駐車違反という軽微な罪を咎められただけなのに、泡を食って逃げ出そうとした理由は、これだったのか。その晩、裾野市の実家から除草剤を勝手に持ち出し、過激派の同志の車に運んだのかもしれない。山手線内で菊池健太郎と遭遇した彼が、尾行を極度に警戒する素振りを見せたのも、公安警察の動きに過敏になっていたからと考えれば、完全に筋が通る。

しかし、それ以上に重藤を驚愕《きょうがく》させたのは、間島の掛けてきた電話だった。富士市の尾畑清三宅の玄関先で聞き取りをしていたとき、興奮した清三が、午後八時にちゃんとした証拠を見せると約束したことから、間島と辰川は再度訪れた。だが、呼び鈴を押しても返事がなく、不審を抱いた二人は鍵のかかっていなかった玄関から家に上がったところ、居間で倒れている清三を発見したのだった。そばのテーブルには、遺書とともに、《ニッカリンT》というラベルの貼られた瓶が転がっていたという。それが果樹などに用いられる農薬で、数年前に製造・販売禁止になった劇薬だということを重藤も知っていた。清三が果樹農家を兼ねていた頃に入手し、手元に残っていたものだろう。清三はまだ息があったものの、搬送された病院で生死の境を彷徨《さまよ》っているという。

むろん、重藤はついいましがた、榛本部長には電話で、三島署の署長には口頭で、二つの報告を上申したところだった。榛は恐慌状態に陥り、人が違ったように重藤を罵倒し続けたものの、すぐに電話を切ってしまった。緊急に保身のための対応策を講じるつもりだろう。

そのとき、前触れもなく小会議室のドアが開け放たれ、寺嶋が早足で憤然と入ってきた。

「重藤、おまえ、とんでもないことをしてくれたな」

重藤は身動きができなかった。

「どうするつもりだ。いいや、いますぐに責任を取れ」

寺嶋が追い詰められた顔つきになっていた。署長から何か申し渡されたのかもしれない。刑事課の課長として、一蓮托生《いちれんたくしょう》の責任を負いかねないと怯えているのだ。だが、卑劣な手段で捜査方針を米山克己犯人説に捻《ね》じ曲げようとしたのは、こいつではないか。

重藤は顔を上げると、寺嶋を睨みつけた。

鼻白んだように、寺嶋が顎を引いた。

「駿河日報に米山克己の捜査情報をリークしたのは、おまえだな」

一瞬、睨み合いとなった。

間合いを外すように、寺嶋が視線を逸《そ》らし、両手で顔を洗うように擦《こす》り、言った。

「馬鹿を言うな。俺の一存だけで、そんな危ない橋を渡れると思うのか」

「だったら、上から指示されたのか」

あらぬ方へ顔を向けたまま、寺嶋は何も答えようとしない。

重藤は納得した。上とは、どのくらい上なのだ。まさか、榛本部長の差し金だったのか。そう思ったとき、小会議室の隅のテーブルの内線電話が鳴った。

途端に、寺嶋が縋《すが》り付くように言った。

「おい、いったいどうするつもりだ。マスコミが騒ぎ出すまで、時間はほとんど残されていないんだぞ」

寺嶋を無視して、重藤は立ち上がると、テーブルに近づき、受話器を握り耳に当てた。

「小会議室、重藤だが」

「重藤警視宛に、外線が入っております」

女性課員の声が響いた。

「繋いでくれ」

「承知いたしました。お待ちください」

カチリと音がして受話器から漏れる無言の音声が変化し、すぐに声が響いた。

「もしもし、こちらは間島です。管理官ですか」

「どうした」

「たったいま、尾畑清三さんが息を引き取りました」

受話器を固く握り締めたまま、重藤には返す言葉がなかった。

17

「結局、特別捜査班は解散を余儀なくされた。そして、元の継続捜査班に形ばかりの引き継ぎが行われた」

そう言うと、重藤が湯飲みに手を伸ばし、ゆっくりと一口飲み、それを茶托《ちゃたく》に戻した。

「その結論を、よく受け入れましたね」

膝に手を置いたまま、日下は言った。

「やむを得なかった。米山克己はほどなく警視庁公安部に身柄を拘束されて、連続企業爆破事件の容疑者グループへの加担を全面自供した。大学在学中に、アジア映画研究会という触れ込みのサークルに冷やかし半分で参加したところ、驚くほど歓待されたんだそうだ。ところが、これが極左の隠れ蓑《みの》で、奴の実家が種苗店だったことから、まんまと取り込まれてしまったというわけさ。しかし、そのことよりも、尾畑清三氏の問題の方が、はるかに大きかった」

「捜査官の聞き取りの最中に自殺を図り、死亡してしまったからですね」

「特別捜査班の息の根を止めたのは、尾畑清三氏の遺書の存在だった。遺書は、特別捜査班の筋違いの捜査で、被害者家族があらぬ疑いを掛けられ、憤慨に堪えないので、死を以《もっ》て抗議する。おおよそそんな内容だったと覚えている」

苦い表情のまま言うと、重藤は続けた。

「尾畑清三氏の服毒自殺の現場の捜査によって、遺書の内容を把握した県警上層部は驚愕《きょうがく》し、世間からの非難を恐れて、いち早く私や特別捜査班の活動停止を発表してやり過ごそうとした。ところが、遺書の内容がマスコミに公表されてしまったのだ」

「尾畑小枝子さんが公開したんですね」

重藤がうなずく。

「その結果、特別捜査班を活動停止にしようとした処置が、姑息《こそく》な責任逃れだったとして、県警は囂々《ごうごう》たる非難を浴びることになった。新聞、週刊誌、それにテレビのワイドショーがこぞって警察の失態を取り上げた。ことに、最後に尾畑清三氏に聞き取りを行った辰川さんと、榛本部長への攻撃は苛烈だった。管理官の解任と特別捜査班の解散が決定された時点で、私はすべての責任を取って、警察官を辞職したのさ」

「どうして、あなたがそこまで――」

日下は思わず言った。

「榛本部長のためなどと思わないでもらいたい。彼は本部長を辞任せざるを得なかったとはいえ、天下り先の警備会社の重役にあっさりと横滑りしたのだからな。それよりも、辰川さんを守りたかった。恩義あるあの人に報いる術は、それしかないと思った。定年間近の身にもかかわらず、私の求めに応じて特別捜査班に加わってくれたことが仇になったのだからな。記者会見を開き、特別捜査班の捜査員たちに対しても、私の責任において強引な捜査を命じたと発言した」

「あなたはその結論に納得されたのですか」

　重藤がゆっくりとかぶりを振った。

「いいや、いまでも忸怩《じくじ》たる思いが残っている」

「残る二つの筋のうち、どちらが本筋だったとお考えですか」

「須藤勲氏が我が子を連れ出し、それがひょんなことから誘拐事件にまで発展したという筋読みは、最終的にはあり得ないと思った」

「どうしてですか」

　日下が重藤の目を覗き込む。

「小此木と白石の筋読みは、事件の様相をそれなりに合理的に裏付けているように思えた。しかし、須藤勲氏は事件の解明に極めて協力的だった。同じ被害者家族である尾畑清三氏や尾畑小枝子さんとは、対極にある存在だったと言ってもいい」

「しかし、自分の犯行を疑われぬための演技、という見方もできるのではないでしょうか」

相手の目から視線を逸らさずに、日下は言った。

「だったら、東京の中古車販売店に十四年間、ずっと飾られていた古い写真や息子の赤いポリバケツ、それにグローブやボールまでが、そのための小道具だったと言うのか。自分が死に至らしめておきながら、その息子の形見を平然と眺めて暮らせる父親がいるとは、私には考えられなかった。私が尾畑清三氏の葬儀に参列したとき、遺族からは焼香すら拒まれたが、須藤勲氏だけは声をかけてくれた。向こうも周囲から白眼視されている弔問客だったせいもあったろうが、少しはこちらの苦衷を理解してくれていたんだろう。だから、あの人から事件の詳細な状況を訊かれたとき、差し支えない程度に、特別捜査班が直面していた疑問点や矛盾点についても話しておいた」

日下は、言葉を呑み込んだ。重藤の指摘にうなずかざるを得なかった。同時に、赤いポリバケツという言葉が頭に引っかかった。須藤勲が殺害された現場から、赤いプラスチック片が発見されている。そこに須藤勲の指紋も残されていた。もしかすると、あの破片は、そのポリバケツの一部かもしれない。もう一度、三軒茶屋の中古車販売店を訪れて、棚にまだポリバケツがあるかどうかを確認すべきだろう。

「ならば、もう一つの筋については、いかがですか」

「五分五分というところだ。尾畑親子についての疑いは、何一つ具体的な筋道を描けてはいなかった。その意味で、いまでも漠然たる疑惑に過ぎない。あれで尾畑清三氏に何事もなければ、辰川さんが何か具体的な筋道を引き出せたかもしれんが」

その言葉に、柳が顔を突き出すようにして言った。

「特別捜査班が解散になったとき、その点について、辰川さんは何かおっしゃっておられなかったのですか」

「特別捜査班が解散した日、辰川さんは自分の落ち度だと詫びておられた。むろん、尾畑清三氏の自殺は、あなたの責任ではないと私は答えた。すると、辰川さんは、いいえ、特別捜査班を解散に追い込んだ責任は私にある、真相解明まであと少しだったはずだ、と残念そうにおっしゃっていたよ」

「だったら、何かお考えがあったんですね」

間髪を容《い》れず柳が言った。

「はっきりとは口にされなかったが、思うところはあっただろう」

「辰川さんは、その後どうされたんですか」

「ほどなく定年を迎えられ、息子さん夫婦の住む掛川市に引っ越された。そして、五、六年後に病でお亡くなりになった。葬式には、私も参列させていただいたよ」

日下は声もなくうなずいた。

隣で、柳も同じようにうなずいている。

「そちらの捜査に役に立ちそうか」

「はい、とても参考になりました」

「お世話になりました」

日下と柳は座布団から立ち上がると、揃って深々と頭を下げた。

重藤も立ち上がった。

「そうそう、これも何かの参考になるかもしれんから、付け加えておく。特別捜査班の一員だった間島が、清水区内に健在だ。昨年、警察を定年退職して、いまは娘夫婦と悠々自適の生活を送っているそうだ。捜査の間ずっと辰川さんと行動を共にしていたから、あるいは、彼なら辰川さんの考えを感じ取っていたかもしれん」

「重ね重ね、ご配慮いただき、本当にありがとうございます」

日下はもう一度頭を下げた。柳も同じように低頭した。

「捜査の結論が出たら、一報してくれ」

日下はうなずいた。

「むろんです」

第六章

1

平成二十七年八月十四日、午後十一時半。

裾野署の講堂は、捜査員で埋め尽くされていた。

「須藤勲氏の殺害現場近くで発見された赤いプラスチック片は、彼が経営していた中古車販売店の棚に長年飾られていた赤いポリバケツの一部の可能性があると思われます」

捜査会議の席上、起立したまま日下は言った。

隣に柳も立っている。

重藤に対する聞き取りの詳細を説明し終えて、その結果として浮上した注目点を付け加えたところだった。熱海の重藤宅を辞したその足で、日下と柳は東京へ直行すると、三軒茶屋の中古車販売店の棚からポリバケツがなくなっていることを確認した。しかも、そこに同じように飾られていたはずのグローブや軟球までもが、棚から消えていたのである。

日下と柳は、すぐに従業員の武藤咲子の自宅にも赴き、現場で発見されたプラスチック片の写真を見せたところ、確かにポリバケツの色と同じだと思うという証言が返ってきた。また、須藤勲が刺殺された事件の前日まで、それら三点が確かに棚に置かれていたと武藤咲子は断言したのだった。

「そうだったのか」

捜査一課長が唸《うな》るように言った。須藤勲殺害事件と尾畑守誘拐事件との関連性を疑問視してきた自説への未練とも、後悔とも取れる嘆息だった。

「裾野市のあの場所に須藤勲氏がそのポリバケツやグローブ、それに軟球をわざわざ持参したとしたら、その意図は守くんに関わるものだったからではないでしょうか。しかし、現場にはプラスチックの破片が残されていただけで、ほかのものはついに発見されませんでした。だとすれば、犯人がそれらを持ち去ったとしか考えられません。つまり、犯人はそれら三点の持つ意味をはっきりと認識していたことになります」

「しかし、何度も言うようだが、四十一年前の事件だぞ」

「その昔の事件そのものが、大きな矛盾を孕《はら》んでいるのではないでしょうか」

日下は言った。

「大きな矛盾？」

「尾畑清三氏の自殺です。考えてみてください、誘拐された子供の祖父が、事件の解明に懸命になっている捜査員の執拗《しつよう》な質問を受けたとしても、どうして自殺しなければならないのでしょうか。十四年間、犯人を逮捕できなかった非力な警察への憤慨。筋違いな捜査に対する激昂《げきこう》。そんな反発や憤りは、ある意味で当然かもしれませんが、そんな思いのために自分の命を絶つはずがない。時効が完成するまでは、どんなことがあっても死ねない。いいや、死んでも、死にきれない。絶対に犯人の顔をこの目で見てやる。被害者の祖父なら、そう考えるのが当たり前だと思います」

言いながら、日下は捜査陣を見回した。

息を呑《の》んだように、誰もが黙り込んでいる。

その沈黙を破って、捜査一課長が真っ赤な顔で言った。

「木曽係長、この点、どう考える」

「日下たちの筋読みが本筋だという可能性が強まったと思います。しかも、当時の特別捜査班すら見落とした点が残されています」

立ち上がった木曽が言った。

「どんな点だ」

「尾畑小枝子が引っ越しを早めたのは、いったいなぜなのか。また、引っ越しに際して、小枝子と清三が別行動をとったことも、ある意味で不自然です。荷物を運ぶにしても、掃除をするにしても、大人二人の方が効率的に決まっています」

そのとき、日下たちの前方に座していた富田靖《とみたやすし》という警部補が手を上げた。

「一課長、よろしいでしょうか」

「何だ、富田」

富田が素早く立ち上がり、手帳に目を落として言った。

「私と吉岡《よしおか》は、本日、八月一日の午前中に須藤勲氏が見舞った相手である杉山健三氏と面談して参りました。入院中の病院には、これまで三度訪れましたが、杉山健三氏は胃潰瘍の手術後の絶対安静の状態でしたので、まともに話を聞けませんでした。ところが、本日、面談してみると、かなり回復されており、須藤勲氏とのやり取りについて、ようやく詳しい話を聞くことができました。その結果、一つだけ気になる点が浮かびました」

「どんな点だ」

「須藤勲氏が見舞いに訪れた日、昔話に花が咲き、現在、盛岡在住で、当日、病院に駆けつけてきた娘の敦子さんも一緒になって、三人は長いこと話したとのことです。ところが、その最中に突然、須藤勲氏が黙り込んだというのです」

「理由は？」

「わかりません。杉山健三氏にも思い当たる点はないそうです」

うーん、と一つ唸ると、捜査一課長は言った。

「敦子という娘はどうだ」

「生憎《あいにく》と、敦子さんはすでに盛岡に帰ってしまいましたので、会えませんでした」

そのやり取りを聞いていた日下は、一つのことを思いついて、素早く手を挙げた。

捜査一課長が顔を向けた。

「何かあるのか、日下」

「はい。杉山健三氏を見舞った日の午後、出社した須藤勲氏の表情が曇っていたと社員の武藤咲子さんが証言しています。もしかすると、病院での会話で、須藤勲氏は何か気になることを見出《みいだ》したのではないでしょうか」

「こうなれば、借金がらみの線と並行して、本腰を入れて尾畑守くん誘拐事件の線を調べざるを得まい。日下と柳は、尾畑小枝子と娘の理恵に当たってくれ。富田と吉岡は、盛岡へ行き、敦子に会って、須藤勲と杉山健三の間でどんな話が出たか、その詳細を確認するんだ」

「了解しました」

日下は言った。

「こちらも了解しました」

富田がうなずいた。

2

翌日、日下と柳が尾畑家の門の前に立ったのは、午前九時過ぎのことだった。

昔風の棟門《むなもん》の奥に、樹木が鬱蒼《うっそう》と生い茂っており、平屋の家の大きな玄関が見えている。

日下は、柳を促して棟門を潜《くぐ》った。かつて玄関横に犬小屋があったはずだが、いまは犬小屋も柴犬《しばいぬ》の姿もなかった。その代わり、玄関横がコンクリート敷きの広々とした駐車場となっており、二台の乗用車が停《と》められていた。両方とも純白のベンツで、車種は一台がＳＬＫ２００ＭＴ、もう一台はＳ３５０だった。

「高級外車が二台とは、豪勢ですね」

二台のナンバーを手帳に控えながら、柳が呟《つぶや》いた。

それから、日下は呼び鈴を押した。

「何でしょうか」

ほどなく玄関から顔を出したのは、中年女性だった。肩のところで切り揃《そろ》えられた髪。瓜実顔《うりざねがお》に目鼻立ちの整った顔立ち。真剣な眼差《まなざ》しには知的な光があった。オフホワイトの清楚《せいそ》なブラウスに濃紺のスカートという姿だ。

「裾野署の日下と申します」

日下は身分証明書を提示する。「同じく、柳です」と柳も提示する。

「尾畑小枝子さんでしょうか」

中年女性がかぶりを振った。

「いいえ、それは母です。私は娘の理恵です」

日下は、柳と思わず目を見交わした。尾畑守誘拐事件の発生当時、わずか七歳。辰川と間島が顔を合わせたときは、看護学校の女子学生。それがいまは、落ち着いた大人として目の前に立っている。

「失礼しました。ちょっとお訊《き》きしたいことがあるのですが」

一瞬、尾畑理恵は奥の方を振り返ると、向き直った。

「早くしていただけますか。急いでいますので」

「お仕事ですか」

「いいえ、母が入院中なので、病院へ行くんです」

「尾畑小枝子さんが入院された？」

「そうです」

「それは、お見舞い申し上げます。だったら手短に済ませたいと思いますが、八月二日に、お父様の須藤勲さんがお亡くなりになられましたよね」

ええ、と尾畑理恵は伏し目がちに小さくうなずき、言った。

「沼津で行われたお通夜と葬儀には、私も参列しました」

日下は無言でうなずいた。尾畑小枝子と離婚して久しいために、検視を終えた須藤勲の遺体は、沼津在住の実弟が引き取り、その地で葬儀が執り行われたことを彼も知っていたし、念のために別の捜査員二名が通夜と葬式にも参列した。

「ご両親が離婚された後、お父様とは会われていらっしゃいましたか」

「いいえ、母が嫌がっておりましたから、会ったことはありません」

「一度も？」

信じがたい気持ちで、日下は訊いた。

「はい。でも、電話で話したことはあります。私が看護学校を卒業したときに、父が電話をくれました」

「電話は頻繁に掛かっていたんですか」

「いいえ、めったにありませんでした」

「最近は、いかがでしたか」

いよいよ本題という気持ちで、日下は言った。

その質問に、尾畑理恵は黙り込み、地面にじっと視線を注いだ。

日下はその表情を見つめる。

柳も息を止めたように無言だ。

彼女がつと目を上げて、硬い表情のまま言った。

「八月一日に、自宅に電話がありました」

つかの間、日下は返す言葉がなかった。刺殺される前日、須藤勲は富士市の尾畑家に電話を掛けていた。これは単なる偶然だろうか。

柳も同じ気持ちなのだろう、微動だにしない。

日下は一つ咳《せき》をすると、言った。

「それは何時頃ですか、それに、お父様とは、どんな話をなさったのですか」

「確か、午後七時頃だったと思います。話した内容は、私の近況とか、仕事のこととか、そういったことです」

「本当に、それだけですか」

尾畑理恵はうなずいたものの、かすかに気色ばんだように見えた。

「失礼ですが、尾畑小枝子さんは、どんなご事情で入院なさったのですか」

「言わなければいけませんか」

今度は、毅然《きぜん》とした口調で尾畑理恵が言った。だが、一瞬だけ、その顔に苦しげな表情が過《よぎ》った。

「いいえ、けっこうです。尾畑小枝子さんも、須藤勲さんと連絡を取られていましたか」

「離婚してから、一度も母から連絡したことはないと思います」

うなずいて、日下はさりげなく言った。

「つかぬことをお訊きしますが、八月二日の夕刻、どちらにいらっしゃいましたか」

尾畑理恵がまたしても黙り込んだ。だが、すぐに言った。

「その日は、病院で仕事をしていました」

「お仕事は、何時までですか」

「午後六時までです。その後、車で家に戻りました」

「その後、外出はなさらなかったんですか」

ええ、と尾畑理恵は小さく言った。

すかさず、柳が口を開いた。

「お母様の入院はいつからですか。それに、どちらの病院でしょうか」

「入院したのは一昨日です。私の勤め先の健勝会総合病院に入院しました」

一転して、間を置かぬ答えが返ってきた。

「お時間をいただき、ありがとうございました。今日はこれで失礼します」

二人は頭を下げると、揃って踵《きびす》を返した。

棟門を出たところで、日下は足を止めた。

柳も立ち止まり、同じように玄関の方を振り返る。

「どう思います」

「まだ何とも言えんな」

日下はかぶりを振ったものの、疑わしいと言わざるを得ない気持ちだった。須藤勲の自宅や店舗の電話の通話記録の中に、八月一日に尾畑家に電話を掛けたという記録を見た覚えはない。事件直後の調べで、須藤勲が携帯電話を所持していたことが判明したが、その本体はいまも所在不明だった。ともあれ、そちらの通話記録にも、尾畑家に掛けた記録はない。もとより、そんな記録が一つでも残されていたとしたら、須藤勲殺害事件の捜査本部は、当初から尾畑家に強い関心を向けていたはずなのだ。

須藤自身が携帯電話を紛失したという見方を捨てるわけにはいかないものの、刺殺した犯人が現場から持ち去ったことも十分に考えられるのだ。その場合に想定される状況は、須藤勲が犯人に電話を掛けたことがあり、しかも、そのとき、彼がどんな種類の電話機を使用したのかまでは犯人にもわからなかったというものだろう。だからこそ、咄嗟《とっさ》に携帯を持ち去ったのではないだろうか。

しかも、自宅や店舗、それに携帯電話の通話記録に、それらしい記録が見出せないということは、須藤勲がわざわざ公衆電話を使ったことになり、フォルクスワーゲンのビートルが殺害現場から見通しの利かない場所に停められていた点と併せて、彼の側に作為的な動きがあったと考えざるを得なくなる。

そこまで考えたとき、たったいま目にした尾畑家と、殺された須藤勲の暮らしぶりの落差に、日下は思い至った。土地持ちで、自宅の駐車場にベンツが二台並んだ尾畑家に対して、須藤勲の店の駐車場には、古い年式の国産車と古タイヤの山が並んでいるだけだった。しかも、資金繰りに窮していたという。

やはり、金か——

「いまの証言の裏を取りますか」

柳の言葉で、日下は我に返った。

「当然だ」

うなずきながら、何気なく周囲を見回したのは、ほかにも質問すべき事項があったのではないかという不安と未練からだった。

そのとき、隣接する二階建ての家が目に留まった。屋根にせり出すように、物干し台がある。入道雲の立ち上る青空を背景に、下着やワイシャツ、シーツなどが風に靡《なび》いていた。二十七年前、辰川と間島が聞き込みをかけたというのは、もしかすると、あの家かもしれない。

「どうしたんですか」

柳が言った。

「念のためだ、あの家で少し聞き込みをしてみよう」

日下は隣家の門へ足を向けた。

「いったい何でしょうか」

日下が柳とともに隣家の玄関で訪《おとな》いを入れると、初老の女性が顔を出した。少し腰の曲がった小柄な人物で、小豆《あずき》色のワンピース姿だった。

「私、裾野署の日下と申します」

日下は警察手帳の身分証明書を示した。「同じく、柳です」と柳も提示する。

「お隣の尾畑さんのことをご存じですか」

日下は言った。

「ええ、そりゃお隣同士ですから、挨拶くらいしますよ」

「お隣は、母親と娘さんの二人暮らしだそうですね」

「大きなお屋敷なのに、お淋《さび》しいでしょうね」

右掌《てのひら》を頬に当てて、初老の女性は言った。

「つかぬことをお訊きしますが、八月二日の夕刻頃、お二人を見かけませんでしたか」

初老の女性は俯《うつむ》き加減となり考え込んだものの、すぐに顔を上げた。

「そう言えば、車でお出かけになりましたね」

「車？」

日下は息を呑んだ。

「ほら、お隣の白いベンツですよ。物干し台から、チラッと目にしたんですよ」

「どちらのベンツでしたか」

「さあ、そこまではわかりません」

「お二人とも車に乗られていた？」

「それもわかりませんでした」

「よく記憶なさっていらっしゃいましたね」

柳が言った。

日下も同感だった。人の記憶とは、いたって曖昧なものである。

だが、初老の女性は当然という顔つきで言った。

「だって、ちょうどその日、郡山《こおりやま》にいる息子夫婦が二人の孫娘を連れて帰省したんです。それで、暗くなったら孫娘たちと花火をするための用意に、物干し台に水の入ったバケツを出していたとき、たまたまお隣を見たんですよ」

「なるほど。――しかし、二人暮らしなのに、ベンツを二台もお持ちというのは、ずいぶん贅沢《ぜいたく》ですね」

右掌で空を叩《たた》くようにしながら、初老の女性が言った。

「あら、ご存じないんですか、尾畑さんのところは、大変な土地持ちなんですよ。それに、お嬢さんの理恵さんは通勤に使われているようですし、小枝子さんは少々脚が悪いので、お出かけは、たいてい車ですから」

柳がうなずく。

日下も無言のままそれに倣った。

3

富田と吉岡が盛岡駅の外に出ると、乾いた風が吹き抜けた。

駅前には巨大なロータリーがあり、右手の広々としたスペースに、びっしりとタクシーが駐車している。正午近くのせいか、行き交う人通りも多い。

る。

「東北も暑いですね」

周囲を見渡しながら、吉岡が言った。

富田はうなずいた。二人とも半袖のワイシャツ姿で、腕にスーツの上着を掛けてい

「新幹線も混んでいて閉口したな」

夏休みのせいで指定席が取れず、ずっと立ち通しで来たのだ。自由席に陣取った若い母親に抱かれた赤ん坊が泣き通しだったことも、疲労感を倍加させていた。

「ともかく、急ごう」

富田は吉岡とともにタクシー乗り場へ向かった。昨日の晩、敦子には電話を入れてあった。彼女は結婚して、谷口《たにぐち》という姓に変わっていた。自宅は市内の愛宕町《あたごちょう》にあり、二人の到着を待っていてくれることになっている。

二人の乗ったタクシーは盛岡駅前通りを抜けると、北上川に架かる橋を渡った。やがて、櫻山《さくらやま》神社の脇を回り、中津川に沿った道を北上してゆく。街路樹も神社の樹木も、枝葉の緑が一段と鮮やかに感じられる。

ほどなく愛宕町の通りで、二人はタクシーを降りた。谷口敦子の家は、表通りから私道らしきアスファルト道路を入った先にある二階建てだった。

富田が玄関の呼び鈴を押した。

「ちょっとお待ちください」

すぐに女性の声がして、錠が開く音が続き、ドアが開いた。顔を出したのは、中年の女性だった。切れ長の目で、色白である。

富田と吉岡が身分を告げると、

「お待ちしていました、どうぞ」

と、谷口敦子が手招きした。

「失礼します」

二人は声を揃えて低頭すると、狭い玄関に足を踏み入れた。

「さっそくですが、お電話でもご説明申し上げましたとおり、お父様を見舞われたとき、亡くなられた須藤勲さんとどんなお話をなさったのでしょうか。それを詳しくお聞かせ願いたいのですが」

八畳のリビングのソファに腰を下ろすと、富田は口火を切った。

「電話をいただいたときに説明しましたように、富士市に住んでいたときの昔話でしたけど」

「具体的には、どんな内容でしたか」

谷口敦子がわずかに肩を竦《すく》めた。

「私と理恵ちゃんが通っていた小学校のこととか、お父さんと須藤さんが草野球で活躍したときのことか、そんな話ばかりでしたけど」

「入院なさっているお父様から伺ったのですが、そのお話の途中で、須藤勲さんが急に黙り込まれたんだそうですね」

富田の質問に、谷口敦子が考え込んだものの、ああ、とうなずいて言った。

「そういえば、そんなことがありましたね」

「そのとき、いったい何について話をなさっていたんですか」

「さあ、別に特別な話をしていたという覚えはないんですけど。父は、須藤さんと一緒にアルバムを見ながら、いま言ったような話をしただけでしたから」

富田は吉岡と顔を見合わせ、それから言った。

「アルバム？　そんなものがあったんですか」

「ええ、あの日、私が持って行った昔のアルバムです。前日に病院の父から電話があって、明日、理恵ちゃんのお父さんがわざわざお見舞いに来てくれるから、と言ったので、思いついて持って行ったんです。もちろん、守ちゃんの写っていた写真は抜いておきましたけど」

隣の吉岡が身を乗り出した。

「そのアルバムを拝見できませんか」

「ええ、いま持ってきます」

そう言うと、谷口敦子が立ち上がり、リビングから出て行った。

ほどなく戻ってきた彼女は、昔風の赤い布張りの分厚いアルバムを手にしていた。

それを二人に向けてテーブルの上に置いた。

「私の小さい頃の写真ばかりで、お恥ずかしいんですけど、どうぞご覧ください」

「それでは、お言葉に甘えて、拝見いたします」

頭を下げ、富田はアルバムを手に取ると、表紙を開いた。脇から吉岡も覗《のぞ》き込む。

黄色い鞄《かばん》を斜め掛けして、母親に手を引かれた幼い少女の写真が目に飛び込んできた。幼稚園の入園式だろう。誕生日のケーキとともに、にっこりと笑ったおかっぱ頭の少女の写真もあった。着物に羽織姿の母親と赤いランドセルを背負った女の子の写真は、小学校の入学式の写真だ。遠足のときの写真もあった。背後にキリンが写った写真は、父親と一緒に動物園で撮ったものに違いない。戸が開いたままの玄関の前で、日焼けした二人の少女が手を繋《つな》いで、にっこりと笑っている写真もあった。

富田が目を留めた写真を見て、谷口敦子が笑った。

「これは、理恵ちゃんが引っ越した日に、別れ際に撮った写真なんですよ」

富田はうなずき、頁《ページ》をめくり続けたものの、どれもごくありふれたスナップ写真に過ぎない。過去の誘拐事件や、今回の須藤勲の殺害事件との関連性を窺《うかが》わせるような、特異な物や不審な人物が写った写真などただの一枚もない。

「このアルバムを眺めながら話していたときに、須藤勲さんが黙り込まれたんですよね」

「ええ、それは間違いありません」

戸惑い気味に、谷口敦子がうなずく。

「それは、どの写真をご覧になっていたときですか」

「さあ、そこまでは覚えていません。ただ、私が一枚ずつ、写真の説明をしていたときに、それまで盛んに笑ったり、言葉を挟んでいらしたりしていた須藤さんが、いきなり黙り込まれたんです」

富田は、吉岡に顔を向けた。

「どうする」

「私たちだけでは、見落としがあるかもしれません」

吉岡が真剣な面持ちで言った。

富田はうなずくと、谷口敦子に向き直った。

「申し訳ありませんが、このアルバム、少しの間だけ拝借できませんでしょうか。責任をもってお預かりし、間違いなくご返却いたしますので」

谷口敦子は驚いた表情を浮かべたものの、うなずいた。

「ええ、どうぞお持ちください」

4

裾野署の講堂に設営されている捜査本部の電話が鳴ったのは、昼過ぎのことだった。応対のために詰めていた女性課員が素早く受話器を取り上げると、耳に当てた。五メートルほど離れた席で別の電話を受けていた木曽は、その様子に目を向けた。捜査のために散らばっている捜査員からの途中経過の報告や、指示を仰ぐ電話が五月雨《さみだれ》式に掛かっていた。いまも盛岡へ聞き込みに向かった富田と吉岡の班からの連絡が入っている。

「木曽係長、日下警部補から三番に電話が入っています」

女性課員が大声で言った。

受話器を肩と顎で挟んだまま、木曽は目顔で《ちょっと待ってくれ》と合図を送った。

「日下警部補、係長はただいま別の電話に対応中ですので、しばらくお待ちくださ い」

女性課員の受け答えを耳にしながら、木曽は受話器に向かって言った。

「アルバムを見ていたときに須藤勲が黙り込んだとしたら、その中の写真に写っていた何かが彼の関心を引いたのだろう。もしかしたら、そのせいで彼は東名高速の裾野バス停に犯人を呼び出すことを思いついたのかもしれん」
《これから、私たちはどう動けばよろしいでしょうか》
「すぐに戻ってこい。おまえたちが発見できなくても、こちらには嫌というほど捜査員がいる。誰かがアルバムの写真の中から、その何かを見つけ出してくれるはずだ」
《了解しました》
そう言うと、電話が切れた。
木曽は受話器を置くと、三番の電話に手を伸ばし、受話器を耳に当てた。
「木曽だ」
《日下です。午前中、尾畑理恵さんと面談したのですが、須藤勲氏は殺害される前夜、午後七時頃に、富士市の尾畑家に電話を掛けてきたそうです。その電話に出たのは尾畑理恵さんで、会話の内容は彼女の近況や仕事のことだったと、本人が話しておりました》
「間違いないのか」
《本人の証言だけで、確実に裏が取れているとは言い難い状況ですが、否定する材料は見当たりません。しかし、それよりも問題なのは、須藤勲氏の自宅や店舗の電話、それに、本体は所在不明ですが、携帯電話の通話記録にも、そんな電話を掛けたとい

う記録がないという点です》
「なるほど。須藤勲氏が痕跡を残さないために、敢《あ》えて公衆電話を使ったと言いたいのか」
《そのとおりです。しかも、裾野バス停に赴いた須藤勲氏は、わざわざ自分の車を隠しておいて、赤いポリバケツ、グローブ、そして軟球を手にして、バス停で何者かを待ち受けていたものと考えられます。そこへ呼び出しに応じた犯人が現れて、凶行に及んだ。こんな構図が描けると思います》
「須藤勲氏の目的は、何だったと思う」
《金を強請《ゆす》るため、ではないでしょうか》
「尾畑理恵さんは、あっさりと電話があったことを認めたのだろう」
《ええ、そうです。彼女にしてみれば、父親が掛けてきた電話が、自宅からなのか、中古車販売の店舗からなのか、それとも携帯や公衆電話からなのか、判別はつかなかったのかもしれません。だからこそ、電話が掛かってきたという事実が、あとで明らかになった場合のリスクを咄嗟に考えて、その事実だけをありていに口にしたとも考えられます。しかも、係長、もう一つ、注目すべき証言を得ました》
「注目すべき証言——」
《八月二日の夕刻、尾畑家の門から車が出てゆくのを、隣の主婦が物干し台から目撃

していたんです》
「尾畑家の車だったのか」
《車種はメルセデス・ベンツで、色は白。私と柳は、尾畑家の駐車場に停まっている二台の白いベンツをこの目で確認しています。むろん、ナンバーも控えました》
「目撃されたのは、どっちだ」
《そこまでは判明していません》
「乗車していたのは誰だ。二人ともか」
《それも特定できませんでした。——それから、これは余談ですが、一昨日、尾畑小枝子さんが健勝会総合病院に入院しました》
「病名は?」
《隣家への聞き込みの後、その足で健勝会総合病院へ赴き、総合受付で確認させてもらおうとしましたが、守秘義務を楯《たて》にあっさり断られました。しかし、受付の担当者が救急車で搬送されたと漏らしましたので、富士市内の消防出張所を片っ端から当たったところ、吉永分署の車両で搬送したことが判明しました。救急係の隊員の証言と記録簿によれば、救急車の出動要請は午後十一時三十分で、向かった先は尾畑家でした。そして、同所に急行した救急係は、意識不明に陥っていた尾畑小枝子さんを収容し、健勝会総合病院へ向かったとのことです》

「出動要請したのは誰だ」
《尾畑理恵さんです。彼女も病院まで救急車に同乗したと記録に残っています》
「尾畑小枝子さんの容態は、どうなんだ」
《救急係の話では、呼吸困難を訴えていたとのことです》
「尾畑理恵さんの八月二日のアリバイは？」
《同日、彼女は病院で午後六時まで勤務についたと話していました。その後、帰宅して、以後外出はしなかったそうです。この点は、裏が取れていません》
受話器を握ったまま、木曽は考え込んだ。須藤勲の殺害当日の夜、尾畑小枝子にも娘の理恵にも確たるアリバイはない。しかも、その日の夕刻、尾畑家の門を出てゆく白いベンツが目撃されている。そのベンツに乗っていたのは誰で、どこへ出かけたのだろう。
「よしわかった。裾野市周辺のNシステムで、その二台のベンツのナンバーの通過の有無を検索させてみよう」
《我々は、これからどうしたらいいですか》
「尾畑理恵から目を離すな」
《了解しました》
受話器から日下の声が返ってきた。

「Nシステムによる検索の結果、八月二日、午後七時十三分、尾畑家のメルセデス・ベンツSLK200MTが、東名高速の沼津インターから下線したことが判明いたしました」

ただ一人起立した捜査員の言葉が響くと、広い講堂に参集した捜査員たちの間に、どよめきが広がった。

5

メモを取っていた日下は、ペンを握る指に力を入れた。

隣の席で、柳が頬を膨らませて息を吐いている。

「運転していた人物の特定はできなかったのか」

捜査一課長のバリトンが谺《こだま》した。

「残念ながら、現在のNシステムの精度では、そこまでは不可能です」

「この点、係長はどう見る」

間髪を容《い》れず、捜査一課長が木曽を名指しした。

木曽が立ち上がった。

「いまさっきの日下の報告にもあったように、須藤勲氏は殺害された前夜、富士市の尾畑家に電話を掛けていると見られます。電話の相手は娘の理恵さんでした。そして、八月二日の午後七時過ぎ、尾畑家のベンツが東名高速に赴いた理由は、裾野バス停で須藤勲氏と会うためだったというのが、最も有力な推定ではないでしょうか。沼津インターチェンジから高速道路の裾野バス停までは、直線距離にしてわずか八キロ弱しかありません」

厳しい表情を崩さず、捜査一課長が首を傾げた。

「しかし、尾畑理恵は同日、勤務先の病院から帰宅後、外出しなかったと証言したんだろう。とすれば、沼津インターから下線したのは尾畑小枝子の可能性も排除できんぞ。だが、いずれにせよ、裾野バス停でいったい何が起きたというのだ。日下は、強請《ゆすり》の線を示唆したが、須藤勲が携えていた可能性のあるポリバケツやグローブ、それに軟球なんてものが、強請の材料になるとは思えんし、犯行の経緯もいっさいが不明のままだ」

日下は、手元の分厚い書類に目を向けた。尾畑守誘拐事件の主要資料のコピーとともに、ここ数日で尾畑理恵について調べ上げた身上書が入っている。繰り返し目を通したので、いまさら取り出してみなくても、内容は脳裏に焼き付いていた。

昭和四十二年四月十二日、須藤勲、小枝子の長女として、静岡県富士市加島町に生まれる。
昭和四十九年四月八日、市内の小学校に入学。
同年五月、両親離婚。
同年七月二十七日、静岡県三島市幸原町に転居。
同日、弟の尾畑守が誘拐される。理恵は富士市の祖父宅に預けられる。
同年八月十九日、尾畑守の遺体が東京都内の多摩川の河川敷付近の水面で発見される。
同年九月三十日、母小枝子とともに静岡県駿東郡清水町玉川へ転居。
昭和六十一年四月一日、山梨県立高等看護学院入学。
平成元年三月、同校を卒業。看護婦資格を取得。
同年三月二十日、富士市の実家に居を移す。
同年四月一日、健勝会総合病院に看護婦として入職。
平成二十年四月一日、同病院看護師長となり、現在に至る。
血液型A型。
配偶者、結婚歴なし。
普通自動車免許、平成二十年五月に取得。

ひどく地味な人生と言えるだろう。そのうえ、看護学校時代の知り合いや、近所での聞き込みによっても、穏当な人柄や堅実な暮らしぶりが窺えただけで、他人との揉《も》め事や軋轢《あつれき》が生じたという証言は得られなかった。

資料に添付された顔写真に、日下は見入る。四十八歳という年齢にしては、若々しい整った顔立ちと言えるだろう。若い頃は、相当な美貌だったに違いない。だが、その経歴にもあるように、一度も結婚はしていない。知り合いの一人が漏らした言葉が、日下の耳に残っていた。

《幸せから逃げているみたいな人ですよ》

そのとき、捜査一課長が締めくくるように言い放った。

「現時点で疑わしいのは、やはり尾畑小枝子と理恵だ。そこで、二人を重要参考人として、徹底的に貼り付くこととする」

他の捜査員たちとともに、日下も小さくうなずいた。その刹那《せつな》、重藤から聞いた特別捜査班の活動の経緯がふいに脳裏に甦《よみがえ》った。米山克己、須藤勲、そして、尾畑父娘。細かい事実の積み重ねが、かえって特別捜査班の捜査方針の一本化を妨げてしまったとき、勝田と激しい言い争いとなった辰川が口にしたという言葉を思い出したのである。

《この先、新しい材料が飛び出してくれれば、別の解釈だって成り立つ可能性があると

いうことです。つまり、私たちがなすべきことは、より筋道の通った解釈を探すことではない》
《だったら、おたくは、どうやって犯人を挙げるって言うんだよ》
《犯人を確実に指し示す証拠を見つけ出すことです》
あの言葉は、いまも生きている。
現段階で、尾畑母娘の犯行を裏付ける直接的な物証も目撃者も、まったく存在しない。まして、時効が完成してしまった幼児誘拐殺人事件が、四十一年後のいまになって、殺意を呼び覚ます凶器となり得る理由とはいったい何なのか、まったく見当もつかない。果たして、誘拐殺人の犯人を明確に指し示す証拠がこの世に存在するのだろうか。

6

八月十六日、午前九時五分過ぎ。

健勝会総合病院の駐車場から、ベンツが動き始めた。日差しを照り返す純白の車体が、駅前の大通りへ出て行く。

「こちら日下・柳班、ただいま、マル対が病院より出発しました」

走行を開始した覆面パトカーの中で、五十メートルほど前方の車から目を離すことなく、日下は手にした無線のマイクに向かって言った。

《了解、マル対に気付かれぬよう、慎重に追尾せよ》

スピーカーからくぐもった音声が返ってきた。捜査本部の木曽の声だ。前方を走行しているのは、尾畑家のメルセデス・ベンツS350だった。双眼鏡で車に乗り込む姿を確認したので、運転しているのは尾畑理恵に間違いない。

「動き出しましたね」

ハンドルを握る柳が、興奮を抑えるように静かに言った。

「ああ、動き出した」

日下もうなずく。昨晩遅くに招集された捜査会議において、捜査本部は、尾畑小枝子と理恵を重要参考人とすることを決定した。尾畑小枝子は入院中であるため、病室のあるフロアの廊下の両端と、病院のすべての出入り口に、見舞客を装った捜査員たちが張り付いている。一方、尾畑理恵は車両での動きが予想されたことから、尾行のための三台の覆面パトカーが、病院の近くに配備されていた。日下たちの覆面パトカーは、その一号車だった。

もっとも、尾畑理恵の乗ったベンツに貼り付いていたとしても、簡単に隙を見せるとは誰一人考えてはいなかった。裾野警察署内に、たまたま健勝会総合病院の看護師の親戚がいることが判明し、その親戚が看護師に電話で問い合わせた結果、尾畑小枝子は、本日の午前十一時から手術を受けるという。病名は肺癌《はいがん》だった。数日前に救急車で搬送されたばかりで、高齢にもかかわらず、これほど早く手術が執刀されるということは、病状がかなり重篤であると考えられる。母親の病状が落ち着くまで不審な動きは避けるだろう、と捜査本部は読んだのだった。

尾畑理恵は一旦自宅に戻り、手術と長期の入院のための支度を整えて、再び病院へ戻るものと推測される。日下たちの班以外に、もう二台の追尾車両が配備されているのは、念のための処置にほかならない。

富士駅南口側にある健勝会総合病院の駐車場を出たベンツは、東海道本線の高架下を潜り、富士本町通りを北上してゆく。日差しが、純白の車体を輝かせている。やはり、自宅のある加島町へ向かっているのだろう。

「日下・柳班です。マル対は予想通り加島町へ向かっています」

無線のマイクに向かって、日下は言った。

《一号車は、そのまま追尾を続行しろ。二号車と三号車は、念のため、先回りして尾畑家周辺に待機せよ》

《了解》

《了解しました》

他の追跡班の音声を耳にしながら、日下は前方を走る白いベンツに目を向けたまま、前日に会った尾畑理恵の顔を思い浮かべていた。すると、特別捜査班が引き出した証言の数々が、自然と脳裏に甦ってきた。

《どれが伝聞で、何が本当に自分の経験なのか、まったく区別がつかないんです。想像しただけの場面を、現実だと思い込んでいるんじゃないか。反対に、実際に目にしたはずのことを、錯覚と勘違いしているのかもしれないって、あれからずっとそんな不安な気持ちのままなんです》

それは、尾畑守誘拐事件が起きた日のことを質問した間島に、尾畑理恵が口にした言葉だった。記憶が曖昧なのは、彼女が幼かったせいなのか。

そんな疑問は、さらなる連想に繋がってゆく。事件発生後、彼女が祖父の尾畑清三のもとに預けられていたとき、捜査のために訪れた刑事は、こう記録している。

《本日も、尾畑理恵は三十七度台後半の発熱と嘔吐の状態にあり、聞き取りは不可能と思量され、断念せざるを得ず》

当時の尾畑理恵の体調不良は、田沢という医師の証言によって裏付けられていた。彼女がそこまで体調を崩した原因は、弟が誘拐されて、殺害されたことから来る衝撃のせいだけだったのだろうか。

いいや、違う可能性も考えられるかもしれない。なぜなら、尾畑理恵が、間島にこう言ったからだ。

《あの日のことを訊いても、母は何も教えてくれないんです。弟があんなことになったから、それを思い出させないようにと気を使っているのは理解できます。でも、こんなふうに宙ぶらりんのままでは、いつまで経《た》っても、私の気持ちは地に足が着かないし、逆に、事件のことを忘れられないじゃないですか》

そして、何よりも、辰川が見出した注目点を忘れてはならない。

《蒲池花世さんに確認したところ、玄関から飛び出したのは確かに短い髪の子供だったそうですが、当時、理恵さんも短髪だった。だから、男の子と見間違えた可能性がある。いいや、蒲池花世さんの見間違いを狙って、わざと玄関から外へ出したのかもしれない》

辰川はそう言って、尾畑清三に迫ったのだ。もしも、あの推理が正しかったとしたら、玄関から飛び出して、すぐに呼び戻されたことを尾畑理恵本人が覚えていないなどということが、果たしてあり得るのだろうか。

日下は苦い気持ちが込み上げてくるのを感じずにはいられない。万が一、彼女が須藤勲殺害事件と関わりがあったとすれば、その先には、信じがたい深淵が黒々とした開口部を見せつけてくることになるのだ。当時わずか七歳だった尾畑理恵が、弟の死に関わったという可能性である。

むろん、可能性なら、もう一つ残されている。重藤はあり得ないと断言したが、あの誘拐事件の犯人が、やはり須藤勲だったとしたら、どうだろう。しかも、理恵がその事実を知ったとしたら、彼女は何を思い、どんな行動に出たか。捜査会議において紛糾した議論そのままの堂々巡りが、日下の頭の中で繰り返されていた。

頼みの綱と思われた谷口敦子のアルバムは、夜を徹して、捜査員たちが代わる代わる目を通してみたものの、案に相違して、須藤勲の不審な行動を誘発したと考えられるものは何一つ見出せなかった。そこで、本日午前中に、富田と吉岡が清水区に向かうことになっていた。かつて特別捜査班の一員として尾畑守誘拐事件の解明に全力を尽くした間島に会い、アルバムに目を通してもらうためだった。

「日下さん――」

柳の上ずった声で、日下は現実に引き戻された。

「どうした」

「見てください」

前方に目を向けた日下は、息を呑んだ。

加島町へ曲がる富士本町の交差点で、尾畑理恵の運転するベンツが躊躇《ちゅうちょ》する様子もなく直進して行く。

柳がアクセルを踏み込むのがわかった。

数台の車両に続き、信号が赤に変わった直後、二人の乗った覆面パトカーも富士本町交差点を突っ切った。

四百メートルほど先の中島新道町の交差点に向けて、ベンツはスピードを落とす気配もなく走行を続けている。

日下は慌てて無線のマイクのスイッチを入れると、声を大きくした。

「こちら日下・柳班、マル対が予想外の行動に出ました。県道一七五線を直進して北上しています」

《自宅方向ではないのか》

スピーカーから、木曽の音声が響いた。

「自宅から遠ざかっています」

《よし、そのまま慎重に追尾しろ。すぐに、応援を向かわせる。――二号車、三号車、聞いたか。自宅へ向かうのは中止して、大至急、マル対の追尾に加われ》

木曽の矢継ぎ早の言葉を聞きながら、日下はフロントガラスの方へ身を乗り出した。すると、中島新道町の交差点に差し掛かったベンツが、ブレーキを掛ける様子もなく右折した。

柳がスピードを上げて追尾する。

ベンツも明らかに速度を上げており、停車する気配はまったくない。

米之宮公園、フィランセ北、青葉町と、交差点を次々と猛スピードで突っ切ってゆく。

その先のロゼシアター前交差点で、いきなり左折した。

ここに至って、背中に流れる汗を感じて、日下はマイクに向かって叫んだ。

「マル対、制限速度を超えたスピードで県道三五三号線を北上しています。このまま直進すれば、その先は富士インターチェンジ、東名高速の入り口があります」

十分後、尾畑理恵のベンツはついに富士インターチェンジから東名高速上り線に入った。

日下たちの覆面パトカーも、躊躇なくETCゲートを潜る。

そのまま、左旋回しながら本線に接近したとき、日下は思わず息を呑んだ。

高速道路をはるか彼方《かなた》まで、夏の日差しに輝く夥《おびただ》しい車両が埋め尽くしていた。

「畜生っ、お盆のUターン・ラッシュですよ」

ハンドルを握る柳が、忌々《いまいま》しげに声を張り上げた。

「止《や》むを得ん。ともかく、ベンツを見失うな」

「はい」

のろのろ運転で側道から本線に入ることができたものの、尾畑理恵の運転するベンツは十台ほどの車両を挟んで、かなり前方にある。時速は五キロ前後。おそらく、東名高速上り線はすでにかなりの距離にわたって渋滞しているのだろう。右側の下り線はまったくの好対照で、こちら側をあざ笑うような速度で、車両が次々と疾駆してゆく。

無線のマイクに向かって、日下は言った。

《マル対、東名高速上り線に入線しました。我々も追尾して入線したものの、十台ほど前方です》

すると、スピーカーから木曽の声が響いた。

《了解。念のため、別途、応援班一号車、二号車を沼津インターに先回りさせる》

「尾畑理恵は、いったい何をするつもりですかね」

堪《たま》りかねたように、柳が言った。

「わからん」

日下は言いながら、腕時計に目をやる。

午前十時五分前だった。

7

富田と吉岡が、静岡市清水区袖師町《そでしちょう》の間島の家を訪れたのは、午前八時半だった。

旧東海道の細い道筋から、北へ五百メートルほど入った古い住宅街にある小さな一戸建てで、道の向かい側には、大きな寺の本堂と東海道新幹線の高架が見えている。

「こんな朝早くから押しかけてしまって、申し訳ありません」

玄関先で、富田と吉岡は、呼び鈴に応えて顔を出した間島に頭を下げた。

「いやいや、刑事の苦労なら嫌というほど承知しているよ。さあ、上がってくれ」

間島は気さくに言った。ブルーのポロシャツにチノパン姿。眉が太く、目鼻立ちが整っており、中肉中背のがっちりした体格と相まって、とても昨年警官を定年退職したとは思えない。

「それでは、失礼します」

富田と吉岡は揃って低頭し、革靴を脱いで上がった。

間島は二人を八畳の洋間へ通した。ソファ・セットがあり、壁際にアップライト・ピアノが置かれている。その上の壁に、額に入れられた警察署長名の表彰状が五枚掛けられていた。

ソファに腰を下ろした富田たちが、額に目を向けると、

「女房が勝手に飾っているんだ。よせって言うのに、聞かなくてね。ピアノは孫娘のものさ」

と、間島が照れたように言った。

「羨ましいお暮らしですね」

「いや、そんなことないよ。それより、私に見せたいアルバムというのは、どれだ」

向かい側の間島の方から、口火を切った。

「これです」

富田は手提げ鞄の中から赤い布張りのアルバムを取り出すと、間島の前のテーブルに置き、言った。

「これは谷口敦子さんという方から拝借してきたものです」

「谷口敦子さん――」

鸚鵡《おうむ》返しに口にしながら、間島が宙に目を向けた。

その様子を目にして、富田は言った。

「旧姓は杉山敦子さんです」

途端に、間島がうなずいた。

「確か、尾畑理恵さんの小学校の同級生だったたな。引っ越しの日、二人は顔を合わせている」

富田は吉岡と顔を見合わせて、言った。

「よく覚えておられますね」

「あの事件のことは、死ぬまで忘れられん。俺たち特別捜査班の末路を、君らも知っているだろう」

「はい、存じ上げています」

富田と吉岡は揃ってうなずいた。

「重藤警視がすべてを引っ被《かぶ》って辞職されたからこそ、俺はその後も刑事を続けられた。いいや、それでも泥を被ったことに変わりはないし、辰川さんはもっと強く責任を感じておられた。だから、俺は在職中ずっと、あの事件を解明できないものかと、個人的に捜査資料を読み返したり、暇を見つけちゃ、事件に関連した現場を何度も歩き回ったりしたものだ。だが、事件は時効になっちまったし、とうとう真相を解き明かすこともできぬまま定年を迎えたときは、そりゃ悔しかったもんさ。だから、おたくたちから連絡をもらったときは、奇跡が起きたと思ったよ」

いまだに信じられないというように、間島がかすかに首を振った。

「間島さん、裾野署の捜査本部の六十名からの捜査員たちが目を通したものの、このアルバムのどの写真からも不審なものは発見できませんでした」

その言葉に、間島が素早く身を乗り出した。

「しかし、須藤勲氏は、このアルバムを見ていたときに黙り込んだんだろう。電話で、そう話していたじゃないか」

「ええ、そのとおりです」

「おたくら捜査本部の面々は、尾畑守くん誘拐事件のすべての現場に立ったのか」

富田は一つ息を吸い、吐き出すと言った。

「正直に申し上げます。まだすべての現場には立っておりません」

「やはり、そうか。俺自身を含めて、特別捜査班がすべての現場を歩き回ってみて、初めて、あの事件の陰惨さと不可思議さを心底から実感することができたんだ。それは、《直当《じか》たり》だけが作りだした第三の目と言えるかもしれない。その第三の目が、まだ生きているといいんだが」

そう言いながら、間島はアルバムに手を伸ばし、表紙をめくった。

8

午前十一時二十分。

カーラジオの交通情報が、東名高速上り線の渋滞が四十キロに達したと告げた。

日下はため息を吐《つ》くと、ラジオのスイッチを切った。東名高速に入線して、すでに一時間以上が経過したものの、走行距離はわずか五キロ弱といったところだった。

そのとき、日下は前方のベンツの動きの異変に気が付いた。

尾畑理恵の運転するベンツが左側の走行車線を外れて、高速道路のバス停へ入線してゆくのだ。

やがて、ベンツはバス停に停車した。

ドアが開き、運転席から降り立った尾畑理恵が、周囲を見回している。手に革製らしきバッグを提げている。

四十メートルほども離れているので、その表情までは見極められない。

日下が手元の双眼鏡を目に当てようとしたとき、尾畑理恵がいきなり東京方面の方向に向かって歩き出した。

「日下さん、あそこじゃないですか」

隣で柳が叫んだ。

日下は顔を向けた。

「何を言いたい」

「忘れたんですか」

言われて、日下は言葉を失った。誘拐犯から送られてきた一通目の手紙の内容が脳裏に甦った。

《こっちは警察に捕まるような間抜けじゃない。ふざけた真似をしやがって。だが、もう一度だけチャンスをやる。八月三日、午後八時に東名高速の上り線、中里バス停の標識から見て、東京方面二十メートルの位置のガードレールの内側に、一千万円の

入ったスポーツバッグを置け》

日下はマイクに向かって叫んだ。

「ただいま、マル対、東名高速上り線の中里バス停に停車。車外に出て、東京方面に向かって歩いています。尾畑守くん誘拐事件の二度目の身代金受け渡し指定場所です」

《マル対が何をしているのか、何としてでも見極めろ》

いつもの沈着冷静な木曽とは打って変わって、声が上ずっていた。

「どうします」

柳の言葉に、日下は首を振る。

「このままでは見極めがつかん。俺が車を降りて、バス停に接近する」

「気付かれたら、元も子もありませんよ」

「ほかの車両の陰に隠れる」

日下はシートベルトを素早く外し、助手席側のロックを解除してドアを開けると、車外に滑り出た。

焼けつくような日差しに身を晒《さら》したまま、後続の車両に素早く目を向ける。フロントガラスの照り返しで、車内は見分けられない。だが、目の前の人物の異様な行動に驚愕《きょうがく》していることは疑いない。

中腰のまま、ゆっくりと側道を進んでゆく。

そのまま、前の車両の左脇を通り越す。車内後部座席にいた小学生と思《おぼ》しき二人の男の子たちが、窓ガラスに貼り付き、無邪気に歯を見せて笑っている。

さらに二台分、素早く足を進めた。アスファルトの照り返しで、全身から汗が噴き出てくる。数珠繋《じゅずつな》ぎの車列の放つ排気ガスで息が苦しい。下り線を疾駆する車両の轟音《ごうおん》。上り線をびっしりと埋め尽くした車両の排気音。額から流れ落ちる汗を拭《ぬぐ》いながら、歩みを進める。

そのとき、尾畑理恵が立ち止まったのが目に留まった。距離にして四十メートルほど。バス停の標識から、ちょうど二十メートルくらいの位置だった。

彼女が屈《かが》み込み、ガードレールの内側の地面に右腕を伸ばすのが見えた。

何かを摑《つか》んだのか。

日下がそう思った瞬間、身を起こした尾畑理恵が振り返った。

咄嗟に、日下はトラックの背後にしゃがみ込んだ。

それから、顔をわずかに上げた。

バス停の標識の方へ、尾畑理恵が駆け戻ってくるのが見えた。

依然としてバッグを提げているものの、何を持っているかまでは見分けられない。

尾畑理恵がベンツに乗り込むと、タイヤがアスファルトに摩擦する耳障りな音を立て発進した。

日下も慌てて覆面パトカーに駆け戻った。

助手席側のドアを開けて、車内に入り込む。

「尾畑理恵はいったい何をしていたんですか」

待ちかねたように、柳が言った。

「わからん。だが、ガードレールの内側から何かを回収したように見えたぞ」

息を切らして、日下は言った。

9

午後零時四十三分。

尾畑理恵の運転するベンツが沼津インターから一般道へ出てゆくのを、日下は目にした。すかさず無線のマイクを握った。

「こちら日下・柳班、ただいまマル対が沼津インターから一般道へ出ました」

《よし、二台の応援班がすでにインター出入り口付近に待機しているから、連携してマル対を尾行しろ》

木曽の声が響いた。

「了解しました」

前方の車列は十キロ前後の低速で進んでゆく。貧乏ゆすりをしながら、日下は視界から消えたベンツの向かった先に思いを馳《は》せた。思い当たるのは、清水町玉川の交差点を越えた先にある借家だけだった。尾畑守誘拐事件が発生し、その遺体が発見された直後に、尾畑小枝子と理恵が移り住んだ家にほかならない。

しかし、いまさらそこへ行って何をしようというのだ。中里バス停で見せた不可解な行動と併せて、尾畑理恵の振る舞いの意味がまったく見当もつかない。まして、母親の尾畑小枝子は重篤な肺癌で、現在手術が行われているのだ。そんな重大事を放り出してまで、動き回らなければならない理由とは何だろう。

そう思ったとき、ようやく日下たちの覆面パトカーも下線し始めた。

一般道に出た途端に、無線のスピーカーから音声が流れた。

《こちら応援班二号車、マル対は県道八三号線を南東方向に走行中です》

日下はマイクに向かって言った。

「了解。日下・柳班は、現在、沼津インターから下線して、そちらへ向かっている」

《こちら応援班二号車、ただいまマル対が沼津インターチェンジ南交差点を直進しました》

やはり、と日下は思った。その交差点を直進して、そのまま国道二四六号線を南下すれば、東海道新幹線の高架下を潜って、三島駅の南側へ抜けられる。そこから東方向を目指せば、清水町玉川方面に楽々と出られるのだ。

「応援班一号車、清水町玉川の借家へ先回りしてくれ」

《応援班一号車、了解しました》

すぐに応答が返ってきたものの、県道八三号線はひどい渋滞で、日下たちの乗っている覆面パトカーはなかなかマル対を目視できるまで距離を縮めることができそうにない。日下は貧乏ゆすりをしながら、マイクを握り締めた掌に汗を感じた。

《こちら応援班二号車、いま動きがありました。マル対が岡一色《おかいっしき》交差点を左折して、県道二二号線を門池《かどいけ》公園方向へ向かっています》

日下は思わずマイクに向かって叫んだ。

「何だと、南じゃないのか」

《ただいまマル対、門池公園前を通過しました》

応援班二号車が応答した。

「日下さん、マル対は幸原町に向かっているんじゃないですか」

顔を動かさぬまま、柳が大きな声で言った。

「尾畑守くんが飛び出して、そのまま姿を消したあの家か」

言いながら、日下は手元の地図を広げた。

確かに県道二二号線を行けば、鮎壺《あゆつぼ》、長泉中学前などの大きな交差点を通過したその先は、東レ三島工場の敷地に突き当たる。工場敷地沿いの道を北東に行けば、そこは幸原町であり、富士市から尾畑小枝子一家が引っ越した借家のある地点である。

「急げ、柳。県道二二号線は間道だ。渋滞していない可能性がある。マル対に追いつけるかもしれんぞ」

「はい」

前方に目を向けたまま、真剣な顔つきで柳がうなずいた。

《こちら応援班二号車、マル対が東レ工場沿いの道を北上しています》

その言葉に、日下はマイクを口に近づけた。

「応援班一号車、いまどこだ」

《三島駅南口前です》

「三島駅東交差点から北上して、新幹線の高架下を潜り、三島北高と北中の間を抜けて、幸原町に先回りしてくれ。何としてでも、マル対の動きを監視するんだ」

日下は地図をたどりながら言った。

《了解しました》

応答が返ってきたとき、柳が大きくハンドルを切った。ようやく岡一色交差点を左折したのである。

10

すでに五時間以上、間島はアルバムの写真を眺め続けていた。

額に汗が光り、唇は真一文字に結ばれている。捜査本部の強い期待を自覚しているのだろう。だからこそ、焦りの色が隠せないのかもしれない。その視線が見入っている写真は、これまで何十回も目にしたものだった。

富田と吉岡も息を殺し、間島とその写真を交互に凝視していた。

二人の少女が手を繋いで立っている。日焼けした二人は満面の笑みを浮かべ、空いた方の手にビニールバッグを提げている。背後には、引き戸が開きっぱなしになった大きな玄関が写っていた。

「これは、富士市の尾畑清三氏の家だ。地主だけあって、かなり大きなお屋敷だったな」

間島が呟いた。

「ここでも、聞き込みをなさったそうですね」

富田は慎重に言った。尾畑清三に辰川が迫ったやり方は、清三が胸の裡《うち》に隠している何かを白状させることを狙った賭けだったとわかっている。それは、捜査記録や日下たちが聞き出してきた重藤の話からも明らかだった。しかし、特別捜査班にとっては最悪の結果となってしまった。

間島がため息を吐くと、うなずいた。

「ああ、三、四回は訪れたはずだ。この玄関の脇に犬小屋があってな、そこに黒い柴犬が繋がれていて、俺と辰川さんが行くたびに、物凄《ものすご》く吠《ほ》えられて往生したもんさ」

「現在は、そこは広々とした駐車場になっており、ベンツが二台停められているそうです」

「あれから二十七年も経過したんだから、何もかも変わって当然だろう」

間島が苦笑いを浮かべて、アルバムの頁をめくりかけ、ふいに手を止めた。

「どうかなさったんですか」

「いや、尾畑清三氏は事件の前日、守くんと軽トラックで三島へ向かった。で、次の日、小枝子さんと理恵さんは杉山母娘とここで立ち話をした後、カローラで三島へ向かったわけだ。もしあの頃も犬を飼っていたとしたら、どうしていたのかなって思っただけさ」

そう言いながら、間島が写真に顔を近づけた。

顔を見つめていた富田は、間島の目が、突然、凍りついたように動かなくなったことに気が付いた。

その写真を目にして、富田は谷口敦子が口にした言葉を思い出した。

「それは、理恵さんが引っ越した日、別れ際に二人で撮ったものだそうです」

息詰まる思いで、富田は間島の反応を待つ。

同じ気配を察したのか、吉岡も黙している。

「――これだったのか」

三分ほどの沈黙を破って、いきなり間島が吐き出すように言った。

富田は身を乗り出した。

「これが、須藤勲さんを沈黙させた写真なんですか」

間島が顔を上げた。

「敦子さんに確認してみるまでは、断言できんが、この写真が本当に富士市の実家から三島の借家へ引っ越す直前、当時の尾畑理恵さんと彼女を写した写真だとしたら、大変なことになるぞ」

「大変なこと――」

写真に目を向けたまま間島がうなずく。

「そうだ、ここまで何度もこの写真を目にしていながら、写っているはずのないものまでが写り込んでいることに、まったく気が付かなかった」

「写っているはずのないもの？」

富田は写真を覗き込む。

吉岡も顔を近づけた。

「ああ、ここをよく見てくれ」

間島はそう言うと、太い指で写真のある部分を差した。

つかの間、富田には意味が理解できなかった。

吉岡にしても同様らしく、怪訝《けげん》な表情を浮かべ、首を傾げた。

間島の指先は、二人の少女の背後にある広い玄関の内側を指差していた。

11

午後六時四十八分。

日下たちの乗った覆面パトカーは、百キロを超えるスピードで走っていた。

応援部隊の二台の覆面パトカーが後続している。

だが、はるか前方のベンツは、それ以上の速度を出しているだろう。

尾畑理恵の運転する車は、柳が指摘したとおり、幸原町の借家の前で停車したものの、尾畑理恵は車外に出ることもなく、五分ほどもせずに再び走行を開始したのだった。先回りして、三十メートルほど離れた路上に停車していた応援班一号車が確認した事実だった。

その後、ベンツは県道二一号線を一路北上して、県道三九四号線に乗り入れた。そして、裾野バイパスを経由して、裾野インターチェンジ入口交差点を左折し、その先の裾野インターチェンジから再び東名高速上り線に入線した。

三時間半ほどで東名川崎インターチェンジに達すると、そこから一般道へ出て、そのまま多摩川に架かる丸子橋に向かったのである。だが、尾畑守の遺体が発見されたその現場付近に停車していたのもわずか五分ほどで、再び東名川崎インターチェンジに引き返すと、そこから東名高速下り線に入線したのだった。

「これは、いったいどういうことなんですか」

訳がわからないという口調で、ハンドルを操作しながら柳が言った。

日下には返す言葉がなかった。尾畑理恵が来た道を引き返しているのではないことだけは確かだった。とうに富士インターチェンジを通過してしまったのだから、いまさら健勝会総合病院へ向かうとは考えられない。

そのとき、前方のベンツの左側のウインカーが点滅を始めた。夕日に赤く染まった車体が、パーキング・エリアへの車線に入線してゆく。

「マル対、ただいま下り線の日本坂パーキング・エリアに入線しました」

内心の興奮を抑えかねて、日下はマイクに向かって怒鳴った。

尾畑守誘拐事件の身代金の受け渡し指定場所は、一度目が東名高速上り線の裾野バス停。二度目が、東名高速上り線の中里バス停。そして、三度目が、まさにこの日本坂パーキング・エリアなのだ。そのうえ、尾畑理恵は、弟の誘拐事件が発生した当時の三島の借家と、守の遺体が発見された多摩川の現場近くにも立ち寄っている。

柳がハンドルを切り、パーキング・エリアへ入ってゆく。振り返ると、後続の応援部隊の二台の車両も等間隔で追尾してくる。

「これから、どう出ますかね」

「わからんが、マル対の動きは、四十一年前の誘拐事件のときの関連個所を巡っているとしか考えられん」

「だとしたら、腑《ふ》に落ちないことがありますよ」

一瞬だけ、柳が日下を見た。

「腑に落ちないこと？」

「あの事件のとき、三回目の身代金の受け渡し場所は、確かに日本坂パーキング・エリアでしたけど、それは下り線ではなく、上り線だったじゃありませんか」

見落としに気が付き、日下は言葉を失った。

下り線はUターン・ラッシュの影響がないためか、日本坂パーキング・エリアはかなり空《す》いていた。尾畑理恵の運転するベンツは、小型車用の駐車場に乗り入れると、すぐに左端の空きスペースに駐車した。

パーキング・エリア内は暮色が辺りを包み、オレンジ色の街灯が灯っていた。周囲を見回すと小型車とトラックを合わせて、三、四十台は駐車しているだろう。

ベンツの車体を左手に見やりながら、柳が覆面パトカーを四十メートルほど奥の二列目の駐車スペースに停めた。パーキング・エリアの店舗やインフォメーションセンター沿いの最前列のスペースに停めると、店舗外側の照明をもろに浴びて目立つと判断したのだろう。

そのとき、車外に降り立った尾畑理恵の姿が目に留まった。照明に照らされた横顔が、何かを探すように、しきりに周囲を見回している。

「よし、俺たちも降りるぞ」

日下は言うと、マイクに向かって言った。

「マル対、日本坂パーキング・エリアで下車。これより我々も下車して、動きを見張ります」

《了解。これより日下が捜査員たちの指揮を執り、マル対の動きを監視しろ。今度こそ、どんな行動に出るか絶対に確認するんだ》

スピーカーから木曽の声が響いた。

ドアを開けて、二人が外に降り立つと、ムッとする蒸し暑い大気が身を包んだ。

後続していた二台が次々に停車して、私服の捜査員たちが車から五月雨式に降りてくる。彼らはすぐに日下の周囲に集まった。

捜査員たちを見回して、日下は声を潜めて言った。

「散開して、マル対を遠巻きに囲むようにして尾行する。俺と柳は後方。ほかの二つの班は、左右を担当してくれ。全員、インターカム装着のこと。距離は各自の判断に任せるが、過剰に接近すれば、こちらの存在に気が付かれる恐れがあるから、慎重を期すように」

「はい」

一斉に声が返ってきた。

「マル対が動き出しました」

柳の声で、全員が散開した。

尾畑理恵がパーキング・エリアの左端の店舗へ歩いてゆく。

日下は柳に目配せを送ると、ゆっくりと歩き始めた。距離にして三十五メートル。

ほかの班の連中も左右に散開して、ほぼ等間隔で移動してゆく。

だが、日下たちが距離を縮める前に、彼女の姿が店舗の中に消えたように見えた。

日下はインターカムに言った。

「マル対は店に入ったぞ。左右の班は、食堂の入り口と土産物ショップの入り口から中に入れ。俺たちはマル対と顔を合わせているから、トイレの入り口を見張りながら、外で待機する」

《了解》という複数の声が即座に返ってきた。《うまいもの館》という食堂店舗から土産物ショップを抜けて、トイレにも連結している構造だから、尾畑理恵がどこへ何をしに行くのか、見当もつかない。

男たちが素知らぬふりを装い、食堂とショップの入り口から入ってゆく。

五分が経過したものの、捜査員たちからは何の連絡もなかった。

トイレの出入りも、見落としはない。

何をしている。

日下はついに痺《しび》れを切らして、インターカムに向かって言った。

「左右の班、聞いているか。マル対を発見したか」

《マル対が、どこにも見当たりません》

「ショップの方はどうだ」

《ショップの中にもいません》

日下は息を止めた。

店舗の照明の届かぬ位置に立つ日下や柳の目からも、食堂やショップのガラスの向こう側で、男たちが小走りに移動するのが見て取れた。

尾畑理恵が消えた――

逃亡。

咄嗟の連想に、胸が飛び跳ねる。

そのとき、日下は立ち並んだ店舗の左端に目を留めた。

若い男女が歩いてその陰に消えた。つかの間、二人の行動の意味を理解しかねる。

その先には、店舗もトイレもないはずだ。

「係長、マル対が消えました。パーキング・エリアの建物内に入ったはずなのに、どこにも姿がありません」

日下はインターカムで本部に告げた。

わずかに間があったが、すぐに耳元で声が響いた。

《日下、日本坂パーキング・エリアは、ぷらっとパークだぞ》

「しまった」

小さく叫ぶと同時に、店舗の左端に消えた男女の動きの意味を悟った。

日下はインターカムに向かって叫んだ。

「日下だ。全員、大至急、店舗左端に集合しろ」

日下は柳を促すと、歯を食いしばって駆け出した。柳が後続する。

店舗から飛び出した捜査員たちが、靴音を立ててゲートに殺到してきた。

「日下さん、これはいったいどういうことだ」

左側を担当していた巨漢の捜査員が語気強く言った。

「俺の見落としだ。ここは《ぷらっとパーク》になっている」

捜査員全員が驚きの表情を浮かべた。《ぷらっとパーク》とは、一般道路からパーキング・エリア内に自由に出入りできる設計施設のことである。高速道路のかなりのパーキング・エリアが、すでにこうした構造を備えている。もっとも、その存在は知っていても、実際に利用するのは近辺の住人が中心であるため、日下はすっかり失念していたのだった。

日下を先頭に、捜査員たちは駆け出した。人間しか通れないようになっているU字型の金属製のゲートを駆け抜け、右へ曲がると、店舗の裏側に外部利用者用の駐車場が続いていた。

そこに停車中の車の内部を一台一台確認しながら、左方向へ曲がっているスロープを小走りに駆け降りた。

目の前はかなり広い道路になっていた。

すっかり日の落ちた住宅街の左右に目を向ける。

どちらにも、尾畑理恵の姿はない。

「どこに消えた」

柳が叫んだ。

咄嗟に、日下は言った。

「二つの班に分かれて、左右を探せ」

三人の一隊を右方向へ走らせると、自分と柳、ほかの一人で左方向へ走った。

家々の明かりだけが照らす暗い道を、三人は無言のまま走る。

遠くに見えていた高速道路の高架が、近づいてくる。

高架下に入り込むと、一瞬、視覚を失い、男たちの靴音だけがけたたましく反響する。通り抜ける間際、天井の二つの照明が足元を照らしたものの、その先の交差点で、三人は立ち止まった。

そのときになって、日下は尾畑理恵の行動の意味に思い当たった。尾畑理恵は下り線のパーキング・エリアから《ぷらっとパーク》の通路を利用し高速道路から出て、東名の下を通っている一般道を迂回《うかい》し、今度は上り線の《ぷらっとパーク》の通路から上り線のパーキング・エリアに入るつもりなのだ。その目的は、むろん、三回目の身代金の受け渡し場所に向かうために決まっている。つまり、彼女が向かっているのは、日本坂パーキング・エリアの公衆電話ボックスの裏手の植え込みだ。

日下はインターカムで別行動をとった一隊にも、上り線のパーキング・エリアへ急行することを命じると、

「こっちだ」

とほかの捜査員たちに顎をしゃくって、左方向に走った。

左側の側溝沿いにガードレールがあり、右側には普通の住宅が立ち並んでいる。四十メートルほど行くと、思ったとおり、上り線の《ぷらっとパーク》の入り口があった。三人はスロープを駆け上がると、外部利用者用の駐車場を駆け抜けた。店舗とコンビニの間の細い通路が、利用者専用のゲートになっていた。

三人は、上り線パーキング・エリア内に足を踏み入れた。照明が煌々《こうこう》と灯り、昼間とは一変した異空間に、数えきれないほどの人間が溢《あふ》れかえっていた。家族連れ。若者たちの集団。バスツアーのお年寄りたちの団体。ヘルメットを抱えたツーリング帰りと思《おぼ》しき男たち。夏の湿気を帯びた夜気の中を、人々が絶え間なく行き交っている。日下をはじめとして、ほかの二人も忙《せわ》しなく周囲に目を走らせる。だが、あまりにも人が多過ぎて、尾畑理恵の姿を見分けることができない。大型のトイレスペース。ショップの建物。その先に自動販売機棟が続いている。それらと向き合うようにして、小型車用の駐車スペースがあり、さらに奥には、その倍以上も面積のある大型車用の駐車場が広がっていた。

どちらの駐車スペースも、見渡す限り車両で埋まり、パーキング・エリアに入線する通路にまで、車列が数珠繋ぎになっていた。駐車待ちの車が、後から後から入り込んできているのだ。しかも、ショップやトイレの前だけでなく、駐車場への車道を平然と大勢の人々が横切っている。

「マル対は三回目の身代金の受け渡し指定場所である電話ボックスの裏手に向かったと思われるが、全員ばらばらになって、端から探してゆくんだ。マル対を確認次第、インターカムで連絡しろ」

日下の指示に、二人がうなずき、一斉に人波に入り込んだ。

女性の顔や後ろ姿を次々と目で追いながら、人混みの中を強引に通り抜けてゆく。肩がぶつかった初老の男が、「おい」と叫び、憤然と振り返った。アッと声を上げる女性もいた。それらすべてを無視して、遮二無二突き進んだ。

そのとき、耳元で木曽の声が響いた。

《こちら捜査本部、日下・柳班、応答せよ》

足を止めることなく、日下はインターカムを装着した耳に手を当てる。

「日下です。現在、東名高速上り線の日本坂パーキング・エリア内でマル対を探しています」

《見失ったのか》

「マル対は《ぷらっとパーク》を利用して、下り線から上り線へ移動し、Uターン・ラッシュで超満員のパーキング・エリア内に入り込んだ模様です。三回目の身代金の受け渡し指定場所に向かったと思われますので、現在、手分けして捜索中です」
《だったら、捜索を続行しながら聞け。いましがた、富田・吉岡班から連絡があった。杉山健三氏を見舞ったとき、須藤勲氏が黙り込んだ理由が判明したぞ》
「本当ですか。いったい何だったんですか」
《須藤勲が目にしたのは、三島の借家へ引っ越した日、富士市の実家の前で、尾畑理恵と杉山敦子が一緒に撮った写真だった》
「どうして、それが?」
《二人の背後には、引き戸が開いたままの玄関があり、その御影石《みかげいし》張りの床に白いビーチサンダルが写り込んでいた》
次の瞬間、日下は、ズボンのポケット内の携帯電話にバイブレーションを感じた。慌てて携帯電話を取り出し、画面を開く。本部からメールが入っていた。添付ファイルは、一枚の写真だった。にっこりと笑う二人の少女の背後に、広々とした玄関が戸を開け放ったまま写っている。その玄関の三和土《たたき》に、確かに白いビーチサンダルが置かれていた。
《小此木警部補や白石警部補に対して、須藤勲氏が口にした内容を覚えているか》
木曽の声に、日下は素早く応答する。
「確か、こうでしたね――子供たちにお揃いの白いビーチサンダルも買ってやりました。小枝子は地味好みだから、派手だって嫌がりましたけど、私は目立つのが好きだし――」

《そのとおりだ。そして、辰川警部補と間島巡査部長の問いに対して、蒲池花世さんは、自分の行動をこのようなものだったと認めたのだ――蒲池さんが窓から見ていると、ちょうど正面に当たる、お向かいの玄関の引き戸が開き、水色のTシャツに紺色の短パン、それに真っ白いサンダルを履いた子供が駆け出してきた。直後に母親と思しき女性が出てきて、戻ってらっしゃい、と物凄い剣幕で何度も怒鳴った。そのため、その子供はすごすごと家に戻った――》

インターカムから、木曽の説明が続く。昭和四十九年七月二十七日、尾畑理恵が実家から出発する間際に、杉山敦子と実家の玄関先であの写真を撮影した。彼女は父親から買ってもらった白いビーチサンダルを履いている。しかし、前日に先発したはずの守のビーチサンダルも、玄関の三和土に残されていた。

むろん、尾畑小枝子と理恵が、富士市の実家の玄関から守の白いビーチサンダルを拾い上げて、三島の借家へ持って行ったという想定も可能なように見える。だが、事件発生直後、捜査本部が杉山芳江に対して行った聞き取りで、彼女が富士市の尾畑家を訪れたとき、小枝子はすべての荷造りと車への積み込みを終えていたと証言したのだった。しかも、しばらく立ち話をした後、小枝子はそのまま玄関を施錠して、車を発進させたとも芳江は断言している。つまり、玄関先で理恵と敦子が写真を撮ったとき、玄関の三和土に写っていたビーチサンダルは、その場に残ったままだったと考えざるを得ない。

その日の午後三時頃、借家の玄関から飛び出した子供を、蒲池花世は自宅の二階から目撃した。その子供は、白いサンダルを履いていた。借家に一足しかない白いビーチサンダル。それを同時に、理恵と守が履くことはできない。にもかかわらず、玄関から飛び出したのは守で、そのとき、理恵は南側の庭の井戸端でビーチサンダルを履いて水遊びをしていたと尾畑小枝子は強弁したのだ。同じことを、尾畑清三も辰川に断言している。

しかも、公開捜査に踏み切ったときに公開された尾畑守の姿は、白いビーチサンダルを履いていたというものであり、尾畑小枝子の申告に基づく内容にほかならなかった。

《杉山敦子さんから写真の説明を受けていたとき、突然、須藤勲氏はこの矛盾に気が付いたんだ。そして、尾畑清三とともに、前日に三島へ出発したはずの守くんが、自分のビーチサンダルを残していった理由と、小枝子や清三が嘘を吐いたわけにも思い当たったのさ。七月二十六日、守くんはビーチサンダルを履かなかったのじゃない。富士市の実家で不慮の死を遂げたから、履けなかったんだ。そして、引っ越しを急に前倒ししたことや、誘拐事件のあまりにも不可解な展開は、この事実を糊塗《こと》するために、小枝子と清三によって仕組まれたものだと──》

息苦しさを覚えて、日下は思わず周囲に顔を巡らせずにはいられなかった。

だが、目に飛び込んできた群衆に重なるようにして、見たわけでもない映像が次々に脳裏に浮かび上がってきた。

理恵の体の折檻《せっかん》の跡。

小枝子の物凄いヒステリー。

須藤勲の浮気現場。

須藤勲は当然、小枝子が子供たちに八つ当たりしていたことを知っていたはずだ。それに、わずか三回だけの身代金の要求、しかも、犯人からの連絡が電話から、やる気の著しく減退した手紙という手段に変わったこと、そこに、一度も姿を現さなかった誘拐犯という要素を加えれば、とっくに思いついていてもいい推測の一つだったのではないか。

いいや、須藤勲が真相に気が付く材料なら、ほかにもあったのだ。人目の多過ぎる遺体の隠し場所。タオルに包まれた尾畑守の遺体と二つの鉄アレイを繋いでいたのが、わずか太さ三ミリの麻紐《あさひも》だったこと。あれは、死亡時期の特定を困難にさせるほどの時間が経過した時点で、紐が切れて遺体が発見されることを狙ったものだったのだ。

どうしようもなく、自嘲の笑みが浮かんでくる。何と迂闊《うかつ》だったのか。七月二十六日以降、蒲池花世が目撃した子供と、清三と小枝子の証言を除けば、誰一人、守の姿を目にした者がいないという事実に、どうして目を向けなかったのだ。最初の脅迫電話が掛かった時点で、守がすでに死亡していた可能性を示唆した検視報告を目にしていながら、その記述が示す重大な意味を、これほどあっさりと見落としていたとは。

《日下、聞いているか》

木曽の声で、日下の思念が破れた。

「聞いています」

《さらにもう一つ、重要な点が判明したぞ。尾畑理恵の運転免許のことだ。彼女の免許証の〈条件等〉の欄に、〈普通車はAT車に限る〉とあることが判明した》

さらなる衝撃が、脳裏を突き抜けた。小枝子と清三が、これほどまでに誘拐事件の真相をひた隠しにし続けたのは、守を死に追いやったのが姉の理恵だったからだと、たったいままで思い込んでいた。

日本仕様のベンツはほとんどがオートマチック車である中で、尾畑家にあるSLK200MTは珍しいマニュアル・シフト車だった。マニュアル・シフトの運転ができる者なら、オートマチック車の運転もできるものの、その逆はまず不可能と言ってもいい。つまり、八月二日に裾野市へ出向き、須藤勲を殺害したのは、尾畑小枝子だ。

しかし、そうだとしたら、尾畑理恵は今日、なぜ誘拐事件の二度の身代金受け渡し指定場所と、借家や遺体発見現場にまで足を運んだのだろう。そこまで考えが及んだとき、日下は雑踏から抜け出していた。

二十メートルほど先に、透明な公衆電話のボックスが見えた。

中の蛍光灯が白く光っている。

12

日下が思いついたとおりの場所に、尾畑理恵の後ろ姿があった。

三度目の身代金の受け渡し場所、日本坂パーキング・エリアの公衆電話ボックスの裏手の植え込み。

人混みを抜けた日下は、大股《おおまた》で彼女に近づいてゆく。

無言で柳も従っていた。

混雑の極みにある日本坂パーキング・エリアだが、施設の最も端にあるこの辺りには、ほかに人影はなかった。

「尾畑理恵さん」

呼びかけに、驚いたように彼女が振り返った。手提げバッグを持っている。

日下は息を整えながら、相手の目を見て言った。

「八月一日に、須藤勲さんから掛かってきた電話を受けたのも、翌日、裾野市へ行かれたのも、お母様の尾畑小枝子さんだったんですね」

尾畑理恵が目を背けた。

「どうして、お母様は、お父様を手に掛けられたのですか」

その言葉にも、彼女は黙したままだった。

「強請られたから、ではないですか」

尾畑理恵が強張《こわば》った顔を向けた。

「それは少し違います」

「少し違う？」

「確かに、父はお金を要求しました。しかし、それだけではなく、母に謝れと言ったんです。守の分身だと言って、グローブと軟球、それにポリバケツを母に突き付けて、額《ぬか》ずいて、心の底から息子の霊魂に謝れと、恐ろしいほどの剣幕で迫ったそうです」

「守くんを死に追いやったのは、やはり、小枝子さんだったんですね」

苦しげな表情を浮かべると、尾畑理恵は俯いてしまった。

その動きを目にして、日下の耳から周囲の喧騒《けんそう》が遠のいた気がした。四十一年間、数多《あまた》の捜査員たちが追い求めてきた真相に、ついにたどり着いたのだ。

「どうか、すべてを話してください」

だが、かすかに体を震わせたものの、尾畑理恵は黙したままだった。

「いまここで真実を話して、すべてを終わりにしましょう」

日下の言葉に、尾畑理恵が恨めしげな目を向けたものの、それでもまだ心が決まらない様子で、視線を逸らした。

日下は、一歩近づく。

すると、気圧《けお》されたように、理恵が身を引いた。

さらに、彼が半歩前に出ると、彼女は苦しげに首を振った。

「弟さんの魂はいつまで経っても救われませんよ」

その言葉に、彼女は身を震わせ、戦慄《わなな》くように口を開いた。

「それが起きたのは、昭和四十九年七月二十六日の午前十時半頃だったそうです。私は小学校のプール教室に出かけていて、母や祖父は数日後に予定されていた引っ越しのための準備に忙殺されていました。祖父は荷造りを手伝いながら、祖母の実家の話や、引っ越し先の向かい側の家の住人のことなんかを、母に話していたそうです。覗きのお婆《ばあ》さんがいるから、気を付けろなんて、これから起きる悲劇を少しも予感することもなく――」

話すうちに、尾畑理恵の頰を涙が零《こぼ》れ落ち、電話ボックスの白い光がその二つの筋を照らした。

「――玄関先で守がグローブを嵌《は》め、手にしていた軟球を投げたのは、誰からも構ってもらえなくて、退屈で仕方がなかったからでしょう。ところが、投げたボールが下駄箱《げたばこ》の上に置かれていた大きな花瓶を割ってしまった――」

耐え切れなくなったように尾畑理恵は首を振ったものの、必死で堪《こら》えるように話を続けた。

花瓶の割れる物音を聞きつけて、尾畑小枝子は玄関に駆けつけたという。そして、咄嗟に、守の左頬を掌で力一杯叩いたのだった。自分の仕出かした事態に呆然《ぼうぜん》となり立ち尽くしていた守は、その衝撃で一言も発することなく玄関の上り框から御影石張りの三和土に仰向けに転倒してしまった。

思わず悲鳴を上げて、裸足《はだし》のまま三和土に下りるまでに、何秒経過したか小枝子は覚えていなかったという。慌てて守を抱き起こしたものの、その目からはすでに光が失われていた。

「――母は泣きながらこう言いました。お父さんの浮気にずっと苦しめられていて、その苛立《いらだ》ちと癇癪《かんしゃく》が一つになって、いつものように衝動的に叩いてしまったと。まさか、あんなことになるなんて、少しも考えなかったと」

「そこへ、祖父の清三さんが駆けつけてきたんですね」

小さくうなずくたびに、彼女の頬に涙が流れ落ちる。

「その様子を目にして、祖父はものも言えなかったそうです。守を誰よりも可愛がっていたのは、祖父でしたから。けれど、祖父にとって一人娘である母は、もっと特別な存在だった。幼かった私ですら、それを感じていました」

日下は敢えて言葉を挟まなかった。

その沈黙に誘われるように、尾畑理恵がさらに言った。

「守の遺体を抱きしめた母は、どうしたらいいのと祖父に言いました。でも、何も答えてくれず、警察に連絡してと声をかけても、俯いたまま身動き一つしなかったそうです。思い余って、私も死ぬと母が叫んだとき、初めて祖父が顔を上げて、涙を流しながら、《孫を亡くしたうえに、おまえまで取り上げられたら、生きていられないよ》と言ったそうです――」

声を詰まらせると、尾畑理恵は掌を顔に当てて嗚咽《おえつ》を漏らし、言った。

「特別な意図があって口にした言葉だったとは思えません。けれど、一度そう言うと、祖父は魅入られたように、《そうだ、守はいなくなったことにすればいい》と言い出したんだそうです。そんなことを思いついた祖父の気持ちが、いまなら、私にもわかる気がします。どれほど経済的に恵まれていても、祖父母の仲が冷え切っていたことは、母からそれとなく聞かされていました。だからこそ、祖父にとって、一人娘である母は唯一絶対の存在だったのでしょう。孫の守の死は痛ましい。けれど、母まで失うことだけは絶対に受け入れられないと、それこそ必死の思いで考えを巡らせたのだと思います。祖父が平凡な人間だったら、何事も起きなかったかもしれません。祖父は頭の回転の速い人でした。若い頃から無数の人たちが祖父に近づいてきて、その真意がお金目当てであることを看破するうちに用心深くなり、人の気持ちを先回りして読み取るようになったのだと思います。守の死というこれ以上ない窮地に立ったとき、祖父はあらん限りの知恵を絞ったに違いありません」

つかの間、小枝子は黙したものの、腕の中の遺体に目を向けると、嫌々をするように激しくかぶりを振ったという。すると、血相を変えた清三が小枝子の肩に手を置き、《ここではなく、引っ越しを早めて、三島の借家から飛び出したことにするんだ。あの家の向かいには、ほら、覗きの婆さんがいるって、さっき話しただろう。理恵を表に出して見せれば、守が生きているように思わせられるじゃないか》と言ったのだった。

「一旦言い始めると、祖父は取り憑《つ》かれたようだったと母は話していました。《だったら、この子が誘拐されたことにしよう》とか、《いつ死んだかわからなくなった頃、遺体が見つかれば、世間なんて、すぐに忘れるさ》とか言い募った挙句に、最後には、《なあ、小枝子、そうしよう。おまえが悪いんじゃない。おまえが悪いことなんかするはずがない》と手まで合わせたそうです」

そこまで言うと、尾畑理恵が顔を向けた。

「母のこの告白で、私は長い間苦しめられてきた疑惑の真相を、突如として悟ったんです」

「長い間苦しめられてきた疑惑の真相――」

日下の言葉に、目から新たな涙を溢れさせた尾畑理恵がうなずいた。

「最初におかしいと感じたのは、守がいなくなり、三島の借家に見ず知らずの男の人たちが入り込んできたときでした。守が攫《さら》われたのかもしれないということや、その人たちが警察官だということは理解できました。それでも、母とともに三島の借家に到着したとき、家の中の空気にかすかな違和感を覚えたことや、祖父が六畳間で夏布団を被せ守に添い寝していたことを口にすることはできませんでした。そのすぐ後、私は富士市の祖父宅に引き取られ、体調を崩したまま、弟がどうなったのか、ずっと知らずにいたんです」

日下はうなずくと、言った。

「弟さんの死を、いつお知りになったんですか」

「遺体が発見されて、葬儀が行われたときです。親戚の人たちが話しているのを耳にして、守が誘拐され、死んだことを知りました。でも、そこからまた疑問は深まっていったのです」

「どうしてですか」

「母が、何一つ説明してくれなかったから」

日下は、重藤から聞いた特別捜査班の活動の様子を思い浮かべた。辰川と間島が甲府の下宿先を訪ねたとき、尾畑理恵はこう言ったのではなかったか。

《あの日のことを訊いても、母は何も教えてくれないんです。弟があんなことになったから、それを思い出させないようにと気を使っているのは理解できます。でも、こんなふうに宙ぶらりんのままでは、いつまで経っても、私の気持ちは地に足が着かないし、逆に、事件のことを忘れられないじゃないですか》

あれは、いつまでも解決しないまま胸の裡に残っていた疑惑に対する煩悶《はんもん》の叫びだったのだ。

「そして、私の疑いを決定的なものにしたのは、辰川という刑事の口にした質問でした」

「辰川さんは、どんな質問をなさったんですか」

内心思い当たるものがあったが、日下は訊かずにはいられなかった。

「あの人はこう言いました。《弟さんは、三島の家から二度も飛び出したわけですが、あなたは一度目のときには気が付かなかったのですか》と。この言葉に不審を覚えた私は、置き忘れた手帳を取りに戻ってみえた間島さんに、そのことの経緯について質問しました。

すると、間島さんは、弟が午後三時過ぎに家を飛び出して、母から呼び戻されて家に入った姿を、お向かいの方が二階から目撃したと説明してくださったんです。そのとき、私は、それが弟ではなく、自分だとはっきりと思い出しました。表の車を見てきてと母に言われて、玄関から出た途端に呼び戻され、怪訝な気持ちのまま家に戻ったことを。だとしたら、そのとき、弟はどうしていたのか。なぜ、借家の中で走り回ったり、はしゃいだりしている弟の記憶がまったくないのか。もしかしたら、あのとき、弟はすでにそんなことができない状態になっていたのではないか。しかも、母も祖父も、それについて一言も口にしようとしない。それが私をずっと苦しめてきた疑惑だったんです」

一気呵成《いっきかせい》に言い切ると、尾畑理恵は両手で顔を覆い、嗚咽を漏らした。

日下は柳と顔を見合わせた。

いつの間にか、ほかの捜査員たちも集まってきていた。

その周囲には、無関係の人々までが五、六人ほど立っている。ただならぬ気配を察して、こちらを注視しているのだろう。

「これは見世物じゃない。近寄らせないでくれ」

日下は柳に言った。

うなずくと、柳はほかの捜査員たちとともに、両腕を広げて野次馬たちを遠ざけた。

その様子を確認してから、日下はポケットからハンカチを取り出すと、尾畑理恵に近づき、それを差し出した。

気配を察したのか、尾畑理恵が掌を顔から離すと、躊躇《ためら》いがちにそのハンカチを受け取った。

目頭にハンカチを当てた彼女に、日下はつとめて優しい口調で言った。

「清三さんは、三島の借家から守くんの遺体を、どのようにして運び出したのですか」

涙を呑み込むようにうなずき、尾畑理恵が口を開いた。

「私が玄関から出た直後に、祖父が東側の木戸から遺体を運び出して、軽トラックの荷台の幌《ほろ》の中に隠したそうです。そしてそのまま、四時頃、私を連れて親戚の家へ赴き、借家に帰ってきてから、すぐに東京へ向かい、その晩のうちに遺体を多摩川に隠したと母から聞きました。父に疑いをかけるために、祖父が思いついたことだったそうです」

「清三さんが自殺なさったのは、警察への抗議ではなく、命を懸けて捜査を止めるためだったんですね」

尾畑理恵がうなずいた。

「その話を、いったいいつお聞きになったんですか」

「母が入院した日です。呼吸困難にもかかわらず、病室で母はすべてを打ち明けてくれました。むろん、八月二日のことも。前日の午後七時頃に電話が掛かってきて、ひどく酔った父は、母に向かって、守を殺したのはおまえだろうと詰め寄ったそうです。そして、この事実を私に話すと脅されて、翌日の晩、止《や》むなく、母は指定された裾野バス停に赴いたんです。護身用に包丁をハンドバッグに忍ばせて行ったと、そうも話してくれました」

尾畑理恵は、その後の母親の行動を説明した。突きつけられたポリバケツを思わず振り払った刹那、逆上した須藤勲が飛び掛かってきた。そして、気が付いたときには、包丁でその腹を刺してしまっていた。現場に落ちていたポリバケツの破片と軟球、グローブを掻《か》き集めたのは、守の誘拐事件の真相が発覚することを恐れたからだった。須藤勲の所持品、それに携帯電話を遺体から抜き取ったのも、同様の思いからだったという。そして、富士市の家に帰宅する途中の植え込みに、壊れたポリバケツや須藤勲の所持品、それに凶器の包丁を投げ捨てた。

「でも、母は、軟球とグローブだけは捨てられませんでした。遺影の中の守が、あれほど嬉《うれ》しそうにしていたからと、そう言ったんです」

「だったら、今日、あなたはどうして、こんなことをなさったのですか」

日下は言った。

「母は手術を受けたとしても、余命いくばくもないんです。だから、せめて、亡くなるまで警察の追及の手が伸びないようにしたかった」

「それで、我々の目の前で、敢えて不審な行動を演じて見せたわけですね」

「それだけではありません。母に代わって、守に詫《わ》びようと思ったんです。弟の守は、とても可愛い子でした。自分がお菓子をもらうと、《お姉ちゃんにもあげる》と言って、必ず私にも分けてくれたものです。カエルの指人形を使って、二人で夢中になって《ごっこ遊び》をしたときの思い出も忘れることはできません。だから、あの子がいなくなったとき、私はその死を受け入れることができませんでした。いいえ、あれ以来、私の中に守は生き続けてきたんです。だからこそ、あの子が生きて引っ越せなかった三島の借家へ赴き、守、あなたはここに住むはずだったのよ、と胸の裡で語りかけました。多摩川の河川敷近くでは、水の中は冷たくて、ずっと独りで淋しかったでしょう、と手を合わせました。そして、中里バス停近くの身代金受け渡し場所には、母が持ち帰った守の軟球を供えましたし、この日本坂パーキング・エリアの公衆電話の裏手には、あの子が大好きだった、これを供えようと思ったんです。祖父と母が犯した罪への償いをしたかったのです」

そう言うと、尾畑理恵は手提げから小さな子供用のグローブを取り出した。そして、感極まったようにそのグローブを胸に抱きしめると、その場にしゃがみ込んだ。だが、彼女はすぐに顔を上げ、真っ赤に潤んだ目を向けてきた。

「でもね、刑事さん、母はずっと弟に詫び続けていたんです。辰川という刑事さんだけが、そのことに気が付いていました」

「辰川さんが？」

意外な言葉に、日下は言った。

「あの方は、私にこう言いました。《お母様が何も説明なさらないのは、確かに親心でしょうね。あなたはご存じですか。守くんのご遺体が見つかったとき、お母様はご自身で確認したいと警察にお申し出になったんですよ》と。母の告白を聞いたとき、私はこの言葉の意味に、初めて思い当たったんです。見るに堪えないほどに変わり果てた弟の遺体を、母は敢えて目にすることで、極限まで自分を罰して、心の底から守に詫びるつもりだったのに違いないと。——もっと早くそのことに気が付いていれば、母の苦しみを少しは軽くしてあげられたのに」

肩を震わせる尾畑理恵の姿に、日下は言葉がなかった。

辰川が口にしたという、三つ目の筋読み——

あれは、やはり正しかったのだ。

同時に、胸にこれ以上もなく熱いものが込み上げてくる。

この偽装誘拐は、何と多くの人生を狂わせてしまったのだろう。

むろん、最も悲惨な目に遭ったのは、疑いようもなく被害者だ。捜査記録に添付されていた尾畑守の写真が、脳裏に甦ってくる。わずか五歳。グローブを嵌め、軟球を手にして満面の笑みを浮かべている。四十一年前の七月二十六日、少年の時間は永遠に停止してしまったのだ。

心の視座はすぐに切り替わり、今度は捜査資料として残されていた尾畑小枝子の顔がありありと浮かんだ。見たわけでもないのに、守が投げた軟球が下駄箱の上の花瓶に当たり割れる場面までが、怒気を露《あら》わにした小枝子が守の頰を叩くところ、上がり框から守が卒倒するシーンまでが見えてくる。耳の奥に、彼女の悲鳴が谺する。

やがて、かすかに聞こえてくる。尾畑清三の涙声が。

《おまえが悪いんじゃない。おまえが悪いことなんかするはずがない》

尾畑清三の歪《ゆが》んだ溺愛と、小枝子の心を病んだ甘えが、平穏に生きられたかもしれない日々を二人から奪い去ったのだ。

底なしの闇に突き落とされたのは、須藤勲とて同様だったろう。表向きは派手な暮らしの裏側で、写真や形見の品を目にしながら死んだ息子の歳《とし》を数え、怒りと悲しみに震える日々を送っていたに違いない。だからこそ、誘拐事件の真相に気が付いたとき、激情から狂気に憑《つ》かれた彼は、自らの手で尾畑小枝子を断罪せずにはいられなかったのだ。

日下は泣き崩れた尾畑理恵に、改めて目を据えた。

だが、誰よりも過酷な年月を孤独に歩まざるを得なかったのは、この人なのだ。

彼女が間島に話した言葉が、ふいに思い出された。

《どう考えても、弟の姿が浮かんでこないんです。あの子が何をしていたのか、はっきり覚えていないんです》

日下は体が強張り、喉が詰まるのを感じる。

この人は、ずっと前から真相を知っていたのだ。

日下は一つ大きく呼吸すると、尾畑理恵に一歩近づいた。

「すぐに病院へ参りましょう。お母様が、あなたを待っておられる」

エピローグ

閼伽桶《あかおけ》を手に提げた間島とともに、菊花の花束を手にした重藤成一郎は、晩秋の日差しの当たる石段を上っていた。

二人とも濃紺の地味な背広姿だった。

段々状になった墓苑《ぼえん》には、見晴るかす先まで整然と墓石が立ち並んでいる。だが、人影はなかった。かなり高みまで上ったところで、左の方へ続く小道を進むと、一つの墓石の前で足を止めた。

重藤は墓石に花束を生けた。それを見計らって、間島が閼伽桶から柄杓《ひしゃく》で汲《く》んだ水を静かに墓石に注ぎかける。それから、用意してきた線香の束に火を点《とも》し、墓前に供えた。

二人はしゃがみ込むと、両手を合わせた。

重藤は瞑目《めいもく》したまま、胸の裡《うち》で語りかける。

ついに尾畑守くん誘拐事件が解決しました——

尾畑小枝子は、病床ですべてを自供して亡くなりました——

目を開いた重藤は、かたわらの間島を見やった。

間島も目を瞑《つぶ》ったまま、一心に手を合わせている。

かつての同僚と会話しているのだろう。

やがて、重藤は立ち上がると、丘の下へ目を向けた。

間島も腰を上げた。

「間島、特別捜査班の連中のことを覚えているか」

間島が顔を向けた。

「ええ、あれから色々な刑事たちと仕事をしましたけど、あの面々のことは忘れられません」

「小此木は出世して、最後は警視にまで上り、管理官として数々の重大事件を解決したぞ」

「そうでしたね。白石さんは、どうされました」

「現役の刑事のまま定年を迎えた。いまは北海道の標津《しべつ》で、息子夫婦の牧場を手伝っていると聞いている」

「庄司さんは、ちょっと剽軽《ひょうきん》なキャラでしたね」

間島がかすかに笑みを浮かべた。

「あいつは、十年ほど前に依願退職した」

「依願退職？」

「詳しくは知らないが、何かまずいことに首を突っ込み、上の方が有耶無耶《うやむや》にするために、そういう形を取らせたらしい。その後のことは聞いていない」

「だったら、勝田さんは──」

躊躇《ためら》いがちに間島が訊《き》いた。自分と激しい軋轢《あつれき》を生んだ相手だったからだろう。

「勝田は、殉職したよ」

声もなく驚きの表情を浮かべる間島に、重藤はうなずいた。

「覚醒剤で錯乱したヤクザが出刃包丁を振り回す場面に出くわし、襲われかけた女子高生を助けようとして揉《も》みあいになり、脇腹を刺されたんだ。肝臓をやられたのだから、ひとたまりもなかったはずなのに、応援の警官が駆けつけるまで、血まみれになりながら、そのヤクザを組み伏せていたそうだ。凄《すご》い男だった」

間島が静かにうなずいた。

そのとき、線香の匂いを鼻先に感じて、重藤は振り返った。

冷たく乾いた風が、《辰川家》の墓前の線香の煙を揺らしたのだった。

間島も顔を向けた。
重藤は言った。
「いまの風は、俺たち六名に対する、辰川さんの労《ねぎら》いだな」
間島がかすかに笑みを浮かべる。
「やっとあの事件が解決したんですね」
重藤はうなずく。
そして、はるか昔の光景を思い浮かべた。
昭和六十三年七月三十一日午前九時、三島署の小会議室に居並んだ六名の男たち。
リーゼントヘアの勝田。
小太りの庄司。
胡麻塩《ごましお》頭で銀縁眼鏡を掛けた小此木。
長身の白石。
若く精悍《せいかん》な間島。
柔和な表情の辰川。
そこに響く自分の声が、鮮やかに耳に谺《こだま》した。
《我々は、この事件を絶対に時効にはさせない》
法律の時効は、確かに完成してしまった。

だが、四十一年間にわたって尾畑理恵が閉じ込められてきた闇から、彼女を明るい世界に解き放つことはできたのだ。

重藤は一瞬だけ、看護師長としてたち働いている彼女の姿を思い浮かべた。

二人は、肩を並べて墓苑の石段をゆっくりと下り始めた。

解説――刑事は追う、四十一年前の謎を

村上貴史

■殺人と誘拐

これは刑事たちの執念の物語である。

読者にまず提示されるのは、殺人事件だ。

平成二十七年の八月二日、静岡県裾野市の郊外で、高齢の男性が腹部を刺されて死んでいるのが発見された。その後の捜査で、被害者は東京の三軒茶屋に住む須藤勲と判明するも、公私ともに秘密が多く、捜査は捗《はかど》らない。そのまま十日あまりが過ぎたころ、捜査員の日下警部補たちによって、須藤の過去に関して一つの事実が掘り起こ

された。彼の息子がかつて誘拐された事件があったのだ。しかも、身代金受け渡しに指定されたのは、須藤勲の遺体が発見された、まさにその場所だったのだ……。

物語の序盤で、殺人事件から誘拐事件へと一本の糸がつながる。なんとも新鮮な驚きで、読者を物語の世界に深く引きずり込んでくれる演出だ。そして、その糸の先にある未解決の誘拐事件、これがまた新鮮な形で描かれているのである。

須藤勲の息子——事件の二ヶ月ほど前に須藤は妻であった尾畑小枝子と離婚し、二人の子供は妻が育てていたため、名字は異なる——である尾畑守は、誘拐された当時、五歳であった。誘拐が発生したのは、七月二十七日の夕刻と推測された。犯人からは、小枝子に対して一千万円の身代金を要求する電話が二回入り、さらに、手紙による要求も二度行われたが、その後、小枝子への接触は途絶。そして翌月十九日、守は遺体となって多摩川で発見された。

この尾畑守の誘拐事件の捜査が難航するのである、というか、難航した。昭和四十九年の事件発生から十四年がたっても、真相を究明できぬままに。

十五年の時効を迎えることを汚名と感じた静岡県警幹部は、昭和六十三年、特別捜査班を編成し、解明に全力を上げることを記者会見で明言した。重藤成一郎警視をチームのトップに据え——万一の場合もキャリアに傷をつけずに、ノンキャリの重藤を人身御供《ひとみごくう》に出来るように——彼の下に六人の刑事を配置するというチームだった。そしてこの男たちによって、事件の徹底的な洗い直しが始まった……。

　誘拐事件の特徴の一つに、事件が現在進行形で展開していくなかで、警察の捜査が進む点がある。実際にそのリアルタイム性を活《い》かした刺激に満ちたミステリも少なくない。だが、翔田寛はそのスタイルを選ばず、事件の十四年後に編成された特別捜査班を主役とすることを選んだ。その選択によって、重藤及び六人の刑事たちの捜査がじっくりと描かれることになり、より彼等の執念が強調される仕上がりとなった。

　十四年が経過して事件関係者の記憶は風化し、一方で警察内部では、従来の捜査を否定するところから始まる特別捜査班への反発は強い。警察上層部も、真相究明より自己保身を優先している。そんな逆境下での捜査だった。重藤は、六人の刑事たちを三つの二人組に分け、それぞれに役割を明示的に与えた。新たな容疑者候補の探索、身代金の受け渡し現場に関する再度の聞き込み、そして、尾畑小枝子からの改めての情報収集だった。いずれも困難な任務だが、それでも三組は必死に取り組んだ。その模様は、日下たちによる重藤への聞き取りという枠組みのなかで、重藤の語りに、三組の刑事たちの視点を重ねて語られる。だからこそ生々しく、迫力に満ちている。

　そんな語りは、実に本書の三分の二以上を占めている。そう、この特別捜査班の活動こそが、本書の中核なのだ。だが、序盤で著者が明確に示しているように、この捜査は真相へと到達できない捜査であった。それが判《わか》っていながらも、刑事たちの執念によって、読者はページを次々とめくってしまうのである。夢中になって、だ。冷静に考えればいささか奇妙な読書体験なのだが、それでもここには、上質の警察小説を読む愉《たの》しみがたっぷりと詰まっている。熱意があり、熱意があるからこそ得られる証言がある。冷静な分析があり、それがあるからこそ気付きうる〝不自然さ〟がある。それらによって、謎が解かれつつある感触を実感できる。そこに各チームのぶつかり合いや、警察上層部の保身のための横やりといった人間ドラマが絡んできて、物語としての読み応えが、また一段と深まる。

そして終盤、物語は平成二十七年の現在に戻ってくる。ここでは、日下たちが重藤の話から得た情報をもとに、須藤勲刺殺事件について捜査を進める――しかもそれは、四十一年前の尾畑守誘拐事件の謎を解くことでもある。こうして二つの事件が重なるクライマックスが物語の終盤には待っており、刑事の執念を改めて読者は痛感することになる。しかも、誘拐事件に関してあえて排除した〝事件のリアルタイム性を活かすサスペンス〟までもが、ここに投入されているのである。そしてその果てに〝動機〟が判明する。この演出の冴《さ》えには、もはや嘆息するしかない。

平成二十七年の事件を起点に、四十一年前の事件までをも解明する本書は、まさにその平成二十七年に刊行され、大藪春彦《おおやぶはるひこ》賞の候補となった。『真犯人』の実力を、万人が認めたのである。

■現在と過去

　翔田寛は、二〇〇〇年に「影踏み鬼」で小説推理新人賞を受賞してデビュー。翌年には、その受賞作や、日本推理作家協会賞短編部門の最終候補「奈落闇恋乃道行」などを収録した単行本を、初の著書として世に送り出す。その後、時代小説とミステリを発表し続け、二〇〇八年に『誘拐児』で江戸川乱歩《えどがわらんぽ》賞を獲得。同賞でデビューする作家が多いなか、本書の構成同様、本人の作家としての経歴も異色なのである。
　江戸川乱歩賞受賞作は、昭和二十一年に発生した五歳児誘拐事件を、時効が迫るタイミングで振り返るという作品である。枠組みこそ本書と似ているが、『誘拐児』は、刑事ではなく、事件の当事者たちの視点に重きを置いていた（刑事たちはある女性の殺人事件を追うもう一つのメインストーリーで活躍する）。また、翔田寛は、二〇一七年に発生した五歳の幼女絞殺事件を、七年前に発生した類似事件――犯人と目された男は冤罪《えんざい》を主張したまま刑務所内で自殺――と重ねて探る警察小説『冤罪犯』（二〇一七年）も発表している。過去と現在を重ねて物語を作ることが、実に得意な作家なのだ。

　そんな作家の技と本気と経験が結実した小説、それが『真犯人』である。

（むらかみ・たかし／ミステリ書評家）

本書のプロフィール

本書は、二〇一五年十月に小学館より単行本として刊行された作品を加筆修正し文庫化したものです。

小学館文庫

真犯人《しんはんにん》

著者 翔田《しょうだ》 寛《かん》

二〇一八年八月十二日 初版第一刷発行
二〇一八年九月八日 第二刷発行

発行人 岡 靖司
発行所 株式会社 小学館
〒一〇一-八〇〇一
東京都千代田区一ツ橋二-三-一
電話 編集〇三-三二三〇-五九五九
販売〇三-五二八一-三五五五
印刷所 ―― 大日本印刷株式会社

ISBN978-4-09-406543-5